어떤 동행

* 일러두기 : 본문에 이력을 담고 있는 글에는 따로 프로필을 싣지 않았다.

어떤 동행

전주해성고 17회 에세이

다슬기

┃목차

서른두 개의 화살과 노래

김종록

이것은 한 사건과 그 후일담에 관한 기록이다.

43년 전, 그러니까 1979년 3월 2일 금요일, 이 지구의 한 귀퉁이에서는 소행성들의 충돌이 있었다. 국립천문대의 공식 관측기록에는 빠져 있지만 분명한 역사적 사실이었다. 도교육청에 그 경황을 짐작할 수 있는 기록이 일부 남아 있다. 그날 아침 어느 먼 성운 혹은 유성으로부터 떨어져 나왔는지도 모를 작은 별 부스러기들이 한 공간에 모여들었다. 예정된 우연 같은 사건이었으므로 필연으로 통한다.

별 부스러기들은 다채로웠다. 둥근 것, 모난 것, 뜨거운 것, 차가운 것, 자체 발광체, 반사체 등 실로 제각각이었

다. 그것들은 서로 이질적으로 뒤섞여 시나브로 동질성을
만들어갔다. 480개의 소행성 무리는 대부분 3년간의 우
주비행을 끝까지 함께 했고, 이후로도 그 연대성을 유지
하며 천체를 운행하고 있지만, 그중에는 일찍이 알 수 없
는 지평선 너머로 튕겨 나간 소행성들도 여럿이다. 우리
는 그 소행성들을 별똥별이라고 부른다.

　나는 가끔 그 별똥별들을 생각한다. 밤하늘에 기다란
노란 선을 긋고 명멸해간 별 부스러기들 가운데는 시인이
되겠다며 고2때 자퇴해버린 별똥별도 있었다. 어부의 아
들이랬다. 지금 그 이름은 잊었으나 뽀얀 얼굴과 맑은 눈
빛은 여전히 또렷하다.

　"나는 내 말을 하고 살 거야. 학교에서 내가 배울 건 없
어. 이런 죽어 있는 교과서 어디를 뒤져 봐도 내가 찾는 말
이 없거든. 팔팔 뛰는 활어 같이 살아 있는 언어 말야. 나
는 그런 말을 찾아 학교 밖으로 나가볼 거야."

　그는 내 눈을 빤히 보며 읊조렸다. 넌 감히 못하지? 하
는 조롱조 같은 건 찾아볼 수 없었다. 그저 초롱초롱한 새
벽별 같은 반짝임만 있었을 뿐이었다. 그날 바로 자퇴해
버린 그는 더 이상 모습을 보여주지 않았다. 정작 자퇴할

용기도 없었던 내가 문사가 되어 이렇게 언어사냥을 하고 있으니 인생은 아이러니인가.

 그는 시인이 되었을까. 어디선가 시인보다 더 생명력 넘치는 언어를 구사하는 일을 하고 있을까. 좋은 시인들의 시집을 열심히 찾아 읊어왔지만 나는 아직도 그의 시를 찾아내지 못했다. 아마도 진정으로 살아 숨 쉬는 언어는 기록되지 않는 것임을 알아채고 일찌감치 익명과 무명의 섬 원주민이 되었는지도 모르겠다. 어쩌면 지상을 온통 쏘대봤으나 그런 말을 찾을 수 없어 소행성 B612호로 어린왕자를 만나러 갔는지도 모르겠고.

 그를 아직까지 기억하는 나도 그와 동위원소였다. 원자번호는 같지만 질량수가 다른 원자 말이다. 이따금씩 원소주기율표를 들여다보며 내가 어떤 원소의 성질에 가까울까를 생각하곤 한다. 118개 원소 가운데는 인위적으로 합성한 원소도 23개나 되는데 나는 천연원소를 선호한다.

 43년 전, 나는 진안고원에서 모래재를 타고 내려와 연합고사 1기로 전주해성고에 배정받았다. 내가 선택한 게 아니라 이른바 뺑뺑이로 내던져졌다. 그보다 15년 전, 엄마 아버지의 무계획한 합작으로 영문도 모르고 지구 행성에 불려왔듯이. 이후로 온갖 질병을 달고 살면서 내가 이 지상에 온 까닭과 그 역할이 몹시 혼란스러웠다. 중3때부터 비롯된 아노미 현상은 고교까지 이어져 답답한 학교생활에 적응하기 어려웠다. 매와 가위를 든 지도부 교사들이 살벌하게 통제하는 학교 교문만 들어서면 잔뜩 주눅이 들었고, 무작정 똑같은 공부만을 강요하는 콩나물시루 같은 교실은 숨통이 턱턱 막혔다. 그나마 어느 정도 숨통을 틔워준 분이 3학년 때 부임한 천건 교장선생님이다. 전국 중고교 가운데 가장 먼저 두발과 신발 자율화를 단행했고 설쳐대던 지도부의 권한을 대폭 축소시켰다. 그분은 당시 우리들의 산소 호흡기였다.

"여러분! 화창한 봄날입니다. 즐거운 소풍되십시오!"

그 짧고 간명한 교장선생님 아침조회 훈시는 통쾌한 사이다 발언의 효시였다. 운동장에 줄지어 선 전교생의 입에서 환호와 박수가 터져 나왔다. 역대 지루한 잔소리와 엄격한 통제의 벽에 균열이 가는 순간이었다. 천건 선생님은 성심여고에서 교편을 잡을 때도 많은 미담을 남겼다고 알고 있다.

그런 산소 호흡기에도 아랑곳없이 나는 끝내 어디에도 속하지 않을 권리가 있다고 절규하며 뿌리 내리기를 주저했다. 수도 없이 지각하고 자퇴를 결심했지만, 게다가 방학 때면 절집에 들어가 중이 되려고 누차 시도했지만 늙으신 아버지의 간청에 못 이겨 결국 졸업했다.

그리고 어언 40년이라니!

세월은 과연 화살처럼 빠르고 흐르는 물처럼 쉼이 없다. 그리고 인생은 노래에도 비유된다. 고교 시절 3년 동안, 졸업 후 40년 동안 우리가 학교 밖에서 불러온 저마다의 노래는 화살 같은 세월과 물 같은 세월 그 사이 어디쯤에 놓일까.

화살 같고 물 같은 세월에 파고든 우리들의 노래를 한데 모아보고 싶었다. 꿈 많고 그 많은 꿈만큼이나 혼란스럽던 질풍노도 시절, 한 장소에 모여 3년간 함께 공부한 뒤, 깃털 단 풀씨처럼 동서남북으로 흩어져 무려 40년을 살아온 벗들의 글말 향연! 총명보다 무딘 붓이 낫다고 그런 글말의 잔치 속에서 우리는 예전에 미처 발견하지 못한 인생의 보석들을 되찾아낼 수도 있을 성싶었다. 게다가 아무리 현란해도 입말은 이내 사라져버리지만, 글말은 오래도록 남게 되니까 곱씹고 더듬어볼 여지가 많았다. 결국 우리는 일을 저질렀고 그 결과물이 이렇게 한 권의 책으로 묶였다.

벗들이 보내준 31편의 이야기들을 새벽에 혹은 늦은 오후 전철 안에서, 비행기 안에서, 산속에서, 집필실 책상에서 읽었다. 받아든 이야기들은 다채롭고도 드넓은 스펙트럼이었다. 가치관이나 삶의 양태가 천차만별일뿐더러 고졸에서 서울대 박사까지, 기업 오너에서 만년 주사 혹은 시골 목사까지 직업군도 다양했다. 저마다 솔직했고 정겹고도 깊은 울림과 떨림을 지닌 글들이었다. 그래서 이 책을 집어든 이라면 누구도 그리 쉽게 내려놓진 못할 거라고 감히 예단해 본다. 특히 당신이 베이비붐 세대이거나 천년고도 전주가 고향인 이라면 더더욱.

어렵던 시절 이야기를 꾸밈없이 터놓는 글, 유년 시절 엄마를 약 올리며 달아나다 엄마가 문턱에 넘어지면서 발가락 살점이 뜯겨 피로 물들자 더 달아날 수도 그렇다고 다가갈 수도 없어 쩔쩔매다 서로 부둥켜안고 엉엉 울어버린 이야기는 우리네 성장기에 누구라도 한 번쯤 경험해 봤음직한 장면이다. 나는 선친이 쉰둘에 낳은 늦둥이

인데, 악동 시절 할아버지 같은 아버지를 어지간히 놀리고 달아났다가 쫓겨나 가출 아닌 축출을 당한 아픈 기억이 있다.

"당신은 내 아버지가 아냐. 친아버지라면 이럴 수 없어!"

그렇게 악담을 퍼붓고 내뺀 곳이 논산 양촌 작은집이었다. 지나치게 엄격한 아버지를 부인해놓고서 고작 그의 동생집에 의탁했으니, 참 좁디좁은 소견머리요 거지발싸개처럼 빙충맞은 팔푼이다. 나는 한 달을 작은집에서 버텼다. 당시 나는 아무도 못 말리는 꼴통이었다. 고작 국민학교(현 초등학교) 4학년 때 일이다.

"허어 참! 내가 애새끼는 갖다버리고 숫제 태胎를 주어다 길렀구먼."

높은 마루 끝에 앉아서 장탄식하던 당신의 허허롭던 눈길과 어조를 기억한다. 당신의 그때 나이에 가까워지니 당신의 마음을 비로소 알겠다. 아프다. 속이 쓰리고 콧날이 시큰거린다. 그러다 속에서 그만 뜨거운 것이 꿈틀대고 올라왔고 마침내 엉엉 소리 내 울어버리고 말았다. 그것도 새벽 3시에. 대책 없는 노릇이다. 자발 맞은 늦둥이

자식 엉뚱한 데로 튕겨 나갈까 봐 부러 엄격했던 속내를 이제야 헤아리다니. 나는 참 못나 빠진 자식이었다.

"이 원장, 자넨 참 고약한 친구야!"

날이 밝기를 기다려 내 눈물샘을 깨트려버린 전주 친구에게 전화해 그렇게 핀잔을 주었다. 그 새벽 우리는 오래도록 통화했다. 이젠 모두 고인이 돼 청산에 누워 계신 부모님을 그리며. 언제 만나서 술 한잔하며 부모님 얘기 더 해볼 참이다.

글은 생각의 지문이라고 한다. 맞다. 글은 그 사람이자 세계관이다. 그 친구가 엄마 이야기를 글로 써서 보내주지 않았다면 그 친구의 내면세계를 나는 절대 알 수 없었을 게다. 그 친구가 평소 독서모임을 하고 있다는 건 알았지만 어떤 철학과 어떤 마인드를 가진 친구인지는 잘 몰랐다. 하지만 이제 그 친구가 어떤 영혼의 소유자인지 잘 알게 되었다. 나는 비로소 한 친구를 다시 얻은 셈이다.

《어떤 동행》의 첫 원고 얘기를 하지 않을 수 없다. 첫 원고 마감자는 칼럼니스트도, 작가도, 대학교수도 아닌 공군 대령 출신 입원환자였다. 고국의 영공을 날던 탑건 송만섭 대령의 수술 병상 투혼이 아니었다면 이 책은 세상에 나올 수 없었다. 그는 수원 '성빈센트병원'에서 복강경 수술을 받고 회복도 하기 전에 병상에 누워서 메모하고 퇴원하자마자 원고를 마감해주었다. 나는 180명쯤 들어와 있는 단톡방에 처연한 투병 사진과 원고 마감 사실을 알렸다. 수술 환자도 이렇게 병상에서 써 보냈는데 몸 성한 친구들이 못 할 게 뭐냐고 숫제 반협박을 한 것이다. 그러나 두 번째 원고는 좀처럼 올 줄을 몰랐다. 그 사이 물처럼 화살처럼 시간은 흘러 마감일이 바투 다가오고 있었다. 초조하고 불안했다. 우리가 과연 이번 프로젝트를 성공시킬 수 있을까. 사뭇 회의적이었다.

내가 본래 별 이익도 없는 일에 열정을 바치고 사는 팔자라지만, 솔직히 이번 일은 시작부터 너무나 무리한 수작이었다. 행사를 불과 3개월 남겨놓고서 에세이집을 발간하면 어떨까, 제안했고 덜컥 에디터를 떠맡게 되었으니까 말이다. 더구나 두 군데 출판사의 원고 독촉을 받는 처지였고 머나먼 미국 노스캐롤라이나 출장까지 겹쳐 있는 상황이었다. 늘 잠을 잘 못 자서 몸에 좋다는 약초와 진귀한 식품을 지리산에서 공수해 먹고 있는 처지인데 그만 스스로 무덤을 파고 말았다.

 어디 원고 쓰기가 그리 쉽던가. 대학신문을 만들던 학생기자 시절부터 원고 마감 앞두고 매번 소화불량을 겪어봐서 안다. 스물네 살에 전업 작가가 되고 일간지 칼럼과 연재소설을 쓰며 어언 36년째 문사로 살고 있지만, 세상에서 가장 힘든 일은 여전히 글쓰기다. 엄살이 아니라 진짜다.

 "세상에서 가장 어려운 일은 첫 번째가 글쓰기고 두 번째가 자식 교육, 세 번째는 골프야."

 내가 자주 해오는 말이다. 나는 우리 아들놈과 딸이 가업을 이어 한의사나 인문학자가 되기를 바랐지만 언감생심이었다. 골프 스코어는 애당초 따질 게 못 되고 18홀 완주하면 스스로 대견해 하니 골프가 얼마나 어려운가. 하지만 글쓰기는 그것보다도 훨씬 더 어렵다. 하물며 평생 글쓰기와 담 쌓고 살아 왔을 고교 동창들에게 200자 원고지 20장 내외로 자유롭게(?) 써서 보내달라고 했으니. 그것도 한 달 말미만 주고서. 사실 원고 청탁을 하자마자 출판 준비까지 다 주선해 놓았지만, 성공 가능성을 50%쯤으로 생각했다. 되면 좋고 안 되면 더 좋고.

친구들은 '자유롭게 써서 보내 달라'는 편집위원들의 주문을 받은 순간부터 아마 전혀 자유롭지 못했을 거라고 짐작한다. 고심하고 낑낑대는데 거기에다 독촉 전화가 하루가 멀다고 이어지니 얼마나 스트레스를 받았을꼬. 악역을 담당한 편집위원들을 대신해 사과한다.

그러나 우리는 너끈히 해냈다. 셰익스피어의 《끝이 좋으면 다 좋다All's Well that Ends Well》는 희곡처럼 우리 동기들은 좋은 결과를 만들어냈다. 장임구·장준호 두 추진위원장과 각 분야에서 열심히 뛰어준 친구들 덕분이다. 그리고 얼마 전부터 내가 '어이 1호!'라고 부르는 송만섭 대령의 병상투혼 덕분이다.

지구 반 바퀴를 돌아 중동과 아프리카에서 일하는 세 친구(김영채 나이지리아대사, 윤여봉 사우디 리야드무역관장, 이희선 대서양 참치잡이)도 생생한 체험기를 보내주었다. 현장을 누비는 전문가들의 글 읽는 재미가 바로 이거로구나 싶은 옥고玉稿들이다. 아무 때나 카톡하고 전화 걸어싸서 미안했다.

굴지의 상장회사 MK전자 대표이자 한국토지신탁 부회장 최윤성 친구의 전폭적인 지원도 큰 힘이 되었다. 전화로 청탁해 될 성싶지 않아 회사로 불쑥 찾아갔다. 점심을 하고 그의 넓은 방에서 차를 마시며 간절히 청탁했지만 그는 커다란 덩치만큼이나 완강히 사양했다. 고3 때 한 반이었던 우리는 너무 멀리 떨어져 공부했다. 키 작은 나는 앞자리에서 서너 번째였고 그는 맨 뒷자리였다. 서울 동기들 골프모임 때 가끔 만나지만 싱글인 그와 90돌이인 내가 한 조가 되는 경우는 거의 없었다. 그렇거니 우리에게는 공통점이 있다. 완력이 세다는 것! 그가 원고 쓰기를 거부했지만 나는 집요하게 원고 청탁을 했다. 며칠 뒤, 서로 잘 아는 언론인들과의 저녁 술자리에서까지.

"김 작가, 봐줘라. 책 발간비용은 내가 낼 수 있지만 원고는 못 쓰겠어."

경영 분야에서 놀라운 성공신화를 써온 그에게 어찌 자랑거리가 없겠는가. 드라마 한 편 찍어도 좋을 극적인 이야기가 많으리라. 워낙 바쁘기도 하고 경영상 신중해야 할 입장도 있을 터이기에 나는 그만 그를 해방시켜주기로 했다.

농사꾼 이 아무개의 원고를 받지 못한 게 아쉽다. 학교 때부터 골초였던 그는 졸업 후 고향마을로 돌아가 줄곧

농부로 살아온 걸로 안다. 그의 삶을 좀 들여다보고 싶었
건만 끝내 원고를 마감하지 못했다. 트랙터로 논 가는 것
과 컴퓨터로 글 쓰는 일은 밭이랑과 행간만 유사할 뿐 너
무도 다른 모양이다. 그렇다고 농부 시인이 없는 건 아니
지만.

영원한 대학생 이재옥 친구의 원고도 못 받았다. 일찍
이 연세대 경제학과 재학 시절에 전국대학생아르바이트
협회장을 지낸 그는 지칠 줄 모르는 열정과 달변으로 친
구들의 술자리를 주름잡았다. 그러다가 홀연히 사라지더
니 어느 날 나타나 승적을 지닌 스님이 됐노라고 선언해
서 우리들을 어리둥절하게 만들었다. 청바지 차림이었고
머리 역시 삭발 상태가 아니어서 더 그랬다. 확인하고 따
지기 좋아하는 나였지만 그에게 승려증을 보여 달라고 요
구하지 않았다. 그가 이미 오래 전부터 세상에서 한 발을
빼내고 있었고, 그 맑은 눈빛이 머무는 곳이 피안이라는
걸 알았기 때문이다. 그에게 전화 걸면 거의 언제나 꺼져
있다. 지금도.

KBS 보도본부장 손관수 친구의 원고도 받질 못했다.
편집위원들은 내가 본사 본부장실까지 찾아가 청탁했으

므로 능히 써줄 거라 기대했지만 역시 옴나위없이 바쁜 업무라 사적인 얘기를 써내고 가다듬을 시간적 여유가 없었으리라.

방송인으로 유명한 친구가 여럿이지만 EBS의 류재호 다큐멘터리 감독은 그 분야 최고수로 손꼽힌다. 과천에 내 작업실이 있던 때 자주 만났는데 그 친구의 현장감 넘치는 이야기도 받질 못했다. 내 청탁이 절실하지 못했던 탓이리라.

친구들의 라이프스타일이 다채로운 만큼 취미활동도 다양하다. 그림을 모으는 취미, 와인을 즐기는 취미, 골프나 등산, 그 밖의 여러 동호회 이야기를 싣고 싶었지만 자랑할 일이 못 된다며 사양하는 통에 원고를 받아내지 못했다. 아쉬운 대목이다. 하지만 뭐 서로 뻔히 아는 처지에 굳이 시시콜콜 말해야만 하리. 이런저런 사정으로 원고를 써내지 못한 친구들의 마음도 충분히 헤아린다. 우리는 말 안 해도 그 뜻을 헤아리는 오랜 벗들이니까.

우리가 작고 볼품 없던 시절, 남루하던 그 시절에 꿈꾸던 일을 손에 거머쥔 친구들이 많다. 자랑스럽고 진심으로 축하한다. 그들은 또 다른 나다. 작은 꿈이지만 소박하게 알뜰살뜰 가꿔가는 친구들도 나는 많이 알고 있다. 어디서 무슨 일을 하든 그들의 소박한 라이프스타일을 존중한다.

고향 전주에 특강하러 혹은 행사 참석차 내려갈 때마다 터미널이나 전주역에 기꺼이 차 가지고 마중 나와 주던 임광진 친구는 가고 없다. '진안고원치유숲'에서 집필할 때, 아내와 함께 찾아와 모닥불 피워놓고 기타 치며 노래했던 그 밤이 어제 일처럼 새뜻하다. 지방 출장이 잦던 시절, 뜬금없이 나타나 운전기사를 자임했던 잘 생긴 사나이 이인백 친구도 우리 곁을 떠나고 없다. 20주년 행사를 도맡아 헌신했던 한의사 김인섭 원장 역시 하늘의 별이 되었다. 이 시간, 불광동 연립주택으로 친구들을 불러 밤새 술 마시며 문화담론하기를 즐겼던 건축가 양상현 교수가 몹시 그립다. 2015년 불의의 교통사고로 떠난 그는 문학청년이자 박식한 르네상스맨이었다. 사고 직전까지도 근대한국 사진자료 신문연재와 책 발간 논의를 함께 했는데 하루아침에 생사의 갈림길이 가로놓이게 돼 황당하고 마음 아팠다. 2019년에 《그리피스 컬렉션의 한국사진》

(눈빛)이 양상현 교수와 동료 교수들의 공저로 발간됐다.

그 밖의 여러 친구가 우리 곁을 떠나갔지만 우리는 그들을 쉽게 잊지 못한다. 감성 짙던 학창시절의 추억을 공유하고 있기 때문이다. 그들의 노래는 우리 가슴 속에서 여전히 울려나온다.

나는 창공을 향하여 화살을 쏘았다네.
땅으로 떨어졌으련만 어디인지를 알지 못했지.
그것은 그야말로 쏜살같이 날아가서
내 시선이 따라갈 수가 없었지 뭐야.

나는 창공을 향하여 노래를 불렀다네.
땅으로 떨어졌으련만 어디인지를 알지 못했지.
눈길이 아무리 예리하고 빠르다 한들
그 누가 날아가는 노래를 따를 수 있겠어.

먼 먼 훗날 어느 상수리나무 속에서
나는 아직도 부러지지 않은 그 화살을 찾아냈네.
그리고 그 노래도 처음부터 끝까지
나는 어느 친구의 가슴에서 다시 찾아냈다네.

롱펠로우H.W.Longfellow의 시 〈화살과 노래The Arrow and the Song〉이다. 나는 이 명시를 고등학교 1학년 때 영시英詩로 처음 접한 이후 지금껏 애송해 오고 있다. 유전하는 인생, 떠났던 본래 자리로 회귀하여 삶의 의미를 되찾는 내용이다. 이렇듯 울림 깊은 인생 이야기는 동서양을 가릴 계제가 아니다. 그래서 벽돌같이 두툼한 영문판《앤솔로지anthology》는 《고문진보》와 함께 여전히 내 서가 중심에 꽂혀 있다.

이 글을 포함해 여기 우리가 쏘고 부른 서른두 개의 화살과 노래는 302개, 3,002개, 30,002개로 확산되어 흩어지기도 하고, 하나의 화살과 노래로 수렴되기도 하리라. 개체는 전체를 반복함에 그렇고, 만법萬法이 귀일歸一함에 그렇다.

거친 광야에서 혹은 우거진 숲에서 자신의 활을 쏘고 노래를 부른 벗들이여, 그 화살을 내가 다시 찾고 그 노래 내 가슴 속에서 이렇게 울려 나오나니 복 되도다, 그대와 나 그리고 우리 해성고 17회 친구들! 나는 여전히 어디에도 속하지 않을 권리를 주장하며 사는 자유인이지만 그대들과의 우정이 없는 삶은 단 한 번도 생각해본 적이 없구려.

작가. 문화국가연구소장. 성균관대 대학원 한국철학 전공. 중앙일보 문화전문 프리랜서기자. 대통령직속 문화융성위원을 지냈으며 현재 문화기획자로 활동한다. 저서로 《금척》《근대를 산책하다》《장영실은 하늘을 보았다》《붓다의 십자가》《공자, 잠든 유럽을 깨우다》《소설 풍수》 등 다수의 베스트셀러 소설과 인문학 저서가 있다.

10살의 비망록

이승우

왜 그랬는지 잘 기억나지 않는다.

내 나이로 감당하기 힘든 일이었던 것만은 분명하다. 마지막 장면이 책상 앞 액자사진처럼 또렷이 기억에 박혀 있다.

열 살쯤, 일을 저질러 엄마한테 혼나고 있었다. 그러다가 엄마가 회초리를 들 때였다. 순간적으로 내 머릿속에서 이제는 엄마보다 달리기가 빠르다는 생각이 번갯불처럼 스쳤고, 나는 그만 줄행랑을 놓기로 했다. 그 자리를 용수철처럼 튕겨 일어나 냅다 내달렸다. 엄마가 끙 소리를 내며 쫓아왔다.

모자간에 뒷덜미 잡기, 안 잡히기가 시작됐다. 나는 안

방에서 마루로, 옆 방문 앞을 지나 우물가로, 다시 부엌에서 턱을 넘어 부엌방으로 붙잡히지 않을 거리를 두고 내뺐다. 안방에서 뒷방까지 두어 번을 돌다 마당에서 거친 숨을 몰아쉬었다. 그새 지친 엄마도 멈칫하며 숨을 돌렸다. 그러다 다시 쫓고 쫓기는 레이스가 벌어졌다. 우리는 헐레벌떡 온 집안을 구석구석 누볐다. 한두 번 하마터면 붙잡힐 뻔하기도 했지만, 용케 잡히지 않았다.

자신감이 붙자, 나는 엄마를 여유 있게 따돌리고 틈틈이 쉬었다. 태아 때부터 같이 맞춰온 호흡이라 내가 쉴 때, 엄마도 같이 쉬기를 반복하며 돌고 또 돌았다. 엄마의 숨소리가 들릴 만한 거리에서 내가 엄마보다 달리기를 더 잘한다는 생각에 더 신이 났다.

혼나야 할 놈이 나 잡아봐라, 도망치고 신이 나서 히죽거리는 모양이 더욱 화를 돋우고 있으니 엄마로서는 환장할 노릇이었겠다. 동네가 시끄러울 정도로 엄마는 이 자식아, 소리치며 날 몰았고 그때마다 나는 힘이 더 솟아났다. 그렇게 한참을 또 돌았다. 엄마는 이번 기회에 버르장머리를 고쳐놓고 말겠다는 각오를 했을 것이다. 기어코 잡아서 혼쭐을 내주고 싶었을 게다. 실제로 엄마 눈과 야

무진 입매에 그런 의지가 보였다. 이쯤에서 그만 잡혀 줘야 하겠다는 생각이 들어서 뒤를 돌아보았다. 잔뜩 찌푸린 엄마의 얼굴에서 무서운 분노를 느꼈다. 잡힌다면 죽을 만큼 맞던지 살점이 뜯길 만큼 꼬집힐 것이다. 절대 잡혀서는 안 된다.

당시 아버지는 국민학교 선생님이라 일주일에 한 번 집에 오셨고, 6형제의 군기와 규칙은 형과 큰 누나가 잡고 휘두를 때였다. 엄마가 고등학생인 형에게 일러 '크게 혼내줘라!' 하면 나는 거의 죽을 판이었다. 예전에도 아주 사소한 일로 형에게 맞아본 적이 있는데 많이 아팠다. 그보다 형이 더 두려웠던 것은 집안에서 키우던 닭을 잡는다고 야구공을 던져 맞추고 빗자루로 때려서 닭이 버둥거리자, 기다란 닭목을 물수건 짜듯 비틀어 잡는 모습을 보았던 때다. 나를 보면 반갑게 다가와 줬던 바로 그 닭이었다. 내가 그 꼴이 되지 말란 법도 없었다.

이래저래 잡혀서는 안 된다는 생각은 온몸에 힘을 쥐어 짜내게 했다.

다시 온 집안을 돌고 안방에서 마루로 넘어올 때, 문턱에서 악! 소리와 함께 우당탕 소리가 났다. 뒤를 돌아보니 엄마는 오른쪽 발을 움켜잡고 마루에 주저앉아 있었다. 드디어 엄마가 포기한 것이다. 내가 이겼다.

이제 승리의 기쁨을 나누려 엄마에게 달려가야 하는 데….

웬 걸, 엄마는 울고 있었다. 나는 무서운 엄마와 힘없이 울고 있는 엄마 사이에서 다가가지 못하고 엉거주춤 서서 따라 울었다. 엉엉 소리내 울었다.

엄마~ 엄마~ 많이 아파?

울먹이며 엄마에게 다가가다가 멈칫하고 물러나고, 다시 다가가다 멈칫하고 물러섰다. 그럴수록 울음소리는 더욱 커졌고 나는 그만 주저앉고 말았다.

한참 후, 엄마는 치맛자락으로 눈물을 닦고서 울고 있는 나를 향해 소리 없이 오라고 손짓했다. 그런데도 나는 무서워서 다가가지 못하고 주저했다. 엄마는 울음 젖은 코맹맹이 소리로 "괜찮아 이리 와, 아가, 괜찮아 이리 와"를 여러 번 되뇌며 어서 오라는 손짓을 했다. 충혈되어 빨갛게 눈물이 맺힌 눈빛에 아까의 그 무섭던 기운이 깔끔이 없어진 걸 확인하고 나는 엄마에게 다가갔다.

엄마는 나를 꼭 안고 "괜찮아, 괜찮아"를 주문처럼 외면서 내 등을 토닥였다. 그날, 열 살 내 평생 쏟았던 눈물은 엄마의 눈물과 함께 뒤섞여 가장 많은 눈물의 강을 이뤘다. 아마도 내 몸 가득 채울 만큼. 하여 입때껏 평생을 잊지 못하고 있다. 그때까지 엄마의 엄지발가락 상태가 어떤지 몰랐다. 울음이 진정되고 눈물로 흐릿한 시선에 엄마의 엄지발가락이 보이는 순간 헉 하고 숨이 막혔다. 발톱 앞에 살점이 떨어질 듯 말듯 붙어 있었다. 나는 아까보다 더 큰 소리로 엄마의 발등을 잡고 울고 말았다. "엄마 미안해"를 천 번도 더 울먹이며 말하고 빨간 약을 발라 드리며 울고 또 울었다. 엄마는 절뚝거리면서 밥을 지으셨고 부엌방에서 잔뜩 구겨져 죄인의 시선으로 지켜보는 나에게 이따금 눈을 마주치면서 웃어주셨다.

나는 저녁에 형이 학교에서 돌아와 엄마의 발이 왜 이러냐면서 물으면 어떻게 대답해야 할지 궁리를 했다. 벽장에서 나오지 말까? 개집에 숨어 있을까? 나더러 아들하자고 했던 옆집 아주머니한테 갈까?

저녁을 먹고 아무리 생각을 쥐어짜도 숨어 있는 게 제일 좋은 방법이었다. 그래 봤자 동생들이 일러바치고 말거야. 궁리의 끝은 짧았다. 낮에 줄행랑친 탓에 그만 혼곤히 곯아떨어지고 만 것이다. 고민하다가 눈을 떠보니 아침이었다.

아침 밥상에 아빠가 오시는 날에만 먹는 계란찜이 푸짐하게 놓여 있었다. "많이 먹어" 엄마의 말에 내 눈은 엄마의 발가락을 찾고 있었다. 흙이 묻은 헝겊에 핏자국이 검게 올라앉아 있었다. 울컥하는 목구멍을 맛있는 계란찜이 막아줬다. 식구 모두는 여느 아침과 같이 바쁘게 학교 갈 준비를 했다.

새 생명을 얻은 아침이었다.

나는 지금도 닭백숙 삼계탕을 좋아하지 않는다. 특히 토막 나서 닭의 신체 부위가 짐작되는 프라이드치킨은 더욱 그렇다. 복날 아내와 같이 먹을 때에만 만용을 섞어 맛있게 먹어준다.

작년 겨울 텃밭에 닭장을 지어놓고 부화기를 만들었다. 청계란을 얻어 다섯 마리를 부화시켰다. 아파트에서 키우면서 아내와 아들은 나를 '병아리 아빠'라고 불러 줬다. 그러면서 매일 모이 주고 매트 치우는 뒷정리를 내게 맡겼다. 유튜브를 보며 병아리 백신과 설사약을 먹여야 한다는 것을 알았다. 남원에서 가축병원을 하는 후배에게 전화해서 주말에 갈 테니 약을 챙겨달라고 부탁했다. 후배는 다섯 마리 병아리를 위해 남원까지 왔냐며 더 부화시키라고 여러 가지 약을 푸짐하게 줬다. 미안해서 수박 한 덩이 놓고 왔다. 닭똥 냄새가 심해질 때쯤 세 마리가 수탉인 걸 알았다. 닭장은 암탉을 차지하려는 전쟁터가 되었다. 닭을 키워 보던 친구는 두 마리를 잡아먹으라는데 아직 그러지 못하고 있다.

결혼 후, 어머니는 종종 새벽 우리 집 현관 문고리에 채소나 먹거리를 걸어놓고 가셨다, 쪽지와 함께 매번 생일도 챙겨주셨다. 학원을 하면서 저녁 12시가 넘어서야 집에 들어오는 나는 새벽잠이 에너지였다. 어머니는 그 잠을 그렇게 조용히 지켜주셨다.

가족모임이 있던 어느 날 형에게 물었다. "어찌 그렇게 닭은 무섭게 잡았느냐"고.

형이 말했다.

"아버지가 없는 집에서 누가 닭을 잡을 수 있겠냐. 나도 무서웠어."

형은 아버지 대행이었으므로 부러 의젓해야만 했고 과

감해야 했던 것이다.

　음력 7월 14일이 어머니 생신이다. 그리고 8월 10일이 어머니 기일이다. 나는 일 년에 두 번, 10살의 기억으로 어머니 산소를 찾아뵙고 벌초를 한다. 잊을 수 없는 내 10살의 비망록을 여기에 쓴다.

◇ ◇ ◇

30년 동안 학원을 운영하니 경력이 완력이 되어 임원을 맡아 열심히 봉사했다. 전주시학원연합회 활동시 동료들과 함께 지자체와 협력하여 학원 문턱이 높은 아이들에게 무료 수강을 해 준 공으로 대통령상을 대표로 받았다. 그 후 전라북도에 확대 실시하도록 노력했다. 나는 가족과 주변을 빼놓으면 대충 주물러 놓은 앙꼬만 있는 찐빵이 되는 꼴이라 볼품이 없다. 해성고등학교 졸업생이었다는 이력이 나의 외양을 만들어 주는 큰 틀이고 울타리였다. 동문들께 감사드린다.

자중자애 自重自愛

박상규

전주에서 태어나 18년을 내리 살았고, 전주를 떠나 산지 41년이 지나고 있다. 타향살이가 두 배를 훌쩍 넘어선 셈인데, 나는 지금도 어쩌다 TV에서 낯선 젊은 연예인이 '전주가 고향'이라고 하면, 묻지도 따지지도 않고 좋게 보기 시작한다.

"쟈가 전주 출신이라네, 어쩐지 남 같지 않더라고."

타관에서 고향 사람을 보면 친정 식구를 만난 것처럼 반갑다는 속담 그대로다.

'까마귀도 고향 까마귀라면 반갑다'는 말이 있다. 내가 딱 그 짝이다. 같이 TV를 보던 대전 출신 아내는, "하여간 못 말리는 전주 촌놈"이라고 늘 핀잔을 준다. 그래, 나는 죽을 때까지 전주 촌놈이다, 어쩔래?

그런데 40년이 넘게 타향살이를 하며, 밖에서 바라보는 전주가 갈수록 왜소해지는 느낌이다. 급격한 인구 감소에 날로 줄어드는 전라북도의 도세道勢 탓이기도 하겠지만, 전라도의 발상지인 전주가 그저 한옥마을과 비빔밥, 콩나물 해장국, 판소리로 이름난 맛과 예술의 고도古都 정도로 치부되고 있다는 생각을 지울 수 없다.

국민학교에 다니던 어린 시절, 나는 전주가 '교육도시'라고 배웠다. 나는 그 말에 자부심을 느꼈고, 타지 사람들이 전주를 '양반동네'라고 하던 말도 자랑스러웠다. 그 진정한 뜻을 알게 된 건 서울로 올라와 대학에 다닐 때였다.

공장이든, 산업단지든 뭐 뾰족이 내세울 게 없는 터에, 중·고등학교만 많으니 교육도시라 부른 거라는 고향 선배의 지적은 당시로선 뼈아픈 충격이었다. 부안, 남원, 무주, 장수, 진안 등 '진짜 촌'에서 국민학교와 중학교를 마친 친구들이 전주로 진학하여, 중·고등학교를 졸업하고, 서울로 대학 진학을 모색하는 '학교 정거장' 같은 교육도시, 전주. 그게 전주의 실체라는 자조였다. 어느 누가 자신 있게 아니라고 부인할 것인가.

그로부터 40여 년이 지난 지금, 전주는 지방 교육도시, 맛의 고장이라는 별명을 완전히 벗어 던졌는가? 판단은 이 글을 읽는 각자의 몫이다.

지난 여름에 치러진 지방 선거에서 내 고교, 대학 동기 우범기가 전주시장에 당선됐다. 전형적인 전라도 촌 출신(부안에서 태어나 중학교까지 부안에서 나온) 인재로, 서울대 경영학과를 나온 뒤 행정고시에 합격하고, 기재부와 광주광역시를 거쳐 금의환향한 자랑스러운 친구이다.

이 친구가 선거에 임하면서 내세운 캐치프레이즈 공약이 눈에 확 띄었다.

"전주, 다시 전라도의 수도로!"

당선되고 들어간 시장 집무실에도 그렇게 쓰여 있다고 한다.

그렇다. 전주는 전라북도의 도청 소재지가 아니라, 천년고도 전라도의 수도였다. 이를 위해 우범기 시장은 중앙정부의 예산 따내기와 대대적인 외부자본 유치를 공약했다. 나도 기대가 크다. 그러나 이에 못지 않게 중요한 건 왜소해진 전주인들 스스로가 자신을 귀중하게 여기고 사랑하는 자중자애의 정신과 태도를 회복하는 것이라고 본다. 지금부터 그 얘기를 하겠다.

지금 사는 동네가 서울 마포여서 나는 아내와 함께 한강변을 자주 산책한다. 여의도를 왼편에 두고 밤섬을 바라보며 1km쯤 걷다 보면, 그 유명한 절두산 성당과 순교 성지에 이른다. 바티칸 교황청이 경탄해 마지않은 한국 천주교의 피 어린 치명致命의 현장이다.

아내는 "당신이 천주교 신자도 아닌데, 섬뜩한 사형장이었던 이 성당과 순교지를 왜 산책할 때마다 들르는 거냐?"고 힐난한다. 나는 아내에게 그 이유와 내력을 자세히 설명해줬지만, 비신자인 아내는 별로 공감하는 눈치가 아니다. 그래도 상관없다.

이 대목에서 해성인이라면 거의 모두 공감하겠지만, 과거 해성 중·고등학교 교사校舍는 '치명탑' 또는 '숲정이'라고 불리는 천주교 성지 위에 세워져 있었다. 우리는 청소 시간마다 조를 나눠서, 치명탑 주변을 청소했고, 늦봄에는 떨어진 꽃잎을, 늦가을에는 어지러이 흩날리는 낙엽을 쓸어 모아 치우지 않았던가. 마포구 성산동의 절두산 성당과 순교 성지에 갈 때마다, 나는 40여 년 전, 전주시 진북동의 해성고 치명탑으로 시간여행을 떠난다. 얼마 전 전주에 갔을 때, 그곳에 들러보니 정든 교정은 교외로 이전했고, 치명탑은 대단위 아파트 단지에 둘러싸인 육지 속의 섬이 돼 있었다. 세월은 가도 추억은 남는다. 해성고의 치명터는 세계적인 순교 성지다.

전북대를 졸업한 내 동생들은 지금도 자신들의 모교를 '북대北大'라고 부른다. '북 만드는 학교'도 아닌데, 왜 그렇게 부르냐고 따지니, 전남대가 먼저 '전대全大'라고 불러서 전북대 선배들이 그렇게 불러왔고, 자기들도 그대로 따라 한다는 답이 돌아온다. 허탈하고 씁쓸했다.

자존망대自尊妄大도 문제겠지만, 자기비하는 더 큰 문제이다. 호남이 전라도全羅道이지, 광라도光羅道가 아니지 않은가.

광주민주화운동과 김대중 대통령 집권 이후 광주광역시가 호남을 대표하는 고장이 됐다지만, 적어도 전주인, 전라북도인들만이라도 전북대를 '북대'라고 스스로 낮춰 부르지는 말아야 한다.

전주시 완산구 동서 관통로 주변에 2020년 10월, 전라 감영이 복원됐다. 1951년 6·25 전쟁의 소용돌이에 소실 됐으니, 거의 70년 만의 복원인 셈이다. 전라감영은 조선 시대 내내 지금의 전라남북(물론 광주광역시를 포함해)은 물 론 제주도까지 관할하며 엄청난 파워를 지녔다. 추사 김 정희가 제주도 모슬포로 유배를 갈 때, 전라도 관찰사에 게 신고하기 위해 전주를 거쳐야 했고, 그때 풍남문의 현 판을 직접 써서 남겼으며, 당시 전주의 향토 명필로 유명 한 이삼만과 깊이 교류했다는 건 역사적 사실이다.

다산 정약용 선생의 19년에 걸친 강진 유배 생활도 전 주에 있던 전라감영 소관이었다. 영화 〈자산어보〉에 나오 는 정약용의 형 정약전의 흑산도 유배 역시 전주에 있던 전라감영이 A부터 Z까지를 다 챙겼다고 보면 된다. 그 시 절 전주는 분명히 전라도의 수도였다.

전주 사람이면 누구나 잘 아는 일이지만, 전주는 조선 왕조의 태실이자 뿌리였고, 조선의 멸망을 저지한 최후 의 보루였다.

임진왜란의 전시 사령부였던 무군사撫軍司를 아는가? 임

진왜란이 터지자마자 의주로 도망가 중국 망명을 호소한 용렬했던 왕이 선조다. 우리에게 혼군昏君으로 알려진 선조의 서자 광해군은 16년간 세자로 있으면서 임진왜란을 몸으로 막아냈다.

영화 〈광해〉에도 나오지만, 광해군은 평양성 전투에서 지휘하다 왜군의 화살에 가슴 부위를 맞아 죽을 뻔했다. 광해군은 1593년 전주에 무군사를 설치하고 병력과 병참을 지원하면서 1년 넘게 호남의 곡창을 왜군들의 마수에서 지켜냈다. 이순신과 권율도 당시 전주 무군사에 내려온 전시사령관 광해군의 지휘를 받았으며, 광해군은 사실상 왕 역할을 수행했다.

전주가 없었더라면 조선 왕조는 진작 망했을 것이다. 약무호남 시무국가若無湖南 是無國家(이순신 장군이 명량대첩을 승리로 이끈 뒤 비석에 남긴 글)는 이순신 장군에게만 해당하는 말이 아니다.

우리가 즐겨 보는 모든 사극의 발원지는 〈조선왕조실록〉이다. 유네스코가 지정한 세계기록문화 유산인 조선왕조실록은 '전주사고全州史庫'가 없었더라면 영원히 사라졌을 것이다. 우리가 어린 시절부터 즐겨 찾았던 경기전 안으로 가보자. 각양각색의 개량 한복을 입고 곳곳에서 열심히 사진을 찍어대는 젊은 방문객들의 모습을 쉽게 찾아볼수 있다. 그 한구석에, 실록을 보관하던 '전주사고'가 있다. 별 특징도 없고 안은 텅 빈 조그만 누각이어서, 소위말하는 포토존은 아니다.

그러나 임진왜란 때 조선왕조실록 4대 사고본 중에 이전주사고본만이 유일하게 왜군들의 화공을 피했다. 이 사고본은 당시 경기전 참봉 유희길을 비롯한 일군의 하급실무 관리와 의병들의 봇짐에 나눠 실려 정읍 내장산으로옮겨진 뒤, 해주, 묘향산을 거쳐 강화도로 이동해, 우리에게 전해졌다. 조선왕조실록을 배경으로 한 수많은 사극과영화, 각종 문학 작품은 물론 한국 사학의 존립은 이 전주본의 보전에 크게 기인한다.

나는 지금도 경기전에 들를 때마다 이 누각 앞에 서서,괴나리봇짐과 등짐, 수레와 마차에 실록을 나눠 싣고 왜군들의 추격을 따돌리며, 불철주야 정읍 내장산까지 달려갔을 전주의 이름 없는 조상님들에게 경의를 표한다.이들은 어떤 사극에도 등장하지 않는, 이름 없는 영웅

UNSUNG HEROES들이며, 〈불멸의 이순신〉에 못지않은 '불멸의 전주인들'이다.

 전주 사람들에게 손꼽히는 명소 가운데, 한옥 마을 오목대를 빼놓을 수 없다. 어린 시절 풍뎅이 잡고 매미 잡으러 수없이 올라갔고, 학창 시절에는 야유회, 청년 시절에는 데이트 코스이기도 했으니까.

 오목대는 어떤 곳인가?

 고려 말의 풍운아 이성계가 남원 지역에 출몰한 왜구를 토벌하러 원정에 나서 진압에 성공한 뒤, 4대조의 고향인 전주에 들러 전주이씨 종친들에게 잔치를 베풀었던 곳이란 설명이 붙어있다. 잘 나가는 최고유력한 대선 후보가 고향 방문을 한 셈이다.

 다소 과장이 곁들여져 있겠지만, 당시 활 잘 쏘기로 이름 높았던 명궁 이성계는 온몸을 철갑으로 무장하고 좌충우돌하던 소년 왜장 아지발도의 입안에 화살을 쏘아 넣어 죽였다고 한다. 설마 일격필살one blow to kill이야 했겠냐만 여러 발을 쏘아 한 발을 성공시켰다 하더라도 마구 날뛰는 장수의 조그만 입안에 화살을 쏘아 맞혔다는 거

짓말 같은 전설은 요즘 양궁의 '퍼펙트 골드'에 댈 것이 아니다.

한국 신궁들의 시조새는 전주 출향 인사인 이성계이고, 한국 양궁의 성공신화는 오목대에서 시작된 게 아닐까. 순전히 '뇌피셜'이다.

전주하면 빼놓을 수 없는 근대의 유적지가 완산칠봉(완산공원)이다. 고부에서 봉기한 동학 혁명군은 전주에 입성하기 위해 완산칠봉에 대포를 설치하고 전주성 안으로 포격을 가했다. 관군은 결국 항복했고, 전주에는 전봉준 장군의 주도로 동학집강소가 설치된다. 왕권 유지에만 집착한 고종과 민비의 요청으로 일본군과 청군이 개입할 때까지, 전주집강소는 동학혁명의 해방구 사령부였다. 서울의 종로 1가에서 2가로 넘어가는 지하철역 입구에 녹두장군의 동상이 서 있다. 오연히 앉은 자세로 형형한 눈빛을 발하는 녹두장군의 카리스마가 뿜어 나오는 걸작이라고 나는 생각한다.

황토현 전투에서 참패한 뒤 피신했던 전봉준 장군은 부하의 밀고로 일본군에게 체포돼 서울로 압송된 뒤 효수

됐다. 종각에 있는 앉은뱅이 동상은 당시 사형을 앞둔 전 장군의 모습을 형상화한 것이다. 동상이 세워진 곳 옆에 '이곳이 과거 죄인들을 수감한 전옥서 자리였다'는 비석이 남아 있다.

나는 이곳을 지날 때마다 내 고향 전주와 완산칠봉을 떠올린다. 완산칠봉에서 전주성을 내려다보며 '척왜양이' '보국안민'을 외치면서 대포 발사를 지휘한 전봉준 장군의 외침이 내 귓전을 울리는 듯하다. 내 친구 김종록 작가는 이 앉은뱅이 동상이 잘못 세워졌다고 목소리 높여서 지적한다. 불끈 쥔 왼 주먹, 오른손엔 죽창을 치켜들고 수십만의 동학군을 지휘하는 위풍당당한 장군의 모습이어야 한다는 것이다. 비록 좌절했더라도 그래야만 동학정신이 면면이 살아 숨 쉬게 된다는 주장이다. 나는 지금도 이 동상을 볼 때마다, 김 작가의 지적과 내 생각을 비교해 본다. 동상을 제작한 작가에게 물어보고 싶다. 그러나 정답은 없다.

여러분의 생각은 어떠신지?

얼마 전, 유서 깊은 전동성당이 보수 공사를 마치고 재개장했다는 뉴스를 보았다. 수많은 지방 뉴스들 가운데 유독 이 기사가 눈에 들어왔다. 나에게 전주는 그런 곳이다. 어디에 있든 전주와 해성은 나와 보이지 않는 끈으로 연결돼 있다는 느낌이다.

전주와 해성은 내가 예를 든 몇 가지 사례 외에도 자랑할 게 참 많다. 자신을 업신여기는 사람은 진실로 가난하다. 스스로를 존중하고 사랑하는 자중자애의 마음으로 고향과 모교를 더욱 아꼈으면 좋겠다. 하늘은 스스로 돕는 자를 돕는다Heaven helps those who help themselves고 하지 않았던가.

◇ ◇ ◇

서울대 경영학과 졸업. SBS 앵커. 채널A 뉴스비전 대표. KT언론 고문.

고교시절 에피소드

서정인

나는 무주 안성 출신이다.

"나의 살던 고향은 꽃피는 산골~ 복숭아꽃, 살구꽃…"

대한민국 국민이 가장 좋아하는 곡 〈고향의 봄〉을 곧장 떠올릴 수 있는 곳이다. 봄이면 집에서 얼마 떨어져 있지 않은 산에 진달래꽃, 할미꽃이 핀다. 복숭아꽃도 직접 볼 수 있는 그런 곳이다. 그 옛날 전주에서 내 고향까지의 길은 비포장도로여서 한번 집에 다녀오려면 전주에서도 가는 데만 3시간 가까이 걸리는 깡촌이다.

나는 그곳에서 중학교를 졸업하고 전주 시내 인문계고 연합고사를 통해 전주해성고등학교에 배정받았다. 배정 사실을 알았을 때, 지금은 고인이 되신 아버지의 실망은 대단히 컸다. 아버지는 내심 연합고사일지라도 명문 전주고에 배정되기를 바라셨다. 당신이 시골 출신이라 고향을 위해 무언가를 해야 한다는 어린 마음에 농고를 선택하셨지만, 결국은 대학에 진학해서 국어 교사가 되셨다. 그런데 출신고교 때문에 교육계에서 비주류에 속해서 여러 면으로 불이익을 당했다고 생각하셨기 때문에 자식만이라도 같은 설움을 겪지 않길 바라셨다. 이 사실을 나는 대학에 진학한 후에야 알게 되었다. 자식만이라도 전라북도 사회에서 주류가 되어 살도록 만들고 싶은 부정父情에서 비롯된 사랑 표현이었다.

아버지의 사랑 표현은 이것만이 아니었다. 기억이 흐릿하긴 하지만, 국민학교 3학년 시절부터 아침 5시, 빠를 땐 4시 반이면 어김없이 나를 깨워서 찬물에 세수하게 한 뒤, 앉은뱅이탁자 앞에서 공부를 시키셨다. 당신의 자식이 세상의 롤 모델이 되도록 만들고 싶으셨던 걸까? 어린 아들이 얼마나 힘들까보다 당신의 목표 달성이 우선이지 않았나 하는 생각이 든다. 그때는 아버지가 정말 미웠다. 물론 내 사회 진출에 아버지의 공로가 있다는 것은 인정한다. 그러나 인간 대부분이 나쁜 기억에 더 주목하듯, 아버지께서 그렇게 하지만 않았더라면 내 키가 평균 이상으로 컸을 거라며 원망도 많이 했다.

어쨌든 여러 상황을 거쳐 전주해성고등학교에 입학했다. 아버지는 내가 영 염려스러우셨던지, 사범대학을 졸업하고 대학원에 다니면서 고등학교에서 국어를 가르치고 있던 당신의 제자를 나와 함께 하숙하게 했다. 처음 집을 떠나는 나로서는 안면이 있던 형님과 함께 지내게 되어 조금은 의지가 되었지만, 한편으로는 같은 또래끼리 방을 쓰는 하숙집 친구들이 부러웠다. 그해 3월은 어머니와 동생들이 보고 싶어서 밤마다 이불 속에서 눈물을 훔쳤다.

나는 책 제목조차 들어본 적도 없었던 《수학정석》과 《성문종합영어》를 많은 친구가 상당한 수준까지 공부하고 입학했다. 시골에서는 나도 공부 좀 한다고 생각했는데 급속도로 자신감이 떨어졌다. 그러다 3월 말에 첫 월례고사를 치렀다. 중학교 때 시험지는 앞면에만 문제가 있었다. 첫 시간인 국어 시험이 끝난 후에야 내가 앞면 문제만 풀고 답안지를 제출했다는 사실을 알게 되었다. 눈앞이 하얬다. 이어진 다른 과목은 어떻게 치렀는지조차 기억나지 않는다. 결국, 전교 석차가 세 자릿수로 떨어졌다. 담임선생님은 어이가 없으셨던지 내 입학 석차와 3월 월례고사 석차를 손으로 가리키며 더는 아무 말씀도 하지 않으셨다. 선생님의 속 깊은 배려에 감사드린다.

나와 함께 지내던 형님은 스승인 아버지께 죄송해서인지 나에게 매타작을 가했다. 허벅지에 피멍이 맺혀서 한동안 제대로 앉기조차 불편했다. 그래도 그때는 그것이 당연하다고만 생각됐다. 촌놈이 도시로 나와 시작한 고등학교 두 달은 이처럼 우울했다. 나는 그때부터 아버지께 시골로 전학시켜달라고 전화로 졸라대기 시작했다.

아버지는 내가 받은 성적에 충격을 받으셨는지, 아니면 아들 혼자 공부를 잘 해낼 것을 믿을 수가 없으셨는지 그러겠다고 했다. 그런데, 전학을 가려면 그 학년에 빈 자리가 나야 하는데, 1학년의 경우에는 학기를 시작한 지 얼마 되지 않아 쉽게 자리가 나지 않는다고 했다. 꽤 기다려야 했지만, 내 마음은 이미 전학을 간 거나 다름이 없었다. 전학 가려는 고향 학교의 제2 외국어는 불어가 아닌 독어였다. 그래서 독어 참고서를 사서 독학을 시도했다. 그때 본 문장 중에서 '바스 이스트 다스'(Was ist das? 이것은 무엇입니까?)가 지금도 기억난다.

매타작 덕분인지 다음에 치른 시험에서는 석차가 두 자릿수로 올랐다. 슬쩍 용기가 났다. 이 정도면 할 수 있겠다는 생각이 들었다. 아버지께 전학하지 않겠노라고 말씀드리니 흔쾌히 동의하셨다. 중학교와는 많이 다른 고등학교 교육시스템에 차차 적응되어 갔다. 1학기가 지나자 공부에 자신이 붙었다.

고등학교 들어와서 가는 첫 소풍이었다. 그 당시에는 소풍날에 대부분 점심으로 김밥을 쌌다. 나는 그때만 해도 아주 내성적이라서 하숙집 아주머니께 소풍을 가니 김밥을 준비해달라는 말을 차마 할 수가 없었다. 평소대로 도시락을 받아들고서 집을 나섰다. 점심 때 부끄럼과 서글픔을 안고 꾸역꾸역 밥을 삼켰다. 그나마 반찬 중에 계란장조림 한 개가 있어 위안이 되었다. 내가 좀 활달했다면 하숙집 아주머니께 요청했으련만. 아니면 친구들에게라도 '내가 깜박해서 소풍 얘기를 못했어'라고 변명이라도 했으련만, 그 기억은 나에게 아련한 상처이자 추억으로 남아 있다. 중학교 때 정성을 가득 담아 도시락을 싸주셨던 어머니께 이 글을 빌려 감사의 말씀을 드리고 싶다.

그 후, 하숙집이 걸어서 다니기에 너무 멀다고 아버지 께 말씀드렸다. 아버지는 수소문해서 건너건너 아는 농고 후배의 하숙집으로 옮겨 주셨다. 1학년 때 같은 반이었 던 '경생수'라는 친구가 고향이 가까운데다 하숙집도 가 깝게 있어서 각별히 지냈다. 그 친구와 어떤 영화(?)를 같 이 보러 영화관에 갔다가 지도부 선생님께 걸린 적이 있 다. 다음날 지도부실로 오라는 선생님 말씀에 그날 저녁 한숨도 못 잤다. 다음날 반성문을 쓰며 반성 아닌 반성을 해야 했다. 우리 우정은 비록 학교는 달랐지만, 대학까지 이어지다가 그 친구가 미국으로 이민을 떠나는 바람에 조 금 소원해졌다.

나는 지금도 아는 사람이 없으면 쉽게 친해지지 못하고 주위를 빙빙 도는 편이다. 어릴 때는 촌놈 티와 더불어 더 욱 내성적이었다. 친구 사귀는 일이 너무나 힘들었다. 3학년 때는 갑자기 내 성격을 외향적으로 바꾸고 싶다는 '부적당한' 생각이 들었다. 그래서 좀 논다는 친구들과 어 울려 당시 동양아파트 근처에 있던 빵집을 드나들었다. 여학생들도 만났다. 시간을 그리 보내다 보니 성적은 좀 떨어졌다. 같이했던 '불량한' 친구들이 담배를 권했지만,

난 그것까지는 안 된다고 생각했다. 불행 중 다행이었을까? 예상보다는 좀 낮은 성적을 얻었지만, 서울에 있는 대학에 진학할 수 있었다.

　고교 시절을 떠올리며 글을 쓰다 보니 그때 하지 못한 아쉬운 일들이 많이 생각난다. 특히 악기를 배우고 운동을 열심히 했더라면 고등학교 시절이 꽤 보람찼을 것 같다. 기회가 날 때마다 학생들에게 학교 공부 외에도 악기와 운동, 이 두 가지만은 꼭 하라고 권하고 싶다.

　설익고 어설펐지만, 그 시절을 함께 보낸 빡빡머리 고등학교 친구들이 그립다. 지금부터라도 그립다는 생각만하지 말고 친구에게 전화도 하고, 밥 먹자는 제안도 해보리라 다짐을 해본다. 친구야, 시간 내서 나 만나줄 거지?

◇ ◇ ◇

우석대학교 건설시스템공학과 교수. 전북 무주 안성에서 태어나 서울대학교에서 토목공학을 전공했다. 대학 졸업 후 대우건설에 입사하여 5년간 근무했으며, 서울대학교 대학원에 진학하여 공학박사 학위를 취득한 후 우석대학교 교수가 되었다. 더온누리교회 장로로 시무하고 있으며, 자신을 아는 이들이 자신에게서 유익함을 얻게 하고, 우리 사회가 좀더 살기 좋은 곳이 되도록 이바지하는 것을 사명으로 삼고 있다.

창공의 사나이, 공도公道를 누비다!

송만섭

"웅비오삼雄飛五三, 아트라 불타,
유천개세有天蓋世, 호국비천護國飛天"

웅비하라 오삼인이여, 이탈리아 아트나 화산의 거
대한 불기둥처럼 활활 타올라 하늘을 열며 세상을
여는 주인공이 되어 국가의 영공을 지키기 위해 하
늘 높이 비상하라!

이 네 가지 구호는 1980년대 대한민국 공군의 주력이
었던 팬텀 전투기를 운영하던 제153전투비행대대의 구
호이다. 매일 아침 비행브리핑을 마치고 조종사들은 이
구호를 외치면서 하루를 시작한다. 나에게 제153전투비

행대대는 감회가 남다르다. 전투기 조종사로 평생 공군에 몸담아온 나는 153전투비행대대가 유일한 소속 비행대대였기 때문이다. 우리 제153전투비행대대 조종사들은 필승의 전운을 다지는 시간이거나 회식이 있을 때면 늘 이 구호를 외치면서 소속감을 고양했고 전우애를 불살랐다.

나는 이 구호를 외칠 때마다 항상 내 조국 대한민국을 가슴에 묻어두었다. 모든 사람이 깊은 잠에 빠져 있을 늦은 시각에 춘천 상공에서 공중초계비행을 하면서도 늘 가슴 벅찼고 뿌듯했다. 비록 아무도 알아주지 않는다고 해도, 내가 이 순간 이 자리에서 창공을 지킴으로써 내 부모, 형제, 친척, 친구들이 편하게 쉴 수 있다는 생각으로 쏠려오는 잠도 이겨내면서 임무를 수행했다. 어쩌면 이것을 위해 지난날 혹독했던 전투조종사의 길을 묵묵하게 견뎌온 것이리라!

2022년, 톰 크루즈 주연의 영화 《탑건: 매버릭》이 여름을 뜨겁게 달구었다. 1986년 《탑건》의 속편이었다. 전투 기동 중인 조종석 안에 함께 앉아 있는 듯한 현장감을 선사한 이 영화는 어찌 보면 첨단 CG기술을 자랑하는 블록버스터에 익숙해진 관객에게 아날로그 속도감이 무엇인지를 생생하게 보여줌으로써 나의 기대를 저버리지 않았다.

당시 수많은 청년이 그러했듯, 나도 1986년의 《탑건》 영화를 보고 최고의 전투조종사를 꿈꾸었다. 이후 영화에서처럼 혹독한 교관을 만나 수많은 벌칙과 기합을 감내해야 했다. 말 그대로 고통과 인내의 연속이었다.

37년이 지난 지금 그때를 회상해 보면, 비행교관이 왜 그토록 혹독한 시련과 고통을 우리에게 주면서 인내하라고 했는지 조금은 이해가 간다.

내가 빨간 마후라가 되기 위해 첫발을 디딘 해는 1985년 1월 7일이었다. 공군사관학교 3학년 생도과정을 이수하고 비행 1차반(당시 대전 탄방동, 지금의 둔산지역)으로 공군교육사령부의 초등 비행훈련과정(3개월)에 입과入科했다.

그해 겨울 둔산지역은 너무 추웠다. 비행장은 넓고 컸다. 뻥 뚫린 들판에 활주로 한 개만 널찍하게 펼쳐 있었다. 난생 처음으로 착용한 비행복 사이로 칼바람이 후비고 들어와 살을 에었다. 엎친 데 덮친 격으로 비행교관들의 그 살벌한 폭언과 체벌이라니! 그러나 이깟 추위와 체벌쯤은 전투조종사를 향한 나의 집념에 장애가 될 수 없었다. 불행 중 다행으로 기본훈련과정에서 만난 교관의 인품은 훌륭했다. 지금은 작고하셨지만, 공사 4기(사관학교 30년 선배) 정진섭 교수님의 따뜻한 지도와 가르침 덕분에 3개월간의 고난을 이겨내고 마침내 마지막 관문인 단독비행을 무사히 마치고 훈련과정을 수료할 수 있었다. 그때 그 기쁨은 뭐라 표현할 방법이 없을 정도였다. 이제 겨우 걸음마를 뗀 아이였지만, 마치 빨간 마후라가 된 것처럼 너무나 기뻤다.

기쁨도 잠시, 초등 비행훈련과정을 마친 나는 중등 비행훈련과정(6개월, T-37기종)에 입과했다. 중등 비행훈련과정은 훈련용 항공기부터 초등 비행훈련과는 판이하다. 초등 비행훈련의 항공기는 프로펠러를 장착해 속도가 많이 나지 않지만, 중등 비행훈련은 제트엔진을 장착해 속도감이 완전히 달랐다. 중등 비행훈련은 경남 사천에 있는 훈련비행단에서 실시했다. 1차 비행훈련과정을 무사히 마친 나는 동기생들과 함께 진주행 무궁화호 열차에 몸을 실었다. 어둠이 내리기 시작한 즈음 진주역에 도착했다. 우리를 마중 나온 교관들은 대위 계급장에 모두 검정 레이번을 쓰고 있었다. 그날 저녁 숙소 배정을 마치자마자 저녁도 먹기 전에 '정신 무장'이라는 명분으로 단체 체벌을 받았다. 의례적인 행사로 당연시된 의식이었다. 우리에게 초등비행 때와는 완전히 다른 마음가짐을 원하는 것 같았다.

이렇게 시작한 비행 훈련은 무려 6개월간 이어졌다. 담당 교관의 별명이 '삽자루'였다. 생도 시절 럭비부 출신으로 딱 벌어진 어깨에 야무지게 생긴 인천 출신의 무서운 남자였다. 설마 이 분이 나의 담당 교관이 될 줄이야! 이름마저 이무섭 대위. 글자 그대로 무서움 그 자체였다.

그러나 험난한 파도가 강한 어부를 만든다고 했던가. 운명으로 받아들이고 최선을 다했다. 난생처음 대낮에 별을 보는 경험을 하면서도 전투조종사가 되어야 한다는 '절실함' 하나로 이겨냈다. 결국, 가장 힘들다는 중등 비행훈련과정을 무사히 마치고 고등 비행훈련과정에 입과했다. 빨간 마후라가 되기 위한 8부 능선을 넘어선 것이다. 돌이켜보면, 사천 비행장의 추억은 가혹한 체벌과 훈련, 게다가 먹는 음식마저 내 입맛에 맞지 않아 이중 고충을 겪었다는 것밖에 생각이 나지 않는다.

경상도 음식 맛에 너무 실망한 나는 고등 비행훈련만큼은 광주비행장(F-5B 운영)에서 받고 싶어 광주로 신청했다. 당시 고등 비행훈련과정은 경남 사천과 광주 비행장에서 분리 운영하고 있어서 훈련 조종사들이 원하는 곳을 선택할 수 있었다. 광주에서 6개월간의 훈련 끝에 초등 비행훈련과정 입과 15개월 만인 1986년 3월 공군참모총장이 직접 걸어주는 빨간 마후라의 주인공이 되었다. 그 후 6개월간 전투기 조종사의 입문 과정을 마치고 소위로 임관하여 처음 배속된 부대가 앞서 언급한 제153전투비행대대이다.

제153전투비행대대.

소위 임관에서부터 대령으로 전역할 때까지 무려 32년의 긴 시간을 근무했던 비행대대이다. 나는 153전투비행대대를 사랑했다. 지금도 변함없이 사랑한다. 그곳에서 나의 피와 땀이 얼룩진 오랜 시간을 보냈기 때문이다. 153대대에서 2,300시간을 비행하면서 생과 사의 우여곡절도 많이 겪었다. 하룻저녁에 긴급출동을 세 번이나 실시해, 대대장을 포함해 여러분들이 상부로부터 가벼운 처벌을 받은 일, 전투 기동 시 편대장기과 1미터도 안 되게 스쳐 지나간 위험천만했던 순간, 시험비행을 하기 위해 이륙하자마자 양쪽 엔진에 화재경보등이 들어와 당황했던 일, 하루에도 몇 번씩 죽음의 문턱까지 갔다가 운 좋게 귀환할 수 있었던 경험 등, 말로 하자면 하루가 다 부족할 지경이다.

나는 이 전투비행대대에서 청춘을 다 바쳤다. 이것은 운명일지도 모른다. 내 주민등록번호 뒷자리가 153으로 시작하는 것도, 내 생일이 5월 3일인 것도…. 과연 우연에 불과할까?

어쨌든 요기, 분대장, 편대장, 비행대장, 대대장에 이르기까지 나는 153전투비행대대에서 줄곧 비행했다. 특히 대대장 재임 시에는 무려 18년 만에 153대대를 공군 최고의 대대로 만들어 대통령상을 받았고, 그해 최고의 탑 건까지 배출시켰다.

이렇게 청춘을 불살랐던 내가 지금은 대령으로 전역해 공도公道를 달리고 있다. 삶과 죽음이 교차했던 수많은 순간을 다 잊어버리고 이제는 할리데이비슨 로드킹 스페셜로 아스팔트를 달린다.

현직에 있을 때는 오토바이를 탈 수 없었다. 조종사는 오토바이 탑승이 금지됐기 때문이다. 그만큼 오토바이는 위험하다는 사회적 인식이 깔려 있었다. 지금도 '오토바이 한 대가 팔릴 때마다 과부 한 명이 탄생한다'는 말이 있지 않은가.

그런데 나는 왜 이렇게 위험하다는 오토바이를 고집하고 있는 걸까?

사실 내가 타는 할리는 배기량 1,868CC로 웬만한 중형차의 배기량과 맞먹는다. 그만큼 추력이 좋고 가격도 비싼 편이지만 일반인들이 우려할 정도의 빠른 속도로는 달리지 않는다. 나는 속도감이 싫다. 이미 음속의 세계에서 놀다 온 사람이기에 속도감은 더 이상 의미가 없다. 다만 달릴 때 가슴을 때리는 바람과 엔진에서 뿜어 나오는 뜨거운 열기 사이로 들리는 배기량의 고동 소리가 내 심장과 하모니를 이루는 그 순간을 즐길 뿐이다.

공도를 달리는 두 번째 이유는, 전투기는 반드시 모기지로 귀환해야 하지만 할리는 그럴 필요가 없다. 달리다가 힘들면 그 자리에 멈춰서서 자연을 완상한다. 그 순간만큼은 누구도 간섭하지 않는다. 오늘의 목적지와 내일의 목적지도 다르다. 내가 원하는 곳으로 달리면 그곳이 목적지이다. 자유로움이란 바로 이런 것이다.

지금까지 오직 내 조국 '대한민국의 하늘'을 책임진다는 소명을 갖고 헌신해 왔다. 나를 위한 삶은 사치였다. 만약 나를 위한 삶을 누리고 싶었다면 일정 기간 군 복무만 마치고 전역해 민간항공사에 취업했을 것이다. 그러나 나는 그게 싫었다. 부대 밖으로 외출하더라도 언제든지 부르면 달려가야 하는 공공심이 좋았다. 국가를 위해 나를 희생할 수 있다는 건 누구에게나 주어지지 않는 특권 그 자체가 아닐까.

반면, 전역 후에 펼쳐진 제2의 인생은 철저히 나를 위해 살고 싶었다. 그래서 늘 마음으로 동경해 왔던 할리바이크를 타고 싶어 소형차 면허시험에 도전했고, 단번에 합격해 오늘 이렇게 달리고 있다. 달리는 기쁨보다는 달리면서 생각하는 기쁨이 더 크다는 표현이 맞을 것이다. 젊은 청춘, 평생을 생사를 오가며 일해 온 나에게 달리는 순간만큼은 몸과 마음이 순수하게 열린다. 이런 자유가 좋다.

할리는 오감으로 탄다. 전투기도 같다. 좌우 팔다리, 머리, 모두를 사용해야 한다. 할리를 타는 건, 곧 땅에서 달리는 전투기를 타는 것과 같다. 내 청춘이 하늘길을 폭주하는 것이었다면, 나의 황혼은 할리의 만세 핸들에 의지해 도로를 천천히 달리는 것이다.

할리를 타고 공도를 주행하다 보면 반대차선 라이더들을 종종 만난다. 우리는 자연스럽게 손을 흔든다. 얼굴이 헬멧에 감춰져 있어 누군지도 모르지만, 그건 중요치 않다. 공도에서 만난 반가운 전우일 뿐이다. 그렇기에 손을 흔들며 무사 복귀와 안전한 라이딩을 기원한다.

바이크를 타고 공도에 나서는 순간, 우리는 수많은 거인에 포위당한다. 위협적인 그들과 맞짱이라도 뜨는 순간 최소한 불구이거나 사망이다. 나의 애마인 '로드킹 스페셜'도 누군가에게 치명상을 입힐 수 있다. 목숨 걸고 할리를 타는 것! 이것이 바로 할리맨들이 특별한 유대감을 공유하는 요인이다. 늘 하늘에서 임무를 수행했던 나에게 안전한 귀환은 곧 임무성공을 의미한다, 그래서 할리는 내 청춘의 연장선이기도 하다.

청춘! 이제는 돌이킬 수 없는 시간이지 아니한가? 그러나 앞으로 맞이하는 황혼 또한 단 한 번뿐인 시간이다. 이제는 땅 위를 달리는 전투기에 몸을 의지한 채 자유를 느끼고 싶다. 나는 달리면서 외치고 또 외친다.

"웅비오삼, 아트라 불타, 유천개세, 호국비천!"

나의 꿈은 공장장

장준호

이 풍진 세상을 만났으니 너의 희망이 무엇이냐.
부귀와 영화를 누렸으면 희망이 족할까.

국민가요 〈희망가〉의 가사다. 고등학교 졸업 40년, 환
갑을 앞두고 부귀와 영화는 누리지 못하였으나 시장, 군
수 하시던 아버지, 부잣집 맏딸이던 교사 출신 어머니, 부
모님 잘 만나서 금수저는 아니지만 나름 은수저에 버금가
는 복을 누렸다고 스스로 감사하며 살고 있다.

나의 어릴 적 장래 희망은 공장장, 기자, 007이었다. 20
여 년 교수 생활은 장래 희망에 없던 직업이었다. 그저 운

이 좋았을 뿐이다.

어린 시절 네 꿈이 무엇이냐고 어른들이 물으면, 난 주저 없이 '공장장'이라 대답했다. 그러면 웃으며 공장장이 무엇인지 아느냐 물으셨다. 맹자의 어머니는 자식의 교육 환경을 염려해 여러 차례 거처를 옮겼다는데, 나도 자연스럽게 내 환경에 동화가 된 것일까.

어릴 적 내가 살던 집은 중앙시장과 해성고 사이에 있었다. 지금은 그 자리에 아파트가 들어섰지만 제법 규모 있는 자동차 정비공장이 집 가까이에 있었다. 하루에도 몇 번씩 '공장장님! 공장장님! 전화 왔습니다. 전화 받으세요'라는 고운 목소리의 사내방송이 들렸다. 공장장! 공장에서 가장 높은 대장이 아닌가! 공장장을 부르는 소리는 내가 듣기에 세상에서 가장 아름다운 소리였다. 그래서 나는 일찌감치 공장장이 되는 꿈을 꾸었다.

경운기가 돌아가면서 엔진에서 나오는 냄새가 너무 좋았고, 뿌연 연기를 뿜어대던 연막 소독차의 냄새도 마냥 좋던 시절이었다. 기름에 찌든 장갑을 끼고 기름때와 먼지 범벅인 작업복을 입고 다니는 아저씨들이 세상에서 가장 멋있게 보였다. 더러운 모자와 얼굴에 묻은 기름, 땀도 멋있어 보였다. 그래서 나는 아무리 하찮은 작업을 할 때에도 작업복을 멋지게 차려 입고, 작업화를 신고 허리 춤엔 연장을 주렁주렁 매달고 일을 했다. 자연스레 더러워진 옷을 입는 것이 즐거웠다. 물론 엄마는 그것을 못마땅히 여기셨지만.

성인이 된 지금도 내 옷은 작업복이나 밀리터리 복장이 전부인 것 같다. 고등학교도 공고를 가겠다고 고집했지만, 어른들의 반대로 인문계인 해성고를 가게 되었다. 공고 가려던 녀석이 인문계 고등학교에 진학하니 공부가 즐거울 리가 없었다. 그래도 맘에 맞는 좋은 친구들을 만나서 학교생활이 즐거웠다. 숨어서 마시던 독한 술도, 왜 피우는지도 모르고 피워대던 담배도, 친구 집에서 3학년에 배웠던 고스톱도 즐거웠다.

중학교 은사 진병주 선생님을 고교에서 다시 뵙게 되었다. 고3 시절 어느 날, 선생님은 나를 과학실로 조용히 부르셨다. 종아리를 걷으라 하신 후, 회초리를 종아리에 살짝살짝 대시며 말씀하셨다.

"왜 공부하지 않고 엉뚱한 짓거리만 하느냐? 넌 오늘 나에게 종아리를 심하게 맞은 거다."

그리고 뭐가 되고 싶으냐고 물으셨다. 난 기자가 되고 싶다고 대답했다.

전북일보 경제부장 출신인 선생님은 "네 작은아버지처럼 하지 못할 거면 기자는 꿈도 꾸지 말라"고 하셨다. 동아투위(동아자유언론수호투쟁위원회) 출신으로 한겨레신문 편집위원장이었던 작은아버지는 매번 정보부에 끌려가시곤 했다. 자신이 없었다. 중학교에서는 시사반에서 나름 기자의 꿈을 키웠지만 결국 접었다. 미련 없이. 요즘도 국어를 가르친 진병주 선생님의 검은 얼굴이 생각난다.

대학은 무조건 건축과에 가기로 결심했다. 내 한자 이름이 '넓게 파서 베풀다'라는 뜻이다. 이름대로라면 건축보다는 토목이 어울리는데, 어릴 적 기억 때문인지 건축과에 가고 싶었다. 국민학교에 들어가기 전 우리 집을 지을 때였다. 고무신을 신고 건축 현장을 돌아다니다 대못이 발에 관통하는 아픔을 겪기도 했다. 그럼에도 나이 든 목수 할아버지의 손을 잡고 매일 현장에서 놀았다. 이유는 알 수 없지만, 건축 현장이 그저 좋았다.

조금 커서는 우리 집 초인종 같은 간단한 전기공사를 내가 직접 했다. 나는 정말 집을 짓는 공장장이 되고 싶었다. 그러나 어쩌다 보니 건축과 교수가 되어 있었다. 제자들의 선배 노릇도 해야 했고, 때론 집에서 합숙도 시키며 나름 열심히 교직에 종사했다. 천직이라 생각했다. 학교 출근 때만 정장을 차려 입고 도착하면 바로 넥타이 풀고 군청색 작업점퍼를 입었다. 학생들은 처음에 나를 경비아저씨로 생각했단다. 그래서 내 별명이 '장씨 아저씨'였다. 그 별명이 싫지 않았다.

학창 시절엔 왜 그리도 되고 싶고 하고 싶은 게 많았는지. 또 하나의 막연한 꿈이 007이었다. 첩보원이 아니라 다재다능한 사람이 좋았다. 영화에 나오는 제임스 본드는 못 하는 것이 없었다. 세계를 누비고, 심지어 연애도 잘했다. 학창 시절 공부도 잘하면서 다른 것도 잘하는 친구들이 부럽고 진정으로 존경스러웠다. 그래서 직장생활을 하며 월급이 들어오자 이때다 싶어 못한 것들을 배우기 시작했다.

사진을 공부하면서는 사진 실력은 엉망이지만 카메라만 몽땅 가지게 되었다. 친구 따라 강남 간다고 스쿠버다이빙과 스키는 친구들 덕분에 입문하게 되었다. 스케이트는 아들들을 따라다니다, 장구는 한국인이라 선택했다. 악기를 잘 다루는 게 보기 좋았다. 그래서 두 아들 녀석에게 피아노와 가야금을 취미로 배워서 윤택한 삶을 살라고 했더니 덜컥 음악을 전공해 오히려 윤택한 삶이 될지 걱정이다.

아무튼 지금 나는 이것저것 못 하는 것이 없지만 특별히 잘하는 것도 없는데, 관련 책과 장비만 프로급이다. 최근에는 오토바이를 몰래 장만해서 타다 집사람한테 발각되어 이혼 위기를 맞기도 했다. 우리 가족은 나를 '공장장'이 아닌 '장비장'이라 부른다.

인생이란 돌고 돈다고 했던가. 공장장, 기자, 007의 희망 중에 그래도 처음 꾸었던 공장장의 꿈을 돌고 돌아 뒤늦게야 이루었다. 문제는 비정규직 공장장이라는 사실이다. 그때그때 상황에 따라 공장이 되는 건축현장의 공장장이었다. 물론 공사현장이 없으면 손가락 빨면서 오늘과 내일을 불안해 한다.

기자와 007은 물 건너갔고, 공장장은 임시직이니 이제 새로운 꿈을 꾸고 싶다. 교수 생활하면서 훌륭한 논문으로 학계에 족적을 남긴 것도 아니고, 돈을 많이 벌어 가족을 호강시켜 준 것도 아니다. 그렇다고 사회적으로 명

예를 쌓은 인생도 아니다. 그래서 새로운 목표는 '내가 즐겁게 사는 것'으로 정했다. 물론 내가 새 목표에 집중하면 가족 중에 누군가는 내 짐을 짊어져야 한다. 아주 이기적인 목표이다. 그래도 내가 행복해야 주변도 밝아진다.

버킷 리스트를 작성했다. 하고 싶은 것을 하나씩 적어 보았다. 모든 것을 다 하고 살 순 없지만 죽는 날 이것도 못 해보고 저것도 안타깝고 하는 후회의 가짓수를 하나라도 줄이고 싶다.

막상 써보니 그리 많지 않다. 대부분이 여행이다. 가고 싶은 곳, 보고 싶은 것, 하고 싶은 일투성이다. 우리 해성고 17회 3학년 7반 모임인 삼칠회에서는 2년마다 수학여행이라 하여 해외여행을 간다. 지난 모임에서 한 친구가 앞으로는 1년에 한 번씩 가자고 의견을 내놓았다. 이제 나이와 건강 때문에 가고 싶어도 못 가고 하고 싶어도 못 하는 것이 많아지니까 하루라도 젊어서, 그리고 스스로 움직일 수 있을 때 해 보자고. 이런 말을 하는 나 자신이 우습지만 현실이다.

내 젊고 아름다운 시절의 모든 것을 보고 느끼고 공유

했던 고등학교 친구들이 그립다. 한편으론 다시 돌아가고 싶다. 마음만이라도 그 시절로 돌아가 새로운 꿈을 꿔보는 건 어떨까. 앞으로 남은 인생에서 오늘이 제일 젊은 날일 테니까 말이다.

대서양 참치잡이

이희선

2015년이 저물어 가고 있었다.

멀리 서아프리카 세네갈에서 국제전화가 왔다. 평소 알고 지내던 세네갈 현지법인에 파견 근무 중인 국내 최대 수산회사의 부사장이었다.

"이 대표님, 우리 회사가 운영 중인 중고 참치잡이 선망선을 인수해 봐요."

해운업을 하던 나는 일언지하에 거절했다. 참치잡이 배를 운영해본 적도 없고, 아프리카 세네갈에서 운영한다는 게 전혀 상상이 되지 않았다.

해가 바뀌어 2016년이 되었다. 그 부사장이 서울 본사에 보고 차 입국했다. 그가 보자고 연락을 해왔다. 그는 음식점 테이블에 앉자마자 테이블에 아프리카 서안 지도를 그리고 대서양 참치잡이의 사업성에 대해 열변을 토했다. 나는 남의 일 구경하듯 물끄러미 바라보았다.

그러다 그의 진심이 느껴졌다.

"좋습니다, 그럼 3월에 일단 한번 방문해 보겠습니다."

나는 그의 성의에 감동해서 이렇게 응답하지 않을 수 없었다.

그해 봄에 아프리카 세네갈행 비행기에 올라탔다. 멀고도 머나먼 노정이었다. 두바이까지 10시간을 날아가서 비행기를 바꿔 타고 다시 10시간 넘게 더 날아가야 하는 여정이었다.

낯선 대륙 공항에 내렸다. 그들의 얼굴이 모두 한가지로 까매서 누가 누구인지 도대체 이목구비가 구별되지 않았다.

소개받은 배를 점검했다. 검선 절차였다. 나는 외항상선을 하던 사람이라 참치잡이 어선에 대해서는 문외한이었다. 이대로 참치잡이 사업을 하게 되면 좀 생뚱맞은 분야로 전업이나 다름없었다. 한국에 돌아와 직원들과 주변의 지인들과도 상의했다. 예상했던 대로 모두가 반대했다.

네가 참치잡이를 아느냐? D사가 참치잡이 최고 전문가인데 왜 하필이면 너한테 배를 팔겠느냐? 배에 잠재적 큰 하자가 있는 것이 틀림없다 등등.

살다 보면 저마다 결단의 순간과 만나게 된다. 나는 나에게 제안한 수산회사에 신뢰가 갔고 새로운 사업에 매력을 느꼈다. 한 번 도전해 보기로 결단하고 역제안을 했다. 현상태로의 인수는 곤란하니 배를 수리해주고 수리비를 얹어주면 인수하겠다고. 그들도 내 역제안을 기꺼이 수용했다. 나의 참치잡이 역정이 시작되는 순간이었다.

나는 한 번 결단 내린 일에는 머뭇거림 없이 돌파하는 성격이다. 현지법인을 설립하고 CEO를 영입하고 직원들을 뽑는 등 신속하게 진행했다. 2016년 5월 계약서에 사인하고 1개월여 수리 후 8월 초 첫 출항을 했다. 참치잡이 일을 현지 CEO에 일임하고 내 본업을 위해 귀국했다. 그야말로 일사천리였다.

무엇이든 새로운 일은 쉽지 않다. 참치잡이 일을 시작하기 전, 한 친구가 "너의 참치잡이의 최대 리스크는 오너

리스크다"라고 지적한 바 있다. 아니나 다를까. 그 말이 조금씩 이해되기 시작했다. 내가 참치잡이에 대해 정확히 모르니 현장에서 끊임없이 크고 작은 사고가 났다. 현장을 찾아가 다시 처음부터 배우는 마음으로 그리고 낮은 자세로 선원들을 섬기며 열심히 배웠다. 그렇게 1년 정도 정성을 다해 참치잡이 배를 운영했다. 곧 호전되어 조업도 연평균 매출도 수익성도 괜찮은 편으로 분석되었다.

문제는 선박의 기계적인 고장으로 조업이 자주 불가한 것이었다. 배를 완벽히 수리하거나 새 배를 인수하면 승산이 있다고 판단했다.

내가 가진 모든 자금을 동원했다. 2018년 8월 조금 더 큰 새 배 한 척을 추가로 인수했다. 참치잡이를 시작한 지 2년 만이었다. 서울의 해운회사는 시스템에 맡기고 당분간 세네갈에서 상주하기로 마음을 단단히 먹었다. 나와 배와 참치의 사투는 그렇게 시작됐다. 한마디로 올인한 것이다.

참치 잡는 현장을 보지도 않고 참치잡이를 논할 수 없었다. 나는 참치잡이 배를 따라나섰다. 어구들과 한 달 정도 먹을 식량을 싣고 드디어 출항이다.

해양대에 다니던 1985년 처음 실습선을 탈 때와 같은 흥분과 긴장이 밀려왔다. 항구를 빠져나가기 위해 방파제에 다다르니 우현 쪽에 다카르조선소가 보인다. 다카르조선소는 현대중공업과 비슷한 시기인 1979년에 프랑스인들에 의해 건설되었다고 한다. 대지 약 5만평 규모에 190m 길이 선박도 입거 가능한 전통적인 드라이 도크와 6만t급 대형 상선도 입거 가능한 플로팅 도크, 소형 선박을 위한 엘리베이터식 도크를 갖추고 있다. 또한 유럽향 및 미주향 선박의 항로상에 지리적으로 유리한 위치를 점유하고 있다. 조선 기술의 선진국인 우리나라 기술과 기술자를, 이들의 조선소 하드웨어와 낮은 인건비를 결합한다면 유럽의 앞마당에서 유럽시장을 공략할 수 있는 조선소를 만들 수도 있겠다 싶었다.

방파제를 빠져나가니 바로 우현에 길이 900m, 폭 300m 정도의 작은 섬이 하나 보인다. 고레섬Island of Goree이었다. 이 작은 섬에서 15~19세기 500여년간 북미와 유럽으로 팔려 간 노예가 무려 2천만 명이 넘는다고 한다. 유네스코에 등재되어 있는 아프리카에서 가장 큰 노예무역의 중심 기지였다. 현장의 기록들을 보면 가축보다 못한 대접을 받은 이들의 비인간적인 참상에 소름이 끼쳤다. 오바마 미국 대통령도 방문하여 눈물을 흘렸다고 한다. 참으로 끔찍하고 부끄러운 인간시장의 역사다.

배는 고레섬을 우현에 두고 정횡으로 선회하여 항해를 계속했다. 이 길로 쭉 북상하여 1.5일이면 우리의 목적 어장인 모리타니아 EEZ배타적경제수역이다. 거기서 다시 3~4일만 항해하면 유럽대륙인 포르투갈에 도착한다. 아프리카는 유럽의 앞마당이다. 이제 앞으로 아프리카는 유럽의 농업, 공업 생산기지와 같은 역할을 할 것이다.

배는 점점 더 큰 바다로 항해하고 있었다. 망망대해에서 올려다보는 밤바다의 쏟아지는 별들은 항해자를 상념에 잠기게 했다. 실로 37년 만에 대양에 다시 나오니 감개무량했다. 인생 역정이 파노라마처럼 파도를 따라 펼쳐졌다.

나는 바다가 먼 내륙에서 자랐다. 바다라고는 초등학교 보이스카우트 활동으로 변산 해수욕장에 가본 게 전부였다. 고등학교 시절 전만재 지리 선생님이 해양대학에 가면 돈도 많이 벌고 해외도 많이 나갈 수 있다고 하는 말씀에 꾀여 해양대학에 들어가게 되었다. 나와 바다와의 뗄 수 없는 인연은 그렇게 시작되었다. 어머니는 어린 시절 나에게 "용한 점쟁이에게 점을 봤는데 너는 해외에서 큰돈을 벌 거래"라고 일러주시곤 했다.

해양대학을 졸업하고 4년 정도 외항 상선에 승선했다. 70여 개국을 여행하며 많은 경험과 견문을 넓혔다. 그러나 내가 배를 타던 1980년대 후반은 과거 60~70년대 마도르스의 황금기를 이미 지나가고 있었다. 87년 이후 벌어진 민주화와 노동운동으로 해상임금은 육상 임금에 비하여 큰 차이가 없었다. 서울에 올라와 중소 해운회사에 취직했다. 어느 세월에 서울에서 집 한 칸 마련할지 앞이 보이지 않았다.

1996년 5월 자본금 1억 원으로 창업했다. 창업 첫해 매출 100억원, 비로소 터널의 끝을 빠져나온 것처럼 앞이 환하게 보였다. 이후 12년간 매년 거의 2배 가까이 성장하여 2008년에는 매출 4,700억 원을 달성했다. 2009년 1조 매출이 눈앞에 보였다. 돈을 버는 게 쉽게 느껴졌다. 세상이 쉽게 보였다. 모든 게 순풍에 돛단 듯 진전되었다.

그러나 바다가 늘 잔잔할 리가 없지 않은가. 모든 것을 쓸어갈 만큼 무서운 태풍과 폭풍우가 기다리고 있었다.

2008년 9월 15일, 세계 금융위기를 촉발하는 리만 브라더스 파산 사태가 터졌다. 해운시장이 원폭을 맞은 듯 모두가 공황 상태에 빠졌다. 신용장 거래가 중단되고 무역이 극심하게 위축되었다.

2008년 5월 11,580이던 벌크 운임지수는 그해 11월 불과 6개월 만에 650으로 폭락했다. 여기에 직격탄을 맞은 나도 공항 상태에 빠져 어찌할 바를 몰랐다. 그 후로 10년 동안은 고군분투의 나날이었다.

사업은 본업만 해도 망하고 본업을 포기해도 망한다고 했던가. 본업을 근거로 수직적 그리고 수평적 계열화를 하여 균형을 잘 맞춰가며 사업을 해야 한다는 얘기일 것이다. 그러나 나는 너무 한 사업에만 매달린 듯했다.

대서양 바다 한가운데 서서 이런저런 상념에 잠기니 눈물이 절로 흘렀다.

어장에 도착한 본선 시디펜더호가 어군 탐지를 하기 시작했다. 그리고 다음 날 첫 투망을 했다. 길이가 약 2km, 깊이가 250m인 초대형 그물이다. 첫 수확으로 황다랑어와 가다랑어가 혼합된 약 20t을 어획했다.

기뻤다. 어찌 한잔 하지 않을 수 있으랴. 바다에서 선원들과 함께 먹는 생물 참치회는 그 맛이 육지의 최고급 횟집에 비할 바가 아니었다.

참치는 크게 5가지 종류로 나눌 수 있다.

참다랑어Bluefin tuna는 흔히 혼마구로라 하여 입안에 살살 녹는 대뱃살 오도로 맛이 일품이다. 큰놈은 600kg 정도로 황소 한 마리 무게다. 그러나 값은 참치 한 마리가 황소의 수십 배에서 수백 배까지 비싸다.

황다랑어Yellowfin tuna는 지느러미가 노랗고 맛이 담백해 횟감과 통조림용으로 쓰인다.

눈다랑어Bigeye는 눈이 커서 그렇게 부르며 횟집에서 흔히 볼 수 있다.

알바코Albacore는 날개처럼 긴 가슴지느러미를 가지고 있다 하여 날개다랑어라고 불리며 주로 통조림용으로 쓰인다.

가다랑어Skipjack는 배에 선명한 긴 줄이 굵게 나 있으며 통조림과 가츠오부시용으로 쓰인다.

그 외에 참치의 일종이라 할 수 있는 하얀 속살 황새치,

청새치, 녹새치 등 새치류를 우리는 그냥 참치라고 통칭한다. 우리 본선은 대량 어획을 하여 주로 통조림용 참치를 판매한다.

출항 5일째, 말로만 듣던 참치떼가 바다 위에서 일으키는 하얀 포말, 백파를 발견했다. 본선과 참치떼의 추격전이 시작되었다. 하얀 포말을 일으키며 달려나가는 참치떼에 조금씩 다가갈수록 가슴이 두근거리고 손에 땀이 났다. 선망선 참치잡이는 인간에게 잠재되어 있는 사냥 본능을 자극하는 듯했다. 한방 어획이면 많게는 300~400t이다. t당 1,500달러 정도이니 한방에 7억~8억이다. 한 번 출항하면 900t 정도 만선을 하는데 약 한 달이 소요된다.

출항 1주일째, 만선의 아쉬움과 사냥의 기쁨을 뒤로하고 사무실에서 기다리는 일들 때문에 다른 배로 갈아타고 세네갈로 귀항을 서둘렀다.

세네갈은 인구 약 1,500만 명으로 남북한을 합한 정도의 국토 면적을 가지고 있다. 서아프리카에서 정치적으로 가장 안정되어 있어서 미국, EU뿐만 아니라 중국, 한국

등에서도 서아프리카의 거점 국가로 활용하고 있다. 교육열이 꽤 높으며 치안 또한 안정되어 있다.

현재는 농·수산물, 식품가공 등이 주산업이지만 건설, 기계, 조선, 에너지, 부동산, 금융 등 많은 분야에서 눈에 띄게 성장하고 있다. 향후 서아프리카의 발전을 선도할 국가이다. 이들의 종교는 주로 이슬람이다. 합법적으로 4명의 부인을 둘 수 있다. 그러나 실제로 4명의 부인을 둔 사람은 그리 흔치 않다. 무엇보다 경제적인 능력이 뒤따라야만 가능하다.

나는 가끔 부인이 2~3명인 사람에게 묻곤 했다. 다음 부인은 언제 얻을 거냐고? 거의 전부다 "아, 이제 힘들다"며 손사래를 쳤다. 관리가 힘들단다. 합법적인 데도 이리 힘들어하는데 한국에서 애인을 3~4명씩 바꿔가며 거느리는 우리들의 골프친구 정 아무개 군은 정말 대단한 것 같다.

이곳에는 네 개의 한인 식당이 있다. 정원과 수영장이 시원한 서울식당, 골프장 옆에 있어 운동 전에 냉면을 먹을 수 있는 샤바트, 매운탕이 맛있는 아리랑, 밑반찬 등 전반적으로 음식이 맛있는 아리수.

벗들이 찾아준다면 이들 맛집을 번갈아 가며 진하게 술 한잔 마시고 싶다.

인생은 2모작이라 했던가. 나는 60이 다되어 새로운 도전을 감행했다. 미래에서 온 남자, 일론 머스크는 "내가 도전을 멈출 때는 내가 숨을 쉬지 않을 때뿐"이라고 했다. 꿈을 가지고 도전을 멈추지 않는 한 우리는 젊다.

'운 좋다' 말하며 살아가기

주 훈

어느 단골 환자가 유니트 체어에 누워서 나를 올려다보며 말한다.

"원장님도 많이 늙으셨네."

종종 듣는 소리다. 나는 아무렇지도 않게 웃으며 묻는다.

"예. 이번엔 어디가 안 좋아서 오셨어요?"

진료를 마치고 장갑을 벗는다. 손을 씻으며 세면대 위 거울에 비친 내 얼굴을 들여다본다. 잔주름이 늘고 피부가 나날이 처져가는 느낌이다. 세월 앞에 장사 없다. 나라고 늙지 말란 법이 없지 않은가. 환자들 입속을 들여다보다가 어언 60이 되고 말았다.

어제 같은 오늘을 보냈다. 내일도 또 오늘과 비슷한 일

84

상이 펼쳐지리라. 하루 중 가장 기다려지는 점심시간이
되면 경쾌한 발걸음으로 진료실을 나선다. 노점상 아주
머니와 눈인사를 하는데, "원장님. 대운 터졌어~" 한다.

"예? 무슨 말씀을요?"

나는 다소 뜨악한 표정으로 묻는다.

"어제 치과에 다녀갔던 환자가 응급실에서 죽었다는구
먼. 치과 치료 받다가 그랬음 어쩔 뻔했어?"

노점상 아주머니는 자기 일처럼 걱정하고 안심된다는
투다.

"아~ 예. 몸 상태가 너무 안 좋아 보여서 접수하다 말
고 내과로 모셔다 드렸는데 진료 도중 쓰러지셔서 119
불러 응급실로 실려 가셨대요. 결국 사망하셔서 마음 아
프네요."

참 소문 한번 빠르다. 나는 그만 식욕이 사라져버린 나
머지 맛집 대신 커피숍으로 들어가 멍하니 시간을 보낸
다. 오늘 아침, 진료 전부터 사복형사 둘이 조사를 한다
고 이것저것 물어보고 녹화된 CCTV를 꼼꼼히 들여다보
고 갔다.

"그러네요. 원장님 말대로 치과 대기실에서 기다리던

환자를 원장님이 보고서 곧바로 밖으로 모시고 나가셨네요. 그 길로 내과로 가신 거 맞네요."

조사를 마치고 우리 병원을 나서며 형사가 해준 말에 마음이 놓였었다.

커피맛이 더 쓰다. 휴~ 그래 맞아. 운이 좋았지 뭐야. 치과 치료한다고 마취라도 했음 어쩔 뻔했어. 치과 대기실에서 쓰러졌으면? 내과로 모셔가기보다 119를 불렀어야 했나? 아냐. 치과에 왔을 땐 그 정도로 심각하진 않았어.

기나긴 하루가 어떻게 지나갔는지 모르겠다. 어찌어찌 하루를 보내고 집에 왔는데도 물먹은 솜처럼 몸과 마음이 무겁다. 그래도 이 정도면 정말 운 좋은 거지. 그래~ 지금까지 살아오면서 순간순간 보이지 않는 도움을 참 많이 받았어.

우선 집 문제만 해도 그래. 한옥 보존지구로 묶여 불편함을 피부로 느끼며 살았던 본가도 이렇게 변할 줄 누가 알았겠어. 노모와 형님이 이사 안 간다고 고집부리시는 것이 당최 맘에 안 들었었는데….

"알았어요. 어머니 편한 대로 하셔."

나는 그만 설득을 멈추고 말았었다. 결과적으로 그게

더 잘 되었다. 서둘러서 좋은 곳에 못 모신 불효도 용서됐고 집값이 올라서인지 어머니 말씀에 힘도 있고 얼굴도 좋다. 대학 선택도 마찬가지였다. 마음 한쪽엔 서울로 가고 싶다는 생각도 있었는데, 선친이 이런저런 이유로 당시 생소했던 전북대 치대 가기를 바라셨던 것이 '신의 한수'가 됐다. 거기서 내 평생 짝꿍을 만난 것도 억세게 운이 좋았던 것이다.

전북지역에 치과의사 신협이 생겨서 이사로 활동하게 된 것도 큰 경험이었다. 나중에 이사장까지 했으니 운이 좋았다. 나처럼 내성적인 사람이 하기엔 쉽지 않은, 큰 용기가 필요한 일이었다. 특히 아내가 "잘해야 본전"이라며 반대를 했었는데, 20년 동안 신협 행사나 이사회에 빠진 적이 없었다는 말에 "그럼 해야지"하며 누구보다 잘 도와주었다.

어쨌거나 4년의 임기를 큰 탈 없이 마칠 수 있었던 것은 주위에서 그 일을 잘 해낼 거라고 믿어주고 도와준 덕분이 아니었던가.

20여 년간 신앙생활을 멀리하다가 신심 깊은 사돈네를 만나 성당을 다시 다니게 된 것도 큰 은혜라 할 수 있겠다. 오랫동안 주일날 성당에 안 나가도 아무렇지 않았는데, 마음먹고 성당에 들어선 것만으로도 왜 그렇게 충만해지는 건지. 그저 감사할 따름이다.

어떤 신자분이 그런다.

"하느님은 왜 주희네만 이뻐하신대?"

"다 주변분들의 기도 덕분이지요~ 뭐."

그렇게 인사치레를 해놓고도 스스로 어색하고 민망하다.

세상일은 알다가도 모를 것이, 1년 전에 주차장에 차를 주차하고 뭘 꺼내 들고서 그냥 집에 갔던 모양이다. 좀 있다가, 차 트렁크가 열려 있다는 문자를 받았다. 누군지 모르지만 감사하다는 문자를 보내놓고는 까맣게 잊고 있었다. 그런데 이런 절묘한 인연이 또 있을 까. 그때 나에게 친절하게 문자를 보내준 반듯한 청년이 큰딸과 결혼해서 사위가 되었으니 말이다. 그 사실을 나중에 핸드폰 문자를 정리하면서 알게 되었다.

어떻게 1년 전에 일면식도 없던 사위가 나에게 문자를 할 수가 있었지?

처음에 나는 의아했다. 그러다가 옳아, 내 차 트렁크 열린 걸 알려줘서 고맙다고 답례문자를 보냈지. 그때 그 핸드폰 번호가 사위 이름으로 등록된 사정이로구나.

나는 기분 좋게 껄껄 웃었다.

한 후배가 오랜만에 전화해서는 대뜸 그런다.

"형은 어떻게 그런 사돈을 두시게 됐어? 내가 만나본 분 중에 배 약사님 같은 분은 시아버지로는 전국 최강이야. 운도 너무 좋아."

"응, 딸아이 복이지 뭐. 너도 트렁크를 열어 놓고 기다려 봐."

나는 빙그레 웃는다.

오늘 미사 때 신부님이 '말씀의 전례' 시간에

"누구든지 내 뒤를 따라오려면 자신을 버리고 날마다 제 십자가를 지고 나를 따라야 한다"고 하신다. 어쩌다가 아니고 날마다.

마음이 성령으로 충만하고 가벼워야 하는데, 나는 어찌해도 무겁다. 지어야 할 나의 십자가가 무겁다는 걸 직감해서일까?

날마다 예수님의 길을 갈 것인가? 아니면 내 신념의 길을 가고 말 것인가?

어느 길을 가든, '운 좋다'고 말하며 살아가기는 변함이 없을 것 같다.

◇ ◇ ◇

현재 전주 상아치과 원장. 1988 전북대 치대 졸업. 1988~1991 전북 치대 수련의, 전북대 대학원 수료. 1997~2018 전북 치과의사 신협 이사. 2018~~2022 전북 치과의사 신협 이사장.

나이지리아 통신

김영채

지금의 나를 만들어준 고교 시절

지금도 생각이 난다.

해성고 1학년 3반에 배정되어 첫 달 모의고사를 보았던 때가. 정읍에서 중학교에 다니며 공부를 체계적으로 해 본 적이 없던 나는, 첫 모의고사에서 273등을 했다. 4월 모의고사에서는 150등을 했는데, 담임선생님이 어떻게 하여 성적이 그렇게 올랐는지 발표하라고 했다. 아마도 부정행위를 의심했거나 열심히 공부한 것에 대한 격려였을 것이다. 1학년을 마칠 때는 전교에서 20등 정도까지 올랐으니, 열정적인 선생님들과 수업에 집중하는 반 친구들을 따라 한 덕분이었다.

지금도 생각이 난다.

채플 시간에 찬송가를 부르고 종교에 대해 배웠던 것이. 채플 선생님이 가톨릭을 믿으라고 강요하지 않았던 것이 마음에 들었고 종교 역사에 대한 설명이 흥미로웠다. 신자는 아니지만, 남아공에 근무할 때 6개월 동안 아들 친구가 다니는 성당에 아들과 같이 다녔다. 찬송가를 들으면 마음이 편안해졌고 고교 시절 채플 시간을 회상하곤 했다. 나는 신을 믿을 수 있는 사람들을 진심으로 부러웠고 아들이 신자가 되길 바랐다(아들은 신부님의 배려로 남아공을 떠나기 직전에 세례를 받았는데, 그 후 성당에 다니지 않았다).

지금도 생각이 난다.

고등학교 2학년 때인 1980년 봄, 계엄령이 선포되고 광주가 쑥대밭이 되어 학교가 뒤숭숭했던 때가. 학교 운동장에 학생들이 모여 웅성웅성했다. 좀 더 의식 있던 친구들은 울분을 토했다. 우리나라 현대사에 한 획을 그었던 광주민주화운동을 그렇게 알게 되었고, 우리 사회를 가르고 있는 '지역' 문제가 그 후 나를 정신적으로 괴롭게 했다.

국민학교 때 집에 걸려 있던 달력의 사진. 파란 하늘과 푸른 바닷가 하얀 모래사장에 하늘 높이 솟은 야자수, 천국이 이런 곳인가 하는 생각이 들곤 했다. 의식이 형성되지 못했던 어린 시절에 천국을 꿈꾸었던 것은 고단한 농촌 생활 때문이었을 것이다. 아침부터 저녁까지 일하는 부모님을 따라 농사일을 도와야 했던 농촌 생활이 지겹고 힘들었다. 고등학교 때도 여름방학에 농사일을 도우러 집에 가곤 했는데, 3학년 때는 시험을 핑계로 가지 않았다. 집에 부담을 주지 않고 자립해야겠다는 생각으로 4년 장학금과 생활비를 지원해 주는 대학에 갔다. 신혼인 큰누나 집에서 서울 생활을 시작했다. 그 후 전주에는 몇 번 가보지도 못했다. 나를 만들어 준 곳인데… 하면서도.

외무고시와 외교관 생활

고도근시로 소위 방위병이라고 하는 단기사병으로 고향에서 18개월간 근무했다. 그때 만난 대학 친구가 미국 유학을 준비하고 있다고 했다. 나는 대학 진학 후 당구와 술을 배우고 운동권 동아리를 기웃거리며 방황했다. 느슨한 삶을 바꿀 목표가 필요했던 시점이었다. 나도 유학하고 싶었다. 그러다 외무고시에 합격하면 외국 유학을 보내준다는 사실을 알게 되었다. 솔직히 외교관이 되어 나라를 위해 뭔가를 한다는 그런 숭고한 생각은 없었다.

대학교 2학년 2학기에 복학하면서부터 나를 철저하게 관리했다. 학교 선택과목은 고시 과목에 맞추어 수강했고, 월요일부터 토요일까지 매일 12시간 공부, 일요일 오전에는 휴식하되 오후에는 편한 책 읽기, 이렇게 루틴을 만들었다. 시간이 가면서 여성이 생리로 인해 생체리듬이 있듯이 남성에게도 일정한 생체리듬이 있다는 것을 느꼈다. 수요일이나 목요일이 되면 몸이 답답하고 짜증이 나서 집중을 할 수 없었다. 그래서 보통 목요일 오후에 혼자 테니스 벽치기를 했다. 한 시간 정도 테니스를 하고 찬물로 샤워를 하면 몸이 가벼워지고 집중할 수 있었다.

시험 과목인 어학을 준비하는 데 시간이 오래 걸릴 것으로 보고 우선 어학을 공부해야겠다고 판단했다. 통역대학원에 다니던 친구의 조언(영어 단어 하나를 완전히 나의 것으로 소화하기 위해서는 150번을 봐야 한다)에 따라 영자신문인 코리아헤럴드를 매일 보면서 단어 정리를 하고 단어장을 다시 보았다. 하루에 4시간 이상 걸렸던 신문 읽기와 단어장 다시 보기를 6개월 하고 나니 영어 신문을 사전 없이 볼 수 있게 되었다. 그다음부터는 식사하면서 영어 잡지를 보는 것으로 대체했다. 불어는 고등학교 때 기초를 탄탄히 한 덕분에 어렵지 않았다. 〈눈이 내리네〉 샹송을 자주 들려주시던 불어 선생님께 마음으로 감사했다.

외무고시를 준비하고 처음 본 1차 시험에서 바로 합격했다. 내 인생에서 가장 행복했던 순간이었다. 진지한 노력을 해서 거둔 결실이었기에 특히 기뻤다. 2차 시험은 국제정치학, 국제경제학, 국제법이 핵심이고 그 외 윤리, 영어, 불어와 선택과목인 재정학인데, 1년간 준비해서 대학 4학년에 올라갈 때 합격했다. 해성고 출신으로는 처음이었고 현재까지도 후배가 없다. 고등학교 때 잘 이해하지 못하면서도 하숙집에서 멋으로 읽었던 플라톤, 니체, 쇼펜하우어 등 문고판 철학책과 대학 운동권 책들도 고시를 공부하는 데 큰 도움이 되었다.

고시 합격 기념으로 큰누나가 사준 양복, 대학교에서 선물로 준 양복, 단 두 벌의 양복을 바꿔 입어가며 외교부 근무를 시작했다. 대학 4학년은 야간수업으로 대체했다. 3학년까지는 고시 과목에 맞추어 수강했기 때문에 학점이 좋아 수석 졸업할 수 있는 정도였는데, 4학년은 간

신히 낙제를 면했다. 하나도 아쉽지 않았다. 행정고시, 기술고시 동기들과 함께 1개월 연수를 받고 외교관 자체 교육 6개월을 즐겁게 보냈다. 그런데 점차 내가 어울리지 않는 곳에 있음을 느꼈다. 동료 중에 시골 출신이 종종 있으나, 나처럼 전기도 없던 시골 출신은 거의 없었다. 호롱불로 살았던 농촌 출신에, 한국 정치에서 비주류인 호남 출신에, 비서울대 출신인 나를 의식하지 않을 수 없었다. 그럼에도 지난 30여 년을 그런대로 잘 견디어 온 나 자신이 뿌듯하다.

외교부에 들어간 1990년 당시, 나는 잘 인식하지 못하고 있었지만 우리나라가 통째로 바뀌고 있었다. 베를린 장벽 붕괴로 공산권이 몰락하기 전까지 외교부는 소수 정예주의로 직원이 적고 할 일도 별로 없었다. 과장들은 6시가 되면 모여서 바둑을 두었고 젊은 직원들은 저녁에 포커하는 풍경이 흔했다. 그런데 북방외교를 통해 유엔에 가입하고 러시아, 중국 등 공산권과 수교하면서 외교 업무가 폭증했다. 노태우 대통령이 시작한 북방정책은 산업의 고도화 및 민주화와 함께 우리나라가 선진국으로 도약하는 3대 축이었다고 회상한다.

한반도는 1960년대까지 북한이 주도적인 세력이었다. 1966년 런던월드컵에서 북한팀이 센세이션을 일으키며 8강까지 올랐던 때가 북한의 전성기였다. 1972년 남북공동성명을 남북한간 세력균형의 결과로 보는 해석이 있는데, 이 시점을 전후로 남한이 북한을 경제적으로 앞서게 되었다. 공산권 몰락은 북한에 치명적 타격을 가해 경제가 붕괴했지만, 남한은 경제발전과 민주화가 선순환되면서 국력이 급격히 상승했다. 북한은 이때부터 핵 개발에 본격적으로 나섰다. 이는 남한과의 경제적 격차를 만회하기 위한 전략이었을 것이다.

나는 외교부 직원으로는 드물게 북한을 방문하고 북한 공무원들과 교섭해 본 경험이 있다. 2002년 경수로 기획단에 근무하면서 속초에서 배를 타고 북한 신포에 갔다. 신포에서 버스로 함흥까지 이동하고, 함흥에서 비행기를 타고 평양에 도착하여 대동강변에 있는 고방산 초대소에서 지냈다. 그리고 북경을 거쳐 돌아온 것이 첫 번째 북한 방문이었다. 그후 네 차례 더 북한을 방문했다. 우리 조상들에게는 기와집, 소고기, 쌀밥이라는 세 가지 소망이 있었는데, 1960년대 북한은 이를 거의 이루었다고 한다. 북한 농촌 마을은 모두 개량된 집으로 단장되어 있었는데, 창문이 깨져 있거나 비닐로 막아 둔 풍경을 보며 북한 경제가 망가져 있음을 느꼈다. 북한이 핵을 포기하지 않을 것이라는 생각이 들었고 그것은 곧 현실화되었다. 소수 파이긴 하지만 국제정치학자 중에는 북한 핵이 동북아의 안정에 긍정적으로 작용할 것이라고 주장하는 이도 있다.

결혼 후 첫 근무지인 샌프란시스코에서 딸을, 필리핀에서 아들을 낳았다. 결혼과 부모가 된다는 의미에 대해 깊게 생각해 보지 못한 상태였다. 아동교육에 관한 책을 읽어 두었어야 했는데 하는 아쉬움이 지금도 남는다. 아이들이 초중고 과정을 주기적으로 전학하면서 영어와 한국어로 뒤죽박죽 교육받는 모습을 안쓰럽게 지켜보았다. 그리고 언어 교육에 대해 많이 고민했다. 우리의 학술적 어휘는 한자어(일본에서 조어한 한자어 포함)가 주축이고 새로운 조어도 대부분 한자를 어원으로 한다. 영어의 조어는 라틴어(그리스어 포함)가 기본이기에 학교에서 라틴어에 대해 가르친다. 나는 한자가 공식 교육과정에서 제외됐다는 것을 알고 무척 놀랐다. 영국이나 미국에서 라틴어를 가리키는 것처럼 우리도 한자를 가르쳐야 한다고 목청 높여 외치고 싶다.

 인류 역사는 배고픔, 폭력, 질병이라는 3대 재앙과의
싸움이라고 한다. 배고픔은 경제발전의 문제이고, 폭력
(전쟁, 내전, 살인, 고문, 폭행 등)은 평화와 안전의 문제이다.
외교관으로서 다루는 핵심 주제도 평화와 경제이며, 여
기에 더해 우리나라를 홍보하는 문화외교와 우리 국민을
보호하는 영사 업무가 대사관 업무의 기본 축이다. 개인
적인 생각은 중요하지 않으며, 국가의 입장에서 논리를
전개해야 하는 것이 외교관의 숙명이다. 근무하는 나라
의 사정을 파악하는 것도 외교관 본연의 업무이다. 생면
부지의 나라에 가서 정착하는 과정을 여덟 번이나 되풀
이하면서 여러 가지 어려움을 겪었으나, 나라마다 남다
른 특징이 있어 이를 알아가는 과정은 개인적으로 지적
인 즐거움이다.

내가 본 바람직한 정치공동체

 현생 인류는 약 7만년전, 알 수 없는 이유로 미美에 대
한 감각과 상상력을 가진 인지혁명cognitive revolution을 거
쳐 오늘날과 같은 인류로 진화했다고 한다. 인간을 정치

적 동물, 노동하는 동물, 유희하는 동물 등으로 묘사하는데, 호기심도 인간이 지닌 특질 중의 하나일 것이다. 인간은 미지의 것을 대하면 본능적으로 두려워하면서도, 동시에 호기심을 가진다. 저 산 너머에는 무엇이 있을까? 저 바다 건너에는 무엇이 있을까? 하는 호기심 때문에 인류가 아프리카를 떠난out of Africa 것이라고 하면 순진한 생각이라고 하겠지만, 남아공에서 만난 해골과 대화하면서 그렇게 믿고 싶었다. 인류 역사를 보면 호기심을 가지고 이동성mobility을 추구한 집단이 번성했다는 것을 유목민인 몽골족, 튀르크족, 게르만족의 사례에서 볼 수 있다. 유럽이 세계를 제패하는 데도 결정적인 역할을 했다.

수렵·채집하는 인간집단hunter and gatherer은 최적 단위가 150명 규모라고 한다. 그 이하이면 집단으로 사냥하기가 어렵고, 그 이상이면 사냥한 고기를 충분히 나누어 먹기 어렵기 때문이란다. 원시 인간집단은 규모가 커질 때마다 분열하기를 반복하여 각 지역으로 뿔뿔이 떠났고, 이때 리더가 내린 결정이 부족의 생존을 결정했다. 주변에 사냥할 육식동물이 부족해지면 먼 곳으로 사냥을 떠나는데, 리더의 잘못된 판단으로 엉뚱한 방향으로 떠난 부족은 굶어 죽는 신세가 되고만다. 유발 하라리는《사피엔스》에서 농업혁명이 인류 최대의 사기라고 했다. 원시시대에 비해 농업혁명 이후 평균 키가 오히려 줄어들었고, 치아의 건강도 곡물 위주의 식생활로 인해 나빠졌다고 한다. 그는 농업혁명 이전의 삶을 낭만적으로 보는 것 같고, 농업혁명을 아래로부터가 아닌 위로부터의 혁명으로 인식하고 있는 것 같다.

머리를 지혜, 가슴을 용기, 배를 욕망으로 비유한 플라톤은 지혜로운 머리의 지도자, 용기 있는 가슴의 군사 그리고 욕망을 지닌 배가 생산하는 사회를 이상적으로 보았다. 그는 경제를 담당하는 생산계급의 미덕을 풍족한 생산이 아니라 절제라고 봤다. 유교 철학도 본질적으로 욕망 절제를 덕으로 본다. 이러한 가치관은 동양과 서양은 물론 중동이나 아프리카 등 전통사회에서도 모두 공유했다. 그러나 인간의 근육과 동물의 힘 대신에 기계의 힘을 이용하는 산업혁명이 등장하면서 이 전통적 가치관이 전복되었고, 그 과정은 전쟁, 혁명, 폭력, 저항, 투쟁 등 피비린내 나는 방식으로 진행되었다. 우리 조상들이 상투자르기를 거부하며 항의 자살한 사례와 '서구식 교육은

죄'라는 보코하람(Boko Haram, 나이지리아의 이슬람 극단주의 테러조직)의 주장에서 전통적 가치관을 수호하기 위한 저항이라는 공통점을 도출한다면 논리의 비약일까?

지리와 환경을 통해 문명 발달의 차이를 설명하는 대표적인 사례가 《총 균 쇠》이다. 저자 재레드 다이아몬드 Jared Diamond는 파푸아섬에서 왜 당신의 짐은 많고 우리는 짐이 적냐는 원주민의 질문을 받고 책을 집필하게 되었다고 한다. 나는 이를 정치철학의 본질적 질문이라고 생각한다.

질병이 세계사를 바꿨다고 하는 《모기》라는 책이나, 곡물과 가축을 통해 인류발전사를 다룬 것도 재레드 다이아몬드의 지리 결정론과 괘가 같다. 국제정치에서 지정학 geopolitics도 지리적 측면에서 국가 간의 흥망성쇠를 다룬다는 점에서 같은 부류이다. 나는 한국의 경제발전에 지리적 위치가 긍정적으로 작용했다고 생각하지만, 이는 숙명론과 같이 개도국에는 별 도움이 되지 않는 설명체계이다. 사실 지리로 설명하는 이론들은 왜 한국과 중국이 하필 현대에 들어서서야 발전했는지를 설명하지 못한다.

현재 내가 대사로 있는 나이지리아 이야기를 해보려 한

다. 나이지리아 농촌 마을에 방문했을 때이다. 전선이 연결되어 있는 데도 전구에 불이 들어오지 않는 칠흑 같은 밤을 경험하면서, 국민학교 3학년쯤 우리 마을에 전봇대가 세워지고 마을 어른들이 전기 잘 들어오라고 제사 지내던 광경이 생각났다. 우리 마을에 전기가 계속 공급된 것은 그 제사 때문이 아니라 마을 주민들이 전기세를 낼 소득의 창출이 있었기 때문이고, 그런 소득을 창출하게 하는 시스템이 구축되었기 때문이다. 동네 형들이 사방공사를 한다면서 겨울에도 일하러 다니던 모습이 생생하다.

민영이든 국영이든 전력회사는 전기세를 내지 못하는 지역에 전기를 공급할 유인책이 없다. 소득이 없으니 전기 공급이 끊기고, 전기가 없으니 소득 창출이 어려운 악순환에 빠져 있는 나이지리아 농민들의 처지가 안타까웠다.

빈곤에는 공통점이 많다. 그중 하나가 정부의 무관심 또는 무능이다. 필리핀에 근무할 때, 한인 선교사를 따라 무슬림이 주로 모여 사는 빈민촌을 방문한 적이 있다. 전기와 수돗물이 없는 강변 수상가옥에서 그들은 강에 배설하고 강에서 목욕하며 산다. 수상가옥은 악취 때문에 1분도 버티기 어려웠다. 당시 필리핀에서 소수였던 무슬림은 다수인 가톨릭에 비해 차별을 받았고 소득이 그들에 비해 절반도 안 되었다. 물가에 뛰놀던 어린이들을 보면서 이들은 마중물이 없으면 빈곤에서 탈출하기 어렵고, 이대로 크면 혁명이나 마피아의 길 말고 따로 갈 길이 있는가 자문해 보았다. 요즘도 아프리카 국가에서는 심심치 않게 군사 쿠데타가 발생하고 있는데, 국민이 군사 쿠데타를 지지하는 경향이 있다.

　나이지리아 국민이 우리나라나 일본인, 싱가포르인보다 더 행복하다는 연구 결과가 있다. 실제로 그런 것 같다. 풍족한 생산과 소비를 미덕으로 한 우리의 가치관이 전통적 가치관에 비해 더 바람직하다고 할 수 있을까 하는 회의감이 들기도 하지만, 이들이 무한정 빈곤을 계속 참고 견딜 것이라고는 생각되지 않는다. 현재 절대 빈곤에 시달리는 사람이 10억 명에 달하고, 2100년이 되면 아프리카가 전 세계 인구의 50%를 차지할 것이라는 전망도 있다. 개도국의 빈곤은 21세기를 뒤흔들 뇌관 중에 하나로 우리 모두의 문제이기도 하다.

글을 마치며

고등학교 졸업 후 학교에 기여한 것이 없었고, 담임선생님도 자주 찾아뵙지 못했다. 심지어 친구들과도 깊이 교류하지 못해 아쉬웠다. 고향 사람들, 친척, 친구들의 부재…, 그 뿌리가 뽑힌uproot 듯한 삶에서 고독감이 엄습하곤 했다. 그런데 이 글을 쓰면서 고교 시절이 떠오르고 친구들과 대화를 나누는 기분이 들었다.

나이지리아에서 가끔 동쪽 하늘을 보며 우리나라를 생각하곤 한다. 경제발전과 민주주의를 이루어 세계 10위권 경제대국으로 부상한 대한민국. 이제는 한국 기업과 대중문화가 전 세계를 누비고 있고, 중요한 회의에도 한국대사라고 하여 초청받아 참석할 때면 마음이 뿌듯하다. 물론 한편으로 결혼하지 않고 출산도 하지 않는 젊은 세대의 분노와 좌절도 느껴진다.

강대국간 패권 경쟁, 기후변화, 제4차 산업혁명이 가져올 미래의 모습, 그 막연한 환경에서 살아가야 할 아이들이 걱정이다. 경제적 풍요와 함께 따라오는 부산물들을 우리는 잘 처리하고 있는가? 지구 공동체의 일원으로 지구적 문제에 관심을 가지고 책임을 분담하고 있는가?

생산과 분배의 균형점에 대해 합의하여 바람직한 정치공동체의 방향으로 가고 있는가? 스스로 질문을 쏟아 본다.

이미 은퇴한 친구들도 있고 나도 몇 년 내에 은퇴하여 한국에 정착할 것이다. 그런데 걱정이 앞선다. 한국 드라마나 영화를 자주 보지 못해 정서적으로 동떨어져 있고, 어릴 적 같은 반 친구들조차 얼굴과 이름이 매칭되지 않아 잘 어울려 지낼 자신이 없다. 그래도 같이 맛난 음식을 먹고 한국의 산하를 돌아보는 여행을 하며 지나온 날에 관해 얘기해보고 싶다. 언젠가는 맞이해야 할 죽음이 두렵지만, 이 또한 담담하게 받아들일 수 있는 정신적 힘을 기르고 싶다.

◇ ◇ ◇

한국외국어대학 영어과 졸업. 미국 펜실베이니아 주립대학 정치학 석사. 제24회 외무고시를 거쳐 1990년 외교부 근무 시작. 필리핀, 네덜란드, 싱가포르, 남아공에서 외교관으로 근무했고, 주리비아대사, 주아세안 대사를 역임한 후 현재 주나이지리아 대사로 재직 중. 아내와 함께 아들, 딸을 두고 있다.

나침반과 신기전, 이휘소와 황우석

최성우

꽤 오래 전 일이다. 중국에서 최초로 열렸던 2008년 여름 베이징올림픽에서 특히 나의 눈길을 끈 것이 있었다. 바로 개막식에서 나침반, 화약, 종이 등 중국이 자랑하는, 이른바 3대 발명품이 중요한 소재로 등장한 것이다. 비록 중국이 근대과학 혁명기 이후 서양 과학에 뒤처지면서 서구 열강에 패하기는 했으나, 고대에서부터 15세기 무렵까지는 세계에서 가장 앞선 과학기술 문명을 지녔다는 사실을 중국인들은 세계 만방에 과시하고 싶었을 것이다.

사실 우리나라도 과학기술이 세계적 수준에 견주어도 손색이 없던 시기가 있었으니, 바로 조선 초기 세종 때이다. 측우기, 자동 물시계인 자격루, 혼천의 등 우리에게 익숙한 이 시기의 과학문화제기기들뿐만 아니라, 칠정산七政算이라는 달력 또한 자체의 역법에 바탕을 둔 대단히 우수한 달력으로 세계적으로 자랑할 만한 것이다.

그런데 베이징올림픽과 비슷한 시기에 상영되었던 영화 중에 세종 시기에 만들어진 로켓 무기인 신기전神機箭을 소재로 한 동명의 작품이 있었다. 대국의 횡포에 신음하며 부국강병을 꿈꾸던 세종이 명나라의 '무기 사찰'에도 불구하고 비밀리에 가공할만한 위력을 지닌 신형 로켓추진 무기를 개발한다는 내용이었다. 역사적 사실과 픽션의 경계, 민족주의적 감수성 등과 관련해 다소 논란이 되기도 하였으나, 당시에 나는 재미있게 감상하면서 몇 가지 생각을 했다.

오래 전, 한국인 출신 세계적 물리학자를 주인공으로 내세워 초베스트셀러 반열에 올랐고, 이후 영화로도 제작되었던《무궁화 꽃이 피었습니다》라는 소설이 있다. 이 소설은 박정희 정권 시절 비밀리에 핵 개발을 추진하다가 의문의 죽음을 맞이한 한국인 출신 천재 물리학자의 이야기를 담고 있다.

비록 소설에서는 다른 이름으로 등장하지만, 한국인 출신으로는 노벨과학상에 가장 근접했다고 거론되는 탁월한 물리학자가 바로 고 이휘소(李輝昭: 1935~1977) 박사다. 다만 소설의 설정과는 달리 이휘소 박사는 이론 입자물리학의 발전에 커다란 공헌을 한 분으로서, 자신의 분야와는 직접 연관이 없는 핵 개발에 관여했을 가능성이 거의 없다. 더구나 이 박사는 생전에 박정희 정권에 매우 비판적인 입장이었기 때문에, 그분을 잘 아는 지인과 유족들은 해당 소설과 대중들의 음모론적 인식이 이 박사의 명예를 훼손하는 격이라고 못마땅해했다.

그런데 우리나라 대중들은 이휘소 박사와 이 소설에 왜 그토록 열광했을까? 똑같은 분야는 아니지만, 대학 시절 역시 물리학을 전공했던 필자로서, 아무튼 이 소설 덕분에 이휘소 박사가 대중에게 널리 알려지고 물리학자가 국민적 관심을 받게 된 점은 고맙게(?) 생각해야 할지도 모르겠다. 그러나 한편으로는 그만큼이나 우려되는 것들도 적지 않았다.

유럽 중동부에 헝가리라는 나라가 있다. 국민의 대다수가 마자르족으로 동양계에 뿌리를 두고 있다. 지정학적으로 강대국들에 둘러싸여 오랫동안 외부의 침략과 고난을 되풀이했던 불행한 역사를 지닌 나라다. 어떤 면에서는 우리나라와도 유사한 점이 많다고 얘기되기도 한다.

그러나 전반적인 기초과학 수준은 우리나라보다 높은 것으로 평가되며, 근대 이후 저명한 다수의 과학자를 배출하기도 했다. 특히 20세기 과학기술의 발전에 크게 공헌한 레오 실라르드(Leo Szilard; 1898-1964), 유진 위그너(Eugene Wigner; 1902-1995), 폰 노이만(J. L. von Neumann; 1903-1957), 에드워드 텔러(Edward Teller; 1908-2003) 등 쟁쟁한 물리학자, 수학자들이 모두 헝가리 태생이다.

그런데 이들 네 명의 과학자는 헝가리 출신이라는 점 외에도 중요한 공통점이 또 있다. 즉, 제2차 세계대전 당시 미국의 맨해튼 프로젝트를 비롯해 공교롭게도 원자폭탄, 수소폭탄 등 핵무기 개발에 참여했다는 점이다.

실라르드는 우라늄 연쇄반응을 이용한 원자폭탄의 가능성을 처음으로 보여준 당사자이다. 위그너는 실라르드와 함께 아인슈타인(Albert Einstein; 1879-1955)을 설득해 루스벨트 미국 대통령에게 독일에 대항하기 위한 원자폭탄 개발을 제의했을 뿐만 아니라, 후에 수소폭탄 연구에도 참여한 바 있다.

노이만은 맨해튼 프로젝트에서 새로운 기폭 방법을 컴퓨터 계산으로 입증함으로써 원자탄 개발 성공에 크게 기여했고, 전쟁 때의 연구를 바탕으로 후에 '컴퓨터의 아버지'가 될 수 있었다. 텔러 역시 맨해튼 프로젝트에 참여하면서 제2차 세계대전 이후 미국의 수소폭탄 개발 계획을 총지휘했다.

그러나 이 과학자들은 자신들의 연구 결과 때문에 수많은 인명 피해가 발생하고, 미국과 소련의 잇따른 핵무기 개발과 군비 경쟁으로 전 인류적 위기가 고조된 데에 대해 인간적 고뇌나 양심의 가책을 그다지 느끼지 않았다. 다만 예외적으로 실라르드만이 아인슈타인과 마찬가지로 원자폭탄의 실전 투하에 반대하고 전후 핵무기의 확산을 막으려는 과학자들의 모임인 퍼그워시 회의에 참여했다.

특히 텔러는 여러 과학자의 반대에도 무릅쓰고 미국의 수소폭탄 개발을 밀어붙여 '수소폭탄의 아버지'라 불릴 뿐만 아니라, 1980년대 레이건 행정부 시절 이른바 '별들의 전쟁(스타워즈)' 계획까지 추진했던 인물이다. 원자폭탄 투하 이후 "나는 세계의 파괴자, 죽음이 되었다"고 죄

책감에 시달리면서 수소폭탄 개발을 반대했던 '원자폭탄의 아버지' 오펜하이머(Robert Oppenheimer; 1904-1967)마저 궁지에 몰아넣으면서, 텔러가 수소폭탄 개발의 당위성을 위한 로비와 기술적 문제 해결에 앞장선 것은 잘 알려진 사실이다.

이들 헝가리 출신 천재 과학자들이 과연 무엇 때문에, 왜 하필이면 인류의 파멸마저 자초할 수 있는 핵무기의 개발에 매달렸는지는 흥미로운 의문이다. 혹시 이들에게는 유럽의 강대국들로부터 시달려온 민족적 설움을 가공할 무기 개발을 통해서 풀어보려는 심리적 보상 요인이 작용했던 것 아니냐고 해석하는 사람들도 있다.

소설 《무궁화 꽃이 피었습니다》이든 영화 〈신기전〉이든 전반적으로 과학문화가 척박하기 그지없는 우리 현실에서, 전통 과학기술이나 우리나라 과학자가 영화와 소설의 주된 소재나 주인공으로 등장하는 일은, 아무튼 과학기술인의 입장에서 크게 환영할 만하다. TV 드라마의 홍수 속에서 다른 전문직종과는 달리 과학자나 연구원이 주인공으로 등장하는 경우는 '가뭄에 콩 나듯' 적으니 말이다. 또한 이들 영화나 소설이 아니었다면 조선 초기에 우리나라가 세계 최초로 다연장 로켓화기를 개발했다는 사실도, 이휘소라는 걸출한 물리학자의 존재도 대중은 알지 못했을 것이다.

그런데 소설 《무궁화 꽃이 피었습니다》의 마지막 부분에는 비록 가상 시나리오라고는 하지만 남북한이 합작하여 자체 개발한 핵미사일을 날려서 일본을 굴복시키는 대목이 나온다. 영화 〈신기전〉의 마지막 장면도 오늘날의 핵폭탄에 버금가는(대량 살상무기처럼 보이는) 대大신기전의 위력으로 조선이 명나라를 꼼짝하지 못하게 만든다.

우리의 과학기술이나 과학인은 그 힘으로 중국이나 일본을 통쾌하게 굴복시키는 등의 영웅적 활약으로 짜릿한 민족적 카타르시스katharsis를 제공해야만 환영과 관심을 받을 수 있는 것일까? 우리나라가 역사적으로 오랫동안 주변 강대국의 시달림을 받아 왔기에, 아니면 우리의 과학기술이 그동안 세계적으로 주변에 머물러 왔기에 그러한 역전극을 꿈꾸는 것을 당연하게 이해해야 할까?

다 좋으나 과유불급, 무엇이건 지나치면 미치지 못한 것과 같은 법이다. 한동안 이공계 기피 현상을 걱정할 정도로 과학기술과 과학기술인에 대한 대우와 평가가 인색하기 그지없었던 이 나라에서, 한때 세계적인 스타 과학자였던 황우석 씨에게 대중들이 쏟았던 맹목적인 지지와 추종은 지나침을 넘어서 집단적 히스테리에 가까워 보였다. 우리 국민이 언제부터 이토록 과학에 관심이 많았는지 당혹스러울 지경이었다.

황우석 씨의 줄기세포 논문 조작이 명백해진 이후에도 일반 대중뿐만 아니라 유명 변호사, 철학 교수 등 이름 꽤 날리던 이 나라 지식인들마저 온갖 비상식적이며 꼴사나운 행태로 황우석 씨를 옹호했다. 황우석 씨가 소설 속의 이휘소 박사만큼이나, 아니 그 이상으로 우리를 구원으로 이끌 것이라 믿어 의심치 않았기 때문일까?

오랫동안 과학평론가와 과학기술단체 운영진 등으로 활동하면서 과학의 대중화에 관심을 가져온 나로서는, 올바른 과학문화의 함양에 대해 다시 생각해 보지 않을 수 없었다. '과학에는 국경이 없으나 과학자에게는 조국이 있다'(프랑스인 파스퇴르가 프로이센이 프랑스를 점령했을 때 본 대학에서 받은 박사학위를 반납하며 남긴 말)는 유명한 격언을 자칫 과학기술의 과도한 국수주의화, 애국주의화를 합리화하는 것으로 생각한다면 결코 옳은 것이 아니기 때문이다.

이제 우리나라는 더 이상 약소국이 아니다. 세계 10위권의 경제 규모를 지니며 여러 방면으로 영향력을 키워가고 있는 나라다. 더구나 과학기술 측면에서도 연구개발 투자금액, 국제특허 건수 등 여러 지표를 통해 살펴볼 때, 국가 과학기술 경쟁력 역시 우리나라는 이미 세계 최상위권에 속한다.

따라서 앞으로는 우리 대중이 과학기술을 대하는 태도 또한 이에 걸맞게 변화되기를 바라며, 바람직한 과학문화가 고양되기를 기대한다.

◇ ◇ ◇

과학평론가. 서울대 물리학과 및 동 대학원을 졸업한 후 LG전자 연구소 선임연구원을 거치며 연구개발과 컨설팅 업무를 수행해왔다. 여러 일간신문, 잡지, 온라인 매체 등에 과학칼럼을 연재하는 과학평론가로도 활동해 왔고, 한국과학기술인연합 공동대표 및 운영위원으로 대통령 자문 국가과학기술자문회의 위원, 과학기술부 정책평가위원 등 정부의 과학기술정책 자문에도 참여해 왔다. 저서로는《과학사 X파일》《상상은 미래를 부른다》《과학은 어디로 가는가》《대통령을 위한 과학기술, 시대를 통찰하는 안목을 위하여》와 공저로《과학향기》등이 있다.

코로나로 인생을 배우(하)는 거야!

남궁현

코로나는 나에게 세상 최고의 휴식을 주었다. 아내와 자식이 먼저 확진되자마자 나는 잽싸게 집을 탈출, 내 놀이터, 'LP 음악카페 비틀즈'가 있는 건물 4층 모텔로 짐을 옮겼다. 이왕 이렇게 된 거 우리 가족이 다 함께 확~ 걸려서 면역력을 확보하자는 아내의 요구도 완강히 거절했다.

"그건 안돼. 일주일간 출근 못하면 회사에서 짤릴 수도 있어."

나는 엄포까지 놓았다.

다음날부터 퇴근하고 곧장 나의 놀이터 비틀즈에 가서 일하다가 영업을 마치면 2층에서 4층으로 올라가 모텔방에서 혼자 있었다. 유흥가여서 이웃사촌들이 많아 날마다 벗들을 바꿔가며 어울렸다.

와~ 인생 해방구가 따로 없구나. 이게 바로 혼자 사는 재미야. 으하하하. 우하하하~.

회사 퇴근하면 카페에서 놀다가 올라와 잠들고, 마음껏 마시고, 아내 잔소리 없이 출근하니 천국이 따로 없었다. 일주일이면 된다는 것을 혹시 모르니 방역을 철저히 해야 한다며 열흘로 늘려가며 꼬박 채웠다.

코로나로 인해 또 하나 좋은 것은 각종 모임에 핑곗거리가 생긴 것이다. 퇴근 후 일하는 자영업자 입장에서는 안 좋았지만 나는 어차피 매출에는 신경을 쓰지 않았기에 더욱 품위 있게 지낼 수 있었다. 방역을 철저히 해가면서 3차 예방접종까지 마치고 나니 나는 더욱 기고만장했다.

호기심 많고 노는 걸 좋아하는 나는 나의 놀이터인 시민극단 '산유화'에서 10주년 기념공연도 훌륭하게 마쳤다. 〈오아시스세탁소 습격사건〉(김정숙作)을 재공연했는데 나는 처음으로 주인공(세탁소 주인 강태국) 역을 맡아 열연했다. 내용은 아버지로부터 물려받은 세탁소를 통해 이 세상을 깨끗이 하는 데 일조한다는 신념으로 이웃을 챙겨가며 보람 있게 사는 주인공 이야기다. 돌아가신 어머니의 재산을 물려받으려고 그의 자식들이 우르르 세탁소를 습격, 희대의 난장판이 되고야 마는데, 주인공이 화가 나서 돈에 미친 이 사람들을 세탁기에 다 집어넣고(아내 포함) 돌려버리니 다들 하얗게 세탁되어 나온다. 이 연극은 주인공이 마지막으로 이렇게 외치며 막을 내린다.

"아~ 깨끗하다! 청소 끝!"

다들 느꼈겠지만, 왠지 나의 평소 소신과 주인공이 너무 닮아 있었다. 돌이켜보면, 나는 학부 시절에는 예수 이름으로 세상을 바꿀 수 있다고 믿었고, 금속연맹에 근무하면서는 노동자를 정치세력화해야 한다고 믿었다. (지금은 둘 다 아니지만) 어찌 됐든 코로나로 공연을 못 할지도 모른다는 주변의 우려를 무릅쓰고 3개월간 온갖 난제를 극복하며 연습에 임하여 초대박 나는 성공으로 공연을 마쳤다. 천우신조였던 걸까. 희한하게도 공연 기간 코로나가 잠시 주춤했었다.

돌이켜보면 지금까지 살아오면서 가장 잘한 일은 내가 주인공인 삶을 살았다는 것이다. 인생이란 게 알고 보니 모든 게 배우는 과정이었으며, 우리는 각자 삶의 무대에서 주인공이었다. 사회 전체 속에서는 나약한 엑스트라에 지나지 않을 수도 있지만, 자신의 입장에서는 분명 세상에 하나밖에 없는 주인공이다. 이 인생의 무대에서 최고의 배우가 되면 여하튼 성공한 인생이 되는 것이다. 최고의 배우는 누굴까. 내가 깨닫게 된 건, 언제나 배우는 자세로 공부하는 배우가 최고의 배우라는 것이다.

골프에서 힘 빼는 데 3년 걸린다는 말이 있던데 연극도 마찬가지라고 말하고 싶다. 우리가 환갑을 맞이하면서도 힘을 빼야 하는 건 마찬가지다. 극단생활 10년의 경험을 통해 결국 힘을 빼고 연기하면서, 나는 일명 메소드 연기에 빠져드는 소중한 경험을 했다. 연극이 끝나고 난 뒤, 나는 무대 밖에서 계속 강태국이었다. 제주도에 여행 가서 이틀이나 공항근처 LP빠 '언플러그'에서 혼술을 하며 본래의 남궁현으로 돌아오려 노력을 했다. 결국 내 일상으로 돌아오는데 약 한 달 정도 고생했다. 이때 혼자 고민하며 많은 의문점을 풀어보려 끙끙 애썼는데, 가장 큰 의문점은 '과연 나는 어느 별에서 왔는가?'였다.

한번은 공연 연습을 하는데 지도교수의 날카로운 일침이 나를 울게 했다.

"단장님~ 배우가 무대에서 관객에게 뭔가 보여주려고

애쓸 때, 관객 입장에서는 그게 얼마나 추해 보이는지 아세요?"

뜨끔했다. 의욕이 앞선 나머지 액션 과잉했던 게 그대로 드러나 버린 것이다. 얼굴이 화끈거리고 부끄럽기 짝이 없었다. 결국, 내 눈가에 참이슬이 맺혔다.

하여간 인생에서 중요한 건 배움을 늦추지 않는 것과 어떤 식으로든(지역 극단을 찾는 게 빠르다) 배우를 해보는 게 중요하다고 친구들에게 강조하고 싶다. 꼭 무대에서 연기를 해야 하는 건 아니다. 작가, 연출, 기획, 홍보, 음향, 조명, 무대 설치, 안내 등등 스텝으로 참여해도 주인공이 될 수 있다.

이제 다시 코로나 상황으로 돌아가 보자.

그렇게 열흘간 완벽하게 가족과 떨어져 독립생활을 해보니 너무 행복하고 좋았다. 솔직히 여러분도 부럽지 않은가?

그런데 드디어 사달이 나고야 말았다. 어느 날 갑자기 몸살이 찾아온 것이다. 우리 나이에는 세심히 자신을 체크해야 하는데 '단지 좀 피곤해서일 거야'라고 넘겼던 게 문제였다. 2022년 8월 2일, 자가진단을 해보니 눈금에 줄이 두 개나 나오는 게 아닌가. 아! 드디어 나도 유행에 동참하는구나.

곧장 회사에 보고하고 격리에 들어갔다. 이번에는 모텔이 아니라 자택이었다. 내 방에서 일주일간 고립된 생활을 해야만 했다. 세상에, 내가 고등학교 졸업하고 30년 동안 이렇게 긴 시간을 혼자였던 적이 있었던가? IMF 때 정리해고 되어 복직투쟁하며 여기저기 헤매고 다닐 때 말고는 처음이었다.

그런데 시간이 갈수록 아내가 밥 세 끼를 챙겨서 방문 앞에 조심스럽게 놓아주는데 정말이지 꿈만 같았다. 이리 저리 뒹굴며 출퇴근 걱정 없이 그저 나만의 시간을 보냈다. 정말 행복했다. 역시 난 천성이 게으른 사람이다. 그리고 혼자서도 잘 논다. 이때서야 알아챘다. 그리고 결심했다. 앞으로도 인생을 이렇게 유유자적하며 살아야겠다고. 음악 듣고, 영화 보고, 노트 끄적이고, 술 마시고, 공연 보고 분석하며, 즐겁고 유쾌하게 친구들과 여행하며 살아가겠다고.

결국 인생은 배워가며 내 무대를 완성해가는 과정이 아

닐까? 이미 코로나로 인류 전체는 많이 배웠을 것이다. 우리는 다른 걱정하지 말고 나 자신이나 잘 챙기면 된다. 각자 자신을 챙기는 게 '절대 방역 지침' 아니었나! 엄청난 메시지였다고 여긴다.

코로나는 많은 것을 우리에게 알려주었다. 정말 많은 걸 배웠다. 적잖은 세월을 살아온 우리지만 누군가를 가르치려 들면 안 된다. 그저 지갑은 열고 입은 닫는 게 최선이다. 꼰대 소리 안 듣고 사는 비결이다. 요즘 꼰대란, '자신의 사고나 행동 방식을 다른 사람에게 강요하는 사람'을 비하하는 말이란다. 나는 전두엽을 더욱 발달시켜 인지 제어와 감정 조절을 잘하고 싶다. '나 때는 말이야' 하며 '어쩌고저쩌고'하고 싶지 않다.

처자식도 중요하지만 그만큼 자신의 삶도 중요하단 사실을 잊지 말자. 환갑 이후에는 동네마다 소극장이 만들어져 누구나 공부하는 배우가 되기를 꿈꾸어본다. 전두엽을 발달시키기에는 동네 소극장이 최고라고 다시 한번 지자체에 외친다.

믿음 가고 호감 가는 멋진 전주해성고 17회 친구들아! 처자식이나 주변을 바꾸려고 하지 말고 나 자신 먼저 변

화하며 배우(하)자! 그리하여 우리 모두 내 삶의 주인공이 되자꾸나! 아리아리~

◇ ◇ ◇

2023년 기아 정년퇴직 예정. 동탄 LP음악카페 '비틀즈' 홍보대사. 민주평화통일자문회의 자문위원(20기). (사)한글문화연대 감사. 사회복지사1급/전문심리상담사/청소년지도사. 전) 시민극단 '산유화' 초대단장(2011~2021). 화성시 자원봉사센터 봉사지원단장. 기아자동차 노동조합 활동(금속연맹/기아사태 해복투 의장). 숭실대학교 노사관계대학원 졸업. 부경대학교(구 부산수산대학) 해양시스템공학과 졸업.

졸업 40년과 다가올 40년

김천수

어느덧 졸업한 지 40년이 되었습니다.

참으로 긴 시간인데 언제 이렇게 되었는지 모르겠습니다. 지난 시간을 돌이켜 보니 참으로 많은 일들이 있었습니다만, 이렇게 글을 쓰는 것은 처음인 것 같습니다. 물론 법대와 사법시험, 판결과 변호인 의견서, 로스쿨에서의 법학 논문 등 수많은 글을 써오기는 하였으나, 지금처럼 지난 시간을 돌이켜 본다거나 저 자신을 바라본다거나 하는 글은 써 본 기억이 없습니다. 오로지 채점자이든 소송당사자이든 논문의 심사자이든 누군가의 평가를 받기 위한 목적의 논리적인 글들뿐이었습니다.

그런 이유로 고맙고 차마 거부할 수 없는 친구들의 부

탁이었음에도 글쓰기를 머뭇거렸습니다. 아마도 지나간 시간과 저 자신을 돌아볼 엄두가 나지 않았기 때문이었을 지도 모릅니다. 하지만 친구들이기에 모든 허물과 허접함을 보듬어 줄 것이라는 믿음으로 정말로 두서없고 알맹이도 없이 그저 40이라는 숫자에 대한 단상을 이야기해 볼 용기를 내었습니다.

어렸을 적, 저는 무척 많이 아팠습니다. 제가 기억할 수도 없는 유아 때부터 주변의 모든 사람이 포기할 정도로 삶에 가망이 없었다고 합니다. 그런 이유 때문인지 비교적 건강해진 소년기에도 저는 사람의 수명이 40쯤이라고 여겼습니다. 그 40조차도 살 수 있을지 알 수 없는 불확실한 숫자였습니다.

그런데 고등학교 2학년 겨울로 기억됩니다. 친구 아버지의 회갑연을 축하하기 위하여 전주에서 버스를 타고 눈 덮인 길을 2시간 넘게 달려 정읍군(현 정읍시) 영원면 앵성리에 갔습니다. 조규삼 친구의 시골집입니다. 회갑이 되어서도 건강하신 친구 아버님의 큰잔치를 보는 것이 저에게는 무척이나 고무적인 일이었습니다.

어느덧 이제 제가 회갑을 앞두는 나이가 되었습니다. 비록 너무도 힘들었던 교통사고와 재활의 시기가 있었지만, 이 정도 건강한 몸으로 여기까지 왔다는 게 참으로 고맙고 행복한 일입니다. 이 자리를 빌려 재활의 시기에 저를 곁에서 일으켜 세워준 많은 친구, 특히 김용인과 박대수 친구에게 고마움을 전하고 싶습니다.

한때 불투명한 삶의 영역이었던 40대를 넘어 고등학교를 졸업한 지 40년이 되었다는 것이 믿기지 아니합니다. 규삼이 아버지의 40년 삶이 저와 친구들이 보낸 40년의 초석을 닦아 주신 것이었기에 제가 이렇게 이 자리에 있는지도 모릅니다. 그 어렵고 힘들었던 고난의 시대를 규삼이 아버지와 같은 우리 부모님들이 견뎌 오셨기에 우리들의 40년이 만들어진 것입니다.

우리의 40년은 참으로 축복받은 시기였습니다. 가난하고 고된 어린 시절을 보내기는 하였지만, 청장년기의 40년은 모든 것이 가능하고 풍성한 꿈의 시대였습니다. 새삼스레 우리 부모님의 40년에 경의를 표합니다. 한편으로는 과연 우리가 지나온 40년이 우리 아이들에게 어떤 40년을 가져다줄지 걱정이 됩니다. 열심히 살아왔으므로 그들의 40년 또한 나름대로 행복한 시대가 될 것이라고 믿고 싶지만, 우리 힘으로 어찌할 수 없는 시대와 세계의 흐름, 그리고 환경이 염려스럽기 때문입니다.

어쩌면 우리조차 지난 40년의 행복이 더는 없을지 모릅니다. 저는 물론 자신이 없지만, 우리 대부분은 앞으로도 40여 년의 인생이 더 남아 있을 것입니다. 그 남은 인생은 어떤 모습일까요? 우리가 살아온 졸업 40년의 후렴일까요? 아니면 또 다른 새로운 환갑 40주년이 될까요?

인생을 이렇게 표현한 것을 읽었습니다. 잔잔한 바다에 바람이 불어 파도가 생겼다가 다시 잔잔한 바다로 돌아가는 것처럼 인생도 그와 같다고 말입니다. 잔잔한 바다에 잠시 생겼다가 사라지는 파도도 원래부터 바다였고 그 바다로 다시 돌아간 것이라는 거죠. 파도와 바다는 처음부터 둘이 아니고 둘인 적도 없다는 것이지요. 아마도 우주라는 바다에 인생이라는 파도가 생겼다가 다시 우주로 돌아간다는 의미가 아닌가 싶습니다.

이러한 이야기가 우리에게 어떤 의미가 있을까요? 저는 바다도 파도도 우주도 인생도 모릅니다. 그러나 인생이 바다에 생긴 파도라면 우리는 같은 줄에 서서 밀려가는 파도이고, 우리 부모님은 앞에서 밀려가는 파도이며 우리 아이들은 뒤따르는 파도인 것 같기는 합니다.

우리를 앞서가던 선배 파도가 졸업 40년 동안 거의 사라져갔듯 우리의 파도도 앞으로 다가올 40년 동안 앞서거니 뒤서거니 모두 세상을 떠나겠지요. 과연 세상을 떠나 돌아갈 곳이 있는지, 있다면 어디인지 저는 모릅니다. 다만 떠나서 사라져가는 물방울들에 대한 추억과 애틋함이 가슴을 채웁니다. 저도 그 추억의 대상이 되겠지요. 같은 줄에 서서 바다를 굽이치던 파도의 한 물방울이었다는 사실이 새삼 감사하고 행복합니다.

이렇게 남은 40년을 떠올리면서 떠날 날을 생각해보니 그동안 가슴에 묻혀 있던 한 조각 이야기를 꺼내야 할 것 같습니다. 2009년 세상에 존엄사로 알려진 세브란스 병원의 김모 할머니(당시 77세)의 연명치료 중단에 관한 이야기입니다. 저로서는 아직도 풀어야 할 숙제라서 엄두가 나지 않지만, 이 에세이집의 편집장인 김종록 작가 친구도 이 이야기를 하면 좋겠다고 채근했던 터이고 궁금해 하는 다른 친구들도 있을 것 같기 때문입니다. 사실 연명치료 중단은 우리 가족사에서 흔히 맞닥뜨리는 일이기도 합니다.

존엄사는 로스쿨 헌법 교과서에서도 다루는 주제일 뿐 아니라 사법연수원의 중앙홀에 우리나라를 바꾼 2대 판결로 전시되어 있습니다. 그 최초의 결단을 한 주인공으로부터 당시 판결 상황을 듣고 싶다는 요청이 참으로 많았습니다.

말이 나왔으니 2대 판결 가운데 다른 하나의 판결을 간단히 말씀드리겠습니다. 일제강점기 민법에 따르면, 아내는 남편의 허락 없이는 단독으로 소송을 제기할 수 없었습니다. 해방 직후에도 그 민법이 그대로 적용되어 아내는 이혼소송조차 남편의 허락이 있어야 제기할 수 있었습니다. 지금으로는 참으로 어이없는 규정이지만 당시에는 엄연한 법이었기 때문에, 아내가 남편 허락 없이 이혼소송을 제기하는 것이 불가능하다는 견해가 절대적이었습니다. 그럼에도 결국, 대법원은 남녀평등이라는 건국헌법의 정신에 비추어 이러한 법 규정이 있다 하더라도 아내의 소송을 막을 수 없다는 판결을 했습니다.

제가 이 다른 판결을 언급한 이유는 존엄사 판결도 같

은 선상에서 이해되기를 바라는 마음에서입니다. 존엄사 사건은 두 가지 점에서 고민스러웠습니다. 법리상의 문제와 할머니와의 소통 문제입니다. 법리상의 문제는 이미 대법원이 선언했고 입법도 됐으니 여기에서는 굳이 언급하지 않겠습니다.

저를 마지막까지 고민하게 한 것은 할머니가 죽음과 연명 중에 무엇을 원하는가, 그것이었습니다. 병원에 직접 찾아가 잡아본 할머니의 손은 너무도 따뜻했습니다. 그런데 할머니는 이미 뇌사상태여서 세상과 소통할 방법이 없었고, 그전까지 존엄사가 공론화된 적도 없었기 때문에 평소 자기 의사를 밝힐 기회가 없었습니다.

저에게 할머니는 세상에서 가장 소외된 존재로 보였습니다. 과연 그분과 어떻게 소통해야 할까, 혹시 내가 아니 우리가 모르는 다른 방법으로 소통할 수 있음에도 세상이 이를 놓치고 있는 것은 아닌가? 내가 이 분을 죽음으로 내모는 것은 아닌가? 친구들과 주변 동료들, 종교계, 심지어 택시기사 등 정말 많은 사람과 이야기를 나누었습니다. 이렇게 고통스럽고 어려운 시간을 거치고 나서야 할머니가 이제 그만 편하게 놓아달라고 하시는 것 같은 조심스러운 확신이 들었습니다. 저의 판단을 고등법원과 대법원에서 수긍하여 최종적인 결론이 되고 심지어는 입법도 되었지만, 저의 고민은 아직도 진행형입니다. 언젠가 죽음의 의미와 소통에 대한 생각이 정리되면 책이든 보고서이든 어떤 형태로든 여러분에게 상세한 이야기를 하겠습니다.

이렇게 속내의 일단을 말한 것은 존엄사를 바라볼 때, 가족들의 경제적인 이유나 병원의 상황을 위해서가 아닌, 오로지 생명에 대한 자기결정과 소통이 우선하기를 바라는 마음에서입니다. 소통의 시작은 상대를 나와 똑같은 존재로서 인정하는 것, 비록 처한 형편이나 상황은 다를지라도 같은 입장일 수 있다는 것을 이해하고 실천하는 것이라고 생각합니다. 저는 우리나라를 바꾼 2대 판결이 세상의 관점이 아닌 세상이 당사자의 관점으로 소통했다는 점에서 우리나라를 바꾼 판결로 선정되었다고 믿고 싶습니다.

이제 우리에게 남은 40년은 같은 줄에서 밀려가는 파도의 물방울이 하나씩 사라져 가는 시간일 것입니다. 옆에 있는 친구들을 한번이라도 더 이해할 기회가 있기를,

좀더 깊이 생각하는 여유와 소통하는 너그러움을 가질 수 있기를 기도합니다. 어느 오페라의 대사를 인용하는 것으로 단상을 마치겠습니다.

'오늘 나의 운명이 내일 당신의 운명.'

◇ ◇ ◇

효성그룹 법무실장 부사장. 서울대학교 법과대학 졸업, 인하대학교 물류전문대학원 물류학 박사, 고려대학교 법과대학 박사과정 수료. 1986 제28회 사법시험 합격. 사법연수원 제18기, 군법무관, 각급 판사, 부장판사, 대법원 재판연구관. 2012 법률사무소 융평 대표변호사. 2020 인하대학교 로스쿨 교수(물류, 유통법 담당).

초록 너울 산멀미 나는 곳,
진안고원에 살어리랏다

조규삼

지난 7월 말에 전북 진안군 정천면 봉학리 마조마을에 새 거처를 마련했다. 진안고원은 진작부터 인생을 마무리 할 수 있는 곳으로 더할 나위 없이 좋은 곳이라 여겨왔던 지라 망설임 없이 결정했다.

원래 내 고향은 정읍 영원면으로 끝없이 펼쳐진 호남평야의 곡창지대다. 시골집 마루에서 토방으로 내려서면 오른쪽으로 내변산이 멀리 그림처럼 펼쳐지고, 앞으로는 고부 두승산이, 왼쪽으로는 이평 천태산이 앉아 있다. 가까이에 부안 줄포항, 곰소항이 있고 내소사, 개암사 등 유명한 사찰도 있다. 그런데 나는 정든 고향땅, 고향집이 아닌 진안에 새 둥지를 틀었다. 진안이 나를 사로잡은 것이다.

내가 진안을 처음 접한 건 30대 후반쯤이다. 전주에서 증권사에 다니던 나는 영업실적으로 스트레스가 심했다. 그러다 머리를 식힐 겸 무작정 차를 몰고 향한 곳이 진안이었다. 아마도 완주 소양면 화심, 진안 부귀면 모래재, 정천면 월평리, 주천면 운일암반일암, 완주 동상면, 고산면 대아리 저수지 등을 거쳐 전주로 귀환한 것 같다.

첩첩이 가로막힌 산과 초록 일색인 진안 풍경은 지평선이 보이는 평야지대에 익숙했던 나에게 매우 불편했고 짜증 나는 곳이었다. 집채만한 초록 너울이 차로 덮쳐오는 것 같았고 겹겹이 녹색만 보이는 산천은 연속으로 산멀미와 두통을 가져왔다. 이게 내가 접한 진안의 첫인상이다. 그 뒤로 진안은 관심 밖이었고 별로 내키지 않는 답답한 곳이었다.

7년 전, 김종록 작가가 진안을 소재로 한 작품을 쓰러 진안 정천면에 있는 '진안고원치유숲(전북권 환경성질환 치유센터)'으로 내려왔다. 서울에서 맹활약하다가 진안군 초청으로 집필을 하게 된 것이다. 그때 쓴 작품이 《금척》과 《질라래비 훨훨》이다.

이를 기회로 진안을 찾아가 자주 만났고, 그러던 중 김

작가의 추천으로 '진안고원치유숲'에서 잠시나마 관리팀 장으로 일하게 되었다. 난 그제서 비로소 진안고원의 진 면목과 드러나지 않은 속살을 보게 되었고, 시간이 흐를 수록 진안의 매력에 푹 빠져버렸다.

　진안은 금강과 섬진강의 발원지이다. 금강은 군산, 서천, 장항 하구에서 서해를 만나고, 섬진강은 광양, 하동 하구에서 남해를 만난다. 진안의 랜드마크인 마이산 정상에서 북쪽으로 떨어진 물은 금강으로 흐르고, 남쪽으로 떨어진 물은 섬진강으로 흘러 기나긴 여정을 서해와 남해에서 마무리한다. 우리 인생도 물의 운명처럼 바다로 가게 정해져 있는 건 아닌지 모르겠다. 그 바다는 서해나 남해, 동해가 아니라 북해, 곧 북망산천일 수도 있겠고 미지의 우주 어딘가일 수도 있으리라.

　진안은 흔히 진안고원으로 통한다. 교과서에 자주 나왔던 그 고원 말이다. 진안의 산맥은 힘차다. 백두대간에서 분기된 금남호남정맥이 지나고 주화산 모래재에서 다시 호남정맥과 금남정맥으로 갈라진다. 이렇듯 진안은 두 정맥의 출발점인데, 호남정맥은 전라도를 거쳐 광양 백운

산에서, 금남정맥은 완주군과 충남을 거쳐 부여 부소산에서 마무리된다.

진안의 또 다른 랜드마크 용담댐은 1개 읍 5개 면을 수몰시켜 만든 금강 최상류 댐이다. 전북 대부분과 충남 일부에 식수와 농업용수 등 생명수를 공급한다. 그래서 진안고원은 생명의 땅으로 불린다. 하지만 조상 대대로 탯줄을 묻었던 삶의 터전을 내어준 수몰민의 피와 눈물로 채워진 실향과 희생의 장소이기도 하다.

용담호는 저수량 기준으로 국내 5위이며 둘레길은 45km 정도 되는데 라이딩, 드라이브, 마라톤의 인기 코스로 많은 동호인이 찾아온다. 가을이 되면 용담호수에 비친 추색 단풍과 물안개, 산 그리메가 어우러져 몽환적 풍경을 선사한다. 이때를 놓칠세라 사진작가들이 몰려들어 북새통을 이룬다. 수변도로는 자동차들로 장사진을 치고 고요하던 호숫가는 장날로 변한다.

진안은 해발 300~500m의 고산지대에 마을이 형성돼 있다. 70% 이상이 산으로 이루어진 두메산골이다. 마이산은 미슐랭 그린가이드가 선정한 대한민국 최고의 여행

지이며 우리 친구 김종록 작가의 밀리언셀러 소설 《풍수》의 주무대다.

그밖에 우리나라 100대 명산인 운장산, 아홉 개의 바위 봉우리와 구름다리가 절경인 구봉산, 금남호남정맥이 지나가며 개마고원처럼 드넓은 신광재를 품은 성수산, 동남쪽의 최고봉 선각산, 조선의 혁명가 정여립의 자취가 있는 천반산과 죽도 등이 있다. 계곡으로는 운일암반일암, 백운계곡이 가히 절경이라 전국에서 해마다 수많은 관광객이 찾아온다.

내가 터 잡은 이곳 정천면과 주천면 지역은 진안의 서북쪽에 위치한다. 마조천, 내동천, 주자천이 흐르는데 이 천들은 서출동류西出東流(서쪽에서 동쪽으로 흐르는 물)하는 명당수로 금강의 시발점들이며 모두 용담호로 흘러들어간다.

우리집 바로 앞에 우뚝 선 해발 1,133m의 운장산은 전주를 호령하고 보듬어 주는 신령스러운 산이며 개인적으로 산신들이 존재한다고 믿게 만드는 영산이다. 수시로 우러러보며 그 덕성과 영성을 닮고자 소망한다.

이곳 평균기온은 타 지역에 비해 5도 이상 낮아서 여름에 열대야가 없다. 그야말로 서늘한 여름이라서 아침저

녁으로 느끼는 청량감은 뭐라 말로 표현할 길이 없다. 맑은 공기와 깨끗한 물을 먹고 자란 농산물은 맛도 탁월하다. 특산물로 인삼, 홍삼, 흑돼지, 씨 없는 곶감, 한봉꿀, 표고버섯, 능이버섯, 고로쇠, 고추 등이 있으며 용담호에서 잡힌 각종 민물고기로 만든 매운탕, 어죽, 붕어찜 등은 건강식으로 일품이다.

예로부터 십승지는 삼재三災라 해서 전란, 자연재해(흉년), 전염병이 없는 곳이라 했는데, 이곳 진안이 십승지 조건에 해당한다. 끝없이 이어지는 첩첩산중 고봉준령의 운해는 드넓은 호남평야와 대비되니 감히 호남의 알프스라 할 수 있겠다.

어느덧 내 나이 60이 되었고 곧 환갑이다. 누구는 '인생은 60부터'라고 하고 누구는 '인생을 서서히 정리할 시간'이라고도 한다. 한국인 평균수명이 80대 초반이라 하니 아직도 살 날이 많이 남았다고 할 수도 있겠지만, 건강하게 육체 활동하면서 살 수 있는 시간은 그리 많지 않다. 물론 개인차가 있겠지만 말이다. 여하튼 요양병원 침대에 누워서 오래 산들 무슨 의미가 있겠는가. 인생길 생로병사라 했는데 나고 늙는 건 이미 비롯되었고 이제 남은 건 병들어 죽는 것뿐이지 않은가. 건강을 더더욱 챙겨야 할 때라는 얘기다.

동양고전 《서경》에서 인간의 오복五福을 수壽, 부富, 강녕康寧, 유호덕攸好德, 고종명考終命(죽을 복)이라 했는데, 질병과 고통 없이 편안하게 죽는 것도 오복 중 하나다. 요즘 말로 웰다잉Well-dying이다. 9988234~. '구십 구세까지 팔팔하게 살다가 이삼일 앓다 죽자'는 인기 건배사다. 인정하기 싫지만 이제 죽음을 생각해볼 때가 됐다. 노년에 대자연의 품에서 건강히 살다가 아름다운 마무리를 하고 싶은 친구들이 있는가? 그 친구에게 자신 있게 추천한다. 진안고원에 터 잡으라고.

4도 3촌. 일주일 가운데 4일은 도시에서, 3일은 시골에서 생활하는 것을 선호하는 이들이 많다고 한다. 지구 온난화로 기후변화가 급격해져 태풍, 홍수, 전염병 같은 자연재해가 갈수록 심해지는 세상이다. 지구과학자들이나 미래학자들은 머잖아 해수면 상승이 불가피하다고 경고한다. 뭐 가봐야 알겠지만 무시할 수 없는 일이다. 해수면 상승이 300m라 해도 진안고원은 평지가 300m이므로 안전하다.

연금이 좀 나온다면 진안처럼 살기 좋은 데가 그리 많지
않다. 삼재가 안 오면 좋고 만일 온다고 해도 진안고원은
안전하다. 진안에 사는 건 든든한 고원 보험을 들어두는
것과 같다. 뒤늦게 '노아의 방주'에 타려고 야단법석 떨지
말고 미리미리 자동차 타고 올라오시라. 그리하여 '나는
자연인이다!'는 너무 외롭고, '나는 자연을 닮아간다!'고
자랑스럽게 얘기하며 노년을 경영하자.

자랑스러운 해성고 17회 친구들에게

채규갑

고교시절, 공부보다는 운동을 좋아했던 추억이 새록새록 떠오른다네.

아마 2학년 때 춘계체육대회 축구 예선전이었을 거야. 2반(심판은 2반 담임 임영완 선생님)과 겨뤄 전반전에 넘어지며 왼쪽 팔목이 부러지는 부상을 당했지. 그런데도 승부욕이 넘쳐 하프타임 때 냉수 마찰로 통증을 달랜 후 후반전에 골을 넣어 이겼던 기억은 죽어서도 잊지 못할 것 같아. 그만큼 난 스포츠광이었다고 할 수 있겠지. 왼팔에 깁스를 한 상태에서도 체육 시간마다 운동장을 휘저으며 열심히 공을 찼으니까 말야. 그 직후 있었던 수학여행 때 오른팔로 울산바위를 올라서 임영완 선생님 눈에 띄었는데

3학년 담임 선생님이 되실 줄이야.

3년 동안 학교 근처에서 하숙하며 저녁에는 수시로 탁구장 주인과 승부를 겨뤄 결국에는 이기고 말았지. 3학년 1학기까지 축구 삼매경에 빠져 있을 때, 임 선생님이 학부모 면담에 오신 어머님께 아들 공차는 모습을 보여주시는 바람에 대학진학에 대한 걱정으로 큰 실망을 안겨 드린 일은 끔찍한 기억이라네.

취미로 시작한 탁구는 89년 클럽에 가입 후 본격적으로 실력을 연마하여 2002년 고양시 주최 생활체육 탁구대회에 처음이자 마지막으로 출전하여 2부 단식과 남자 복식 우승의 기쁨을 맛보았지. 지금은 무릎을 다쳐 좋아하는 축구와 탁구는 관전하는 것으로 아쉬움을 달래고 있지만.

졸업 직후, 자주 만나는 반 친구 7명이 모임을 만들어 40여 년 진한 우정을 나누고 있고, 지금은 아내들이 더 좋아해 매년 3~4차례 만나며 평생 동반자들과 함께 삶을 즐기고 있다네.

고교 시절 직업군인에 뜻이 있어 육군사관학교에 가고 싶었으나 성적 미달로 포기했고, 어릴 때부터 유달리 축구 같은 운동을 할 때가 가장 즐겁고 행복해 체육학과를 희망했으나 부모님과 형들의 강한 반대로 경영학(전북대)을 전공했어.

대학시절 군에 대한 미련이 남아 학군장교(ROTC)로 복무하고, 88년 6월말 전역 후, 동년 9월에 서울신탁은행(현 하나은행)에 입행하여 31년 동안 은행원의 길을 걷게 되었어.

우리나라가 1980년대 중반부터 90년대 중반까지 단군이래 최대 호황기를 맞아 취업 시장이 활짝 열리지 않았었나. 대기업과 은행을 비교한 후, 양호한 직원복지제도와 정년이 보장되는 안정적인 근무여건을 고려하여 은행으로 진로를 정했는데 기대와 달리 많은 시련을 겪었다네. 1997년 IMF 외환위기를 맞아 대기업들(기아, 대우, 한보, 한라그룹 등)이 줄도산 또는 매각되고, 금융기관도 은행퇴출과 대형 시중은행이 합병되는 초유의 사태가 발생하여 일명 '조상제한서'(조흥, 상업, 제일, 한일, 서울은행)로 불리는 은행들이 역사 속으로 사라졌거든. 대규모 구조조정과 정리해고의 광풍을 이겨내지 못하고 폐쇄에 직면한 제일은행 테헤란지점에 근무하는 직원들의 하루를 그린 다큐

멘터리 〈내일을 준비하며〉가 '눈물의 비디오'란 이름으로 세간에 화제였으니까.

　내가 근무하는 서울은행도 2002년 하나은행과 합병되어 수년간 동료 50% 이상이 희망퇴직이라는 명분으로 삶의 터전인 정든 직장을 떠날 수밖에 없었어. 다행히 나는 거기서 살아남았다네. 하지만 IMF 외환위기를 겪은 금융기관은 치열한 경쟁에서 생존하기 위해 모든 부문에 성과주의를 도입하였고, 날이 갈수록 실적에 대한 압박은 커져만 갔지. 예적금 유치, 거래 고객 수, 개인·기업 신용카드 회원 수, 외환 실적, 개인대출·기업대출, 퇴직연금 증대 등 일반인의 상상을 초월한 각종 캠페인을 분기, 반기, 년 단위로 실시했다네. 이를 인사고과에 반영하여 실적이 저조한 지점장은 후선배치 후 다시 개인 목표를 부여하고 개별 영업하도록 운영했지만, 후선배치된 대다수 직원이 결국 퇴직하게 되었어.

　세상일은 겉만 봐서는 잘 모르지. 그 속내를 들여다봐야 비로소 안다고 할 수 있잖나. 은행이 9시에 영업 시작하고 16시에 마감하기 때문에 일찍 퇴근하고 편안한 직장이라 오해하는 분들도 있으나 실상은 내부에서 밤늦은 시간까지 과중한 업무를 수행하고 있다네.

가끔 생각해. 중학교까지 산골 임실에서 보내고 전주에서 고등학교와 대학 시절을 보낸, 지극히 평범한 시골 촌놈이 지금까지 생존할 수 있는 원동력은 무엇이었을까? 운동을 좋아하는 외향적인 성격과 활동성을 무기로 각종 모임(탁구·축구동호회, 동문회, 친목 모임 등)에 적극적으로 참여하며 만든 다양한 인적 네트워크가 큰 자산이었고, 그중 해성고 17회 친구들의 도움이 단연코 으뜸이었음을 고백하는 바야.

'친분을 활용한 구걸 영업은 절대 하지 않고, 신뢰를 토대로 고객과 Win-Win 하는 금융주치의가 되겠다'고 나만의 원칙을 정해 지키려 노력했지만, 때로는 지인들의 도움이 절실해 부탁할 수밖에 없었지. 그때마다 우리 17회 친구들은 단 한 번도 거절하지 않고 흔쾌히 손을 잡아주며 더 열심히 뛰도록 힘을 북돋아 줬다네. 어디 그러기가 쉬운가. 난 참으로 멋지고 훌륭한 친구들을 많이 두었다네. 자네들이 바로 그 친구들일세.

우리 친구들의 전폭적인 지지와 아낌없는 성원 덕분에 지점장 재직시절 4년 연속 우수 영업점 표창을 받았고,

2017년은 10여개 영업점을 소그룹(전국 95개 그룹) 단위로 구성한 지역본부장(일명 수석지점장)을 맡아 2위를 차지하는 영예를 누렸지. 그해 12월말 임금피크 퇴직연수를 받는 도중에 임원 승진의 영예까지 안았으니, 난 복 받은 놈일세. 친구들 덕에 말이지.

2019년말 퇴임 후, 지금은 하나은행 자회사 두레시닝㈜에서 근무 중이라네.

매년 반기, 연말 평가 때마다 "부족한 항목이 무엇이냐?"고 물으며 먼저 챙겨주고, "임원 승진을 위해 필요한 것이 있으면 언제든 요청하라"며 본인 일처럼 적극적으로 도움을 준 명문 해성고 17회 친구들에게 이 기회를 통해 감사의 편지를 전하네.

피를 나눈 형제보다 더 끈끈한 우정을 위하여 건배!

쬐깐여

윤여봉

지난 추석 명절에 고향을 다녀왔다. 해외 주재한다는 핑계로 부모님 두 분 모두 임종을 하지 못한 불효자라서 산소에 갈 때마다 죄송하고 안타까운 마음을 한가득 안고 돌아오곤 한다. 성묘를 마치고 형님들과 어릴 적에 살았던 미륵산 아래 고향마을을 둘러보고 외갓집이 있는 대둔산으로 향했다.

마천대 아래 구름다리는 여전히 높아 보였다. 지금은 케이블카로 구름다리까지 갈 수 있게 만들어졌다. 고2 여름방학이 시작되고 이정희가 부른 '바야야'가 한참 인기를 끌 때, 같은 반 친구인 준식이, 홍배, 영욱이와 시외버스를 갈아타고 땀 뻘뻘 흘리며 올라가서 잘 여문 산뽕나무 오디 따먹고 시뻘건 입들을 보면서 깔깔대던 추억의 대둔산. 등산로 좌판에서 다양한 버섯과 더덕을 파는 할머니에게 물었다.

"감은 안 팔아요?"

할머니는 마땅치 않은 표정을 짓더니 고개를 살포시 숙이면서 부끄러운 듯 조용히 속삭이셨다.

"쬐깐혀."

나는 순간적으로 튀어나오는 웃음을 애써 틀어막으며 여러 번 반복해서 읊조렸다.

"쬐깐혀, 쬐깐혀…."

오랜만에 들어보는 정겨운 말, 쬐깐혀!

오랜 친구를 다시 만난 것 같은 반가움과 함께 갑자기 어머님 생각이 났다. 어머님도 이 단어를 자주 사용하셨는데…. 그 할머니의 '쬐깐혀' 속에는 아마도 이런 게 함축돼 있을 것이다. '아직 감이 잘 여물지 않아 지금은 작아서 안 팔어.'

복잡한 세상에서 아주 심플하게 축약해 말씀하는 어르신들을 보면 참 지혜롭다는 생각이 든다. 고등학교 졸업하고 서울로 올라와 나이 60이 될 때까지 객지에서 살고 있는 친구들은 고향에 대한 추억과 정겨움을 항상 마음 속에 품고 산다. 그런데 그렇게 오랫동안 고향을 떠나 사는 데도 사투리가 묻어 나오는 모양이다. 가장 많이 듣는 말이 "혹시 고향이 충청도? 전라도분은 아닌 거 같고…"이다.

우리 말투가 남도 사람들에 비해 느리고 억세지 않으면서 충청도 사투리가 많이 섞여 있는 모양이다. "혀, 안 혀?" "그려, 그러지" "아녀" 이런 말을 하는 사람을 만나면 나도 반가워서 "혹시 고향이 전북이세요?"라고 많이 묻곤 한다. 남북으로 분단된 나라에서 지역색을 보이고 지역감정을 표출하자는 것은 아니지만, 우리 고향 사람들처럼 나대지 않고 조용히 현실에 순응하며 살아가는 사람도 별로 없는 것 같다.

34년의 직장생활 중 20년을 해외에 주재하면서 부모, 형제, 친구, 동문 등 모든 나의 연결고리에 소홀하지 않았나 하는 반성과 후회를 한다. 이제 와 무언가 고향을 위해 공헌할 수 있는 일이 있을까, 라는 생각도 하고, 유튜브에서 검색하는 단어도 전주, 완산칠봉, 미륵산, 대둔산, 삼기면 등이 많다. 내가 보기엔 전주도 혁신도시가 들어서

고 시청, 도청, 경찰서 등이 이전하면서 많이 변모한 것 같은데, 현지에 거주하는 분들은 아직도 '쬐깐혀'라고 자조 섞인 말을 많이 한다.

최근 동기인 우범기 친구가 전주시장으로 선출되면서 우리 동기들도 현실 정치, 지역 정치에 관심이 커졌다. 지역 현안 중에 낙후된 전북경제 살리기에 관심을 많이 보인다. 차별적인 지역개발에 뒤처진 채 환경과 문화만큼은 우리 지역이 최고라는 자긍심으로 버텨왔지만, 60이 되어 뒤돌아보니 우리 고향은 다른 지역에 비해 상대적으로 경제력이 너무 약해서 미래 비전이 잘 보이지 않는다. 안타까운 일이다. 졸업한 지 40주년 되는 올해 모교 방문과 함께 친구들이 많이 모인다고 한다. 오랫동안 보지 못한 친구들인데, 얼굴 보면 기억할 수 있을까? 쬐깐 했을 때 봤는디.

촌놈이 졸업하고 군대 다녀와서 잡은 직장이 해외 영업하던 종합상사였다. 경리과로 배치되었지만 부득부득 우겨서 해외 영업부서로 갔다. 지금 생각하면 바보, 멍청이 짓이었다. 하여튼 특수사업부로 군수물자를 수출하던 부서였다. 수출되는 품목인 총, 포, 탄약류에 미사일 그리고 무기의 제원을 암기해야 해외 바이어와 상담할 수 있었다. 지금 지구촌 어느 곳에 전쟁이 일어나는지가 관심사였고, 경쟁국인 이스라엘, 남아공, 중국의 저가 응찰 때문에 매번 입찰에 실패하는 쓰라린 경험을 되풀이했다. 그러다 드디어 군용차량을 레바논 국방부에 공급하는 수주를 성사했다.

난생처음 쬐깐한 촌놈이 비행기를 타고 해외를 나갔는데 그 출장지가 하필 내전이 겨우 끝난 레바논 베이루트였다. 91년 2월 파리를 경유해서 지중해를 가로질러 착륙하는 비행기에서 바라본 베이루트 풍경은 중동의 스위스, 파리라고 부를 만큼 산과 바다가 너무나 아름다웠다. 그런데 비행기가 하강을 시작하면서 차츰 드러나는 베이루트 시내 전경은 어안이 벙벙할 지경이었다. 시커멓게 불에 그슬리고 부서지고 무너진 시가지는 폐허가 된 폼페이 유적 같았다.

이렇게 시작된 첫 출장 동안 과거 화려했던 모습을 담은 베이루트, 레바논의 엽서, 그림 등을 접하면서 많은 생각을 했다. 어떻게 이렇게 처참하게 망가질 수 있을까. 이슬람과 마로니트 크리스천(시리아·레바논 지역의 동양적 의식의 가톨릭교도)은 무엇이며 같은 이슬람이면서 수니, 시아, 드루즈파 등 왜 많은 종파가 서로 반목하고 죽음도 불사하는가.

첫 출장을 마치고 돌아오니 5년 선배가 수고했다며 조용히 말씀하셨다.

"윤 형! 다른 부서로 옮겨달라고 해."

"네?"

"여기 오래 있으면 중동으로 주재 나가야 하고, 여기 과장, 차장들 봐. 죄다 트리폴리, 바그다드, 테헤란, 두바이 출신 주재원들이야. 미국, 유럽, 일본으로 나가서 주재해야지. 빨리 옮겨."

아, 첫 출장지도 살벌한 베이루트였고, 바이어도 중동 국방부, 내무부이니 정말 주재도 중동으로만 나가겠구나. 그 생각을 하니 아찔했다. 반면 지적 호기심이 많았던 나에게 중동, 아랍, 이슬람은 무지의 세계이지만 알아갈수록 묘한 흥분을 주는 곳이었다.

출장 다녀온 후 사업부장을 찾아가서 면담을 요청하고 부탁을 드렸다.

"저를 중동 전문가로 키워주십시오. 남들이 싫어한다는

중동이 저에게는 나름 심층적으로 공략해볼 수 있는 시장이고 흥미로운 곳입니다. 평생을 바쳐 도전해 보고 싶습니다."

사업부장은 요거 참 맹랑한 녀석이다 싶었나 보다.

"그곳 힘든 지역이야. 진짜 후회 안 하고 잘할 수 있겠어?"

나는 "그럼요!"라고 자신 있게 대답했다.

그로부터 1년 후, 중동지역 전문가로 회사 내 처음 이집트에 파견되었다. 마음껏 공부하며 현장을 두루두루 경험할 수 있었다. 19살에 전주를 떠나 서울에 둥지를 튼 후, 다시 29살에 머나먼 타국에서 지역을 연구하면서 시장 전문가로 살아나가야 하는 디지털 유목민이 된 것이다. 사우디, 두바이, 이집트에서 20년간 해외 주재를 마치고 돌아와 보니 주마등처럼 시간만 빨리 흘러갔을 뿐 나는 여전히 쬐깐하다.

우리는 역사를 배웠다. 한국사와 세계사 모두를. 그런데 중동의 역사는 그냥 빼먹고 혹은 지나쳐버리고 아무도 제대로 공부시켜주지 않았다. 학교에서든 사회 나와서든 누구도 가르쳐주려 하지 않았고 왜 가르쳐주지 않느냐고 따져 묻지도 않았다. 그 지역에서 그렇게 많은 오일달러를 모아 왔고, 늘 주식시장에서는 네옴 프로젝트(사우디아라비아 빈살만 왕세자가 주도하는 5,000억 달러 규모의 세계 최대 스마트시티 건설 프로젝트)로 제2의 중동 붐이 올 거라는 등 겁나게 떠들고 있음에도 중동은 금기의 영역이었다.

우리는 한국사, 서양사, 중국사는 연대별로 그 시기에 무슨 일이 벌어졌는지 서로 비교할 수 있을 정도로 잘 알고 있건만, 유럽의 르네상스를 이끌었고 궁극적으로 산업혁명까지 촉발한 중동의 눈부신 과학기술과 선진 문화에 대한 역사적 조망은 알지 못한다. 우리가 배운 것은 고작 한 손에 칼, 한 손에 코란 그리고 일부다처제, 무함마드 정도이다.

일찍이 중동과 교역, 전쟁, 식민 지배를 통해 교류가 많았던 유럽과 미국 그리고 동남아, 인도에서는 중동사를 상당히 비중 있게 다루며 많은 학술적 데이터들이 쌓여 있다. 가까운 일본, 중국도 중동문제연구소와 학자, 기업, 외교관들이 정부의 지원을 받아 중동을 연구하고 실질적인 대규모 투자로까지 이어가고 있다.

현재 중동에 가면 어느 곳이든 전후좌우에서 1대의 차

종은 현대 아니면 기아차이다. 시장점유율이 35%쯤 된다. 전자제품 매장을 가면 TV, 냉장고, 세탁기 등의 시장점유율이 70%나 돼 한국제품이 시장을 휩쓸고 있다고 해도 과언이 아니다. 2019년 10월 BTS가 사우디 수도 리야드의 10만명 수용 경기장에서 공연하던 날, 히잡과 블랙 아바야를 뒤집어쓴 사우디 여자들이 떼창으로, 그것도 한국말로 같이 노래를 불렀다. 국뽕이 차고 차서 뜨겁게 끓어오르는 희열을 느낀다. 20만명의 근로자들이 열사의 나라에서 시커멓게 그을린 얼굴로 열심히 오일달러를 벌어오던 가난하고 힘들었던 70~80년대와 견줘 보면 천지개벽, 격세지감, 상전벽해다.

졸업한 지 40년이 되었으니 친구들 대부분 자기 분야에 전문가가 되었거나 삶에서 찬란한 순간들을 보냈을 것이다. 나는 중동을 내 전문지역으로 선택한 것에 대해 후회해 본 적이 없다. 하지만 조금 더 열심히 죽도록 해보지 못한 것을 반성하면서, 앞으로 10년 동안은 무엇을 할지 고민이 많다.

한국에 돌아가면 우선 고교 친구들과 만나 막걸리 마시면서 열심히 수다 떨며 쉬고 싶다. 내가 살아온 지역이나 재미있던 해외거래 이야기도 해주고 싶다.

대둔산 좌판에서 장사하던 할머니의 "쬐깐혀"라는 한 마디에 모든 고민이 무너지고 푸근함 속에서 마냥 행복할 수밖에 없었던 기억을 오래오래 간직하련다. 고향을 자주 찾고 친구들도 많이 만나야겠는 게 최근에 얻은 결론이다.

◇ ◇ ◇

KOTRA 사우디 리야드 무역관장. 삼성전자 사우디 법인장과 두바이 법인장(GCC 5개국 관할). 중동총괄 마케팅 팀장과 무선 사업부 중동 수출을 담당했다. 고려대학교 경영학과 졸업.

빛바랜 사진 속, 우리 젊은 그 날

원고 집필을 하려는데 덜컥 코로나에 걸리고 말았다. 팬데믹 이후 2년 8개월 동안 조심조심 잘 피해 다녔다고 생각했는데, 개강을 며칠 앞두고 증상이 나타나더니 8월 29일에 확진되고 만 것이다. 여러 가지 일들이 꼬여 버렸다. 특히 모든 대학 생활이 정상화되는 시점에서 일주일 자가격리는 학생들에게 피해를 주기 때문에 미안한 마음이 컸다.

자가격리 후 그동안 밀렸던 일들을 처리하느라 일주일이 바쁘게 지나갔다. 추석 명절까지 끼어 있어서 어떻게 시간이 흘러갔는지 모르겠다. 원고 제출 일정은 다가오고 뾰족한 원고 아이디어가 떠오르지 않았다. 마감일 이틀을 앞두고 재촉 전화가 왔다. 이번에는 장준호 본인이 코로나에 걸렸다며 죽는 소리를 했다. 그간 사정을 이야기하고 며칠 말미를 부탁했다.

전화를 마치고 너무 사적인 이야기를 쓰자니 그렇고, 고민을 계속하다가 해성고 졸업생이라는 공통점이 있으니 소소하지만 나의 학창시절 이야기를 써보기로 한다.

우선 고향 이야기를 꺼내고 싶다. 우리 17회 동창 친구 중에는 시골 출신이 많다. 나의 고향은 임실 오수이다. '오수'라고 하니 아주 촌스럽게 들리지만, 완주-순천 고속도로 오수 IC의 영문명 'OSU', 미국 오하이오 주립대학 Ohio State University의 이니셜처럼 멋진 지명이다. 오수는 한자로 개나무를 뜻하고 개나무에 얽힌 설화의 고장이다. 고향마을(오산리) 언덕에서 남원 보절에 있는 만행산(천황산)이 보이고 그 뒤로 멀리 지리산 서북능선이 조망된다.

어렸을 때 고향에서 불린 내 이름은, 한자로 '뫼 산' 자에 '길 영' 자를 써서 산영山永이었다. 부모님이 다시 돈 주고 작명해서 지금 이름인 영철永喆이 되었는데, 이런 얘기를 친구들에게 털어놓으면 오히려 산영이라는 이름이 와

일드하고 빨치산 냄새가 나서 멋지다고들 한다. 앞으로 아호로 써먹을 기회가 올지 모르겠다.

한편으로 오수에서 태어났으니 태어나면서부터 환경공학을 업으로 삼을 팔자가 아니었나 싶다. 영어로 'Waste-water'가 바로 '오수(폐수)'이기 때문이다.

7세가 되던 1970년에 공무원인 아버지를 따라 오수를 떠나 전주로 이사했다. 국민학교부터 전주에서 다녔으니 왕 촌놈은 아니다.

고등학생 시절에는 별 영양가 없이 학생 자치기구 활동을 열심히 했다. 학생회와 학도호국단 활동이 많았는데, 내 본분이 학생이 아니라 당장이라도 나라를 구하러 떠나는 군인이라도 되는 것처럼 착각하지 않았나 싶다.

수많은 활동 중에 가장 먼저 떠오르는 기억은 학생회 야유회이다. 잘 알다시피 당시에는 야유회라고 하지만 주로 걸어 다녔다. 봄, 가을 소풍도 행군소풍이라고 부르지 않았는가. 좋게 생각하면 지금 표현으로 도보여행, 트레킹 또는 오지 답사여행 정도로 부를 수 있겠다.

1980년, 그러니까 2학년 때 전체 학생회 간부 야유회가 있었다. 기억으로는 2,3학년으로 스무 명 정도의 학생이 참여한 것 같다. 복장은 교련복, 체육복 심지어 교복 차림도 있었고 일부는 사복 차림이었다.

정태표 선생님이 학생부장을 맡고 계셨고 이용필 수학 선생님, 노영쇠 화학 선생님과 종교 과목을 가르치셨던 김치영 선생님도 야유회에 함께했다. 당시에 이용필 선생님은 아마도 20대 후반 정도가 아니었을까 싶다. 수업시간에 나긋나긋한 목소리로 인자하게 대해 주셨던 김치영 선생님의 모습이 지금도 생생하다.

야유회 출발 전 교정에서 한 컷(좌로부터 이용필 선생님, 우측에 정태표, 노영쇠 선생님 그리고 앉아 계신 김치영 선생님)

목적지는 학생부 선생님들만 알고 학생들은 무조건 따라갔던 것으로 기억된다. 사전에 알려줬어도 모르는 곳이었을 것 같다. 이것저것 생각하고 뒤져보니 때는 개나리, 벚꽃 피는 4월이었다. 단체로 학교에서 서중학교 로터리 버스 타는 곳으로 이동하였다. 당시 서중학교 앞 로터리는 전주에서 가장 분주한 시내 교통의 요지 중 한 곳이었다.

시내버스를 타고 가다 소양 송광사를 지나 오성리 종점에서 내렸다. 당시 전주에서 시내버스는 여기까지만 다녔다. 여기서부터 고갯길(임도)은 지금은 포장이 되어 좋아졌지만 당시에는 먼지가 풀풀 나고 경사가 심한 험난한 길이었다. 고갯마루에 닿으니 무너진 위봉산성 성문과 성터가 있었다. 좀 더 걸어 위봉사를 지나 절벽을 따라 위태롭게 만들어진 오솔길을 타고 내려가면 위봉폭포를 지나자마자 수만리라는 마을이 있다. 이곳은 완주군 동상면 일대로, 당시 전국 8대 오지로 알려진 곳이다.

위봉폭포로 내려가 개인, 단체 사진도 찍고 근처 조릿대밭에 앉아 한 사람씩 나가서 장기자랑을 하였다.

위봉폭포 근처 조릿대 밭에서 장기자랑

저명한 성악가이신 고성현 선배의 뱀장사 쇼는 잊을 수 없는 추억이었다. 사진을 보면 여기저기 17회 친구들이 보인다, 왼쪽으로부터 이인백, 김신, 나정인, 그리고 기타를 들고 있는 분이 16회 고성현 성악가 선배다. 한참 세월이 흘러 현재 내가 근무하는 대학에서 선배님의 형님을 만나게 되었다. 마찬가지로 유명한 바리톤 성악가이고 서로 너무 닮아 처음에는 실수할 뻔했다.

지금 이 지역은 위봉폭포 옆 산속으로 터널이 뚫리고 2차선 아스팔트 도로가 나 있어 유명한 드라이브 명소와 고종시 둘레길이 되었다.

수만리에서 마을을 지나 계곡을 따라 조금 더 내려가면 길이 끝난다. 여기서부터는 경운기 엔진을 매단 나룻배를 타고 동상저수지 제방 쪽으로 건너가야 한다. 그러면 고산, 대아리 쪽에서 시작된 비포장도로와 연결된다.

옛날에 수만리 주민들은 고산이나 전주로 나가기 위해 이 루트를 이용했다고 한다. 장날이면 짐을 이고 지고 물 건너 산 넘어 고산에 가야 했을 것이다.

우리는 버스에서 내려서 고개를 넘어 다시 배를 타고 물길을 건넜다. 비록 경운기 엔진소리가 시끄러웠지만, 봄철에 파릇하게 돋아난 연두색 숲과 푸른 물은 10대 청소년들에게 가슴 설레는 시간이었다.

동상저수지를 배로 건넌 후에 대아리저수지 방향으로 연결되는 도로를 따라 걸었다. 대아리저수지 호반을 따라 구불구불한 길을 지나고 현재 대아수목원 삼거리를 지나 댐까지 헤아려보니 대략 7~8km를 걸었던 것 같다.

대아리저수지에 도착하면 제방(댐) 아래 식당가가 있었다. 식당에서 점심으로 매운탕을 먹었던 것으로 기억한다.

사진을 보면 식당 주변에 벚꽃이 활짝 핀 모습을 볼 수 있다. 학생들만 보이고 선생님들은 보이지 않는데, 아마도 다른 곳에서 한잔하고 계시지 않았을까?

벚꽃 핀 대아리저수지 식당에서 점심식사

지금은 기존 댐 하류에 새로운 저수지 제방이 건설되었다. 국내에서 가장 오래된 근대적인 콘크리트 댐은 수몰되어 더는 볼 수 없지만, 멋진 댐의 모습은 여전히 사진 속에 생생히 남아있다. 댐 마루를 넘어 흘러내리는 물줄기가 시원하기 그지없다.

당시의 대아리저수지 댐 모습

점심을 마치고 고산을 향하여 걷기 시작했다. 거리는 3km 정도로 추산된다. 어둑한 길을 걸었던 것으로 기억되니 아마도 늦은 점심을 먹었든지 아니면 오랫동안 식당에 머물렀던 것 같다. 고산으로 향하는 길을 다 같이 노래를 부르면서 걸었다. 가곡부터 건전가요, 뽕짝까지 다양한 장르의 노래를 한참 동안 불렀다.

고산으로 걷는 도중에 금마에서부터 행군 중인 공수부대 군인들을 만났다. 대아리에 있는 유격장에 가는 중이라 들었다. 이때는 공수부대가 낙하산 타고 비행기에서 뛰어내리는 군인이라는 것 말고는 아는 게 별로 없었다. 이로부터 한 달이 조금 더 지난 후에 5·18 광주사태가 발생했고, 투입된 부대가 고산에서 만난 행군 중이었던 3공수 군인들이라는 사실을 알게 되었다. 섬뜩한 일이다. 고산에 도착한 후 버스를 타고 전주로 향했다.

1980년에 걸었던 이 비포장도로가 현재까지 남아 있다면 명품 둘레길이 되기에 충분하다. 졸업 후에도 여러 번 이 길을 걸었다. 추억이 깃든 이 길을 도로가 난 이후에도 가끔은 드라이브 코스로 다녀온다.

두 번째 추억도 마찬가지로 학생회에서 다녀온 수련회 이야기이다. 1980년 8월 18회 1학년 반장들과 정태표 선생님 그리고 2학년은 달랑 나 혼자 남해안 지역으로 여행을 떠났다. 한참 공부해야 할 나를 왜 데려가셨는지는 미스터리다.

전주역에서 완행열차를 타고 여수 만성리 역에서 내려 해수욕장에서 민박을 했다. 만성리 해수욕장은 몽돌해변으로 유명하며 저녁에는 파도에 몽돌 부딪히는 소리가 크게 들렸다.

아래 사진을 보면 다음날 민박집에서 짐을 정리하고 남해군 상주해수욕장으로 떠나는 장면인데 생동감이 넘친다. 사진 왼쪽에 선캡을 쓰고 뒷모습을 보이는 친구가 지금은 고인이 된 18회 조성만 열사다. 너무나 착하고 성실한 진지한 후배였다. 다 알다시피 그는 서울대 재학시절이던 1988년 5월 명동성당 교육관 옥상에서 투신, 민주의 꽃이 되었다. 1988년 고대 대학원 재학시절 그 후배 덕(?)에 학업을 그만 둘 처지가 될 뻔한 적도 있다.

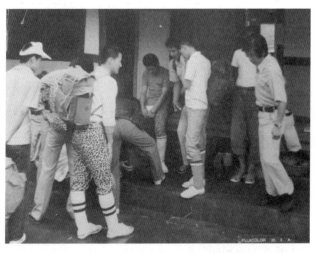

조성만 후배(맨 왼쪽) 등과 여수 만성리해수욕장 민박집을 떠나며.

일행은 여수를 떠나 배를 타고 남해도 상주해수욕장으로 이동했다. 선생님이 하신 말씀 중에 기억나는 것은 "너희들 나중에 애인이랑은 여기 오면 안 된다. 여기 오면 헤어진다."이다.

학생들한테 할 만한 말씀은 아닌 것 같은데 우리를 친구처럼 스스럼없이 대해 주신 것 같다. 상주해수욕장에서 야영을 하고, 다음 날 인근에 있는 남해 금산錦山에 올랐다. 그날따라 비가 오고 안개가 자욱했다. 정상부 보리암 근처에서 일행이 뿔뿔이 헤어져 길을 잃었다. 나 또한 길을 잃고 헤매다가 다른 등산로로 하산했다. 결국에는 모두 상주해수욕장으로 돌아왔지만 아찔한 순간이었다.

지금 기준으로 선생님 혼자서 9명의 학생을 데리고 2박 3일 동안 기차 타고 배 타고 해수욕장과 산으로 먼 여행을 떠난다는 것은 생각할 수 없는 일이다. 혹시 모를 사고라도 생기면 그때나 지금이나 책임을 면할 수 없기 때문이다. 재직하고 있는 대학에서 학생들 MT라도 가면 끝나는 날까지 긴장을 늦출 수 없다. 그런 나와 비교하면 선생님의 간은 나보다 열 배는 컸지 않았나 싶다. 선생님의 헌신 없이는 불가능한 일이었다. 멋진 추억을 남겨주고 베풀어주신 큰 사랑에 항상 감사하다. 선생님은 우리 17회가 1982년 2월 졸업할 때까지 모험적인 여러 프로그램을 감행하여 학창시절에 큰 추억을 선물하셨다. 만약 50주년 기념 책자가 발간된다면 지금은 고인이 되셨지만 학교생활에서 많은 추억을 주신 이완호 선생님에 관한 글을 쓰고 싶다.

언젠가부터 나는 집사람과 마트에 쇼핑가면 카트를 서로 밀고 가려고 경쟁한다. 이제는 양손으로 카트를 밀면 체중을 분산시키므로 신체에 편안함을 느끼는 것 같다. 나이 드신 할머니들이 유모차를 밀고 다니는 것이 이해되는 나이가 된 것 같아 슬프기도 하다.

내년 환갑을 기념하여 작년 8월에 시작한 지리산 둘레길 걷기를 올해 8월에 완주했다. 전체 290km를 걸었고, 190여개 마을을 지나 크고 작은 28개의 고개를 넘었다. 그리고 2,151번째 완보 순례자가 되었다.

어떤 언론인 작가에 따르면, 중년의 위기는 인생의 중간평가 시간이라고 한다. 그리고 이 위기를 극복하면 오히려 더 생산적인 시간을 맞이한다고. 우리 사랑하는 17

회 해성고 친구들!! 건강하고 즐겁고 행복한 인생 2막을
시작해 보자.

◇◇◇

1963년 1월 임실 오수에서 태어났다. 고등학교 3학년 때 학생
회 회장과 학도호국단 연대장을 지냈다. 전북대학교 공대와 고
려대학교 토목공학과 대학원 졸업. 석사장교 육군 소위로 예편
했다. 1990년 중학교 교사인 지금의 동갑내기 아내를 만나 결
혼했고, 이듬해 8월 미국 유학길에 나섰다. 미국 펜실베이니아
주 필라델피아에 소재한 Drexel대학교 토목공학과에서 1995
년 3월 박사학위를 취득하여 연구교수로 체류하다가 1997년부
터 현재까지 한서대학교 환경공학과 교수로 재직하고 있다. 두
딸을 두었고 지금은 아내와 전주 송천동에서 단 둘이 살고 있다.

해성인, 해사인 그리고 해병교수

임계환

1978년 6월쯤이었던 것 같다. 중학교 3학년 초여름이었으니까. 다음해부터 전주 시내 고등학교 평준화 정책이 시행된다고 발표됐다. 그 당시 특정 고교에 진학하기 위해 나름대로 공부해오던 나에겐 예상치 못한 큰 변화였다.

연합고사를 치렀고 해성고등학교에 입학함으로써 해성인이 되었다. 이른바 뺑뺑이 1기가 된 셈이다. 그런데 충격적인 일이 발생했다. 전주 시내 중학교를 졸업한 학생의 40~50%가 성적에 밀려 인근 지역으로 통학하게 되었고, 그 자리를 완주, 오수, 정읍, 고창, 진안, 장수 등 이른바 시골 중학교의 우수한 학생들이 해성고에 입학하게 된 것이다. 그래서인지 나와 친한 고교 친구들은 시골 출신이 유난히 많다. 1학년에 입학하니 나를 중심으로 짝꿍, 앞자리, 뒷자리 모두 이른바 촌놈들이 포진했다. 박남종, 이재은, 이기성, 이재춘, 류도현 등. 참으로 좋은 친구들이다.

고교 시절 사춘기를 보내면서 나는 힘들었다. 어머니가 중3 때 췌장암으로 돌아가셨는데, 당시 나는 그걸 내 인생의 가장 큰 오점으로 여겼다. 새로운 환경에서 새로운 친구들을 사귀면서 나는 그 사실을 감추고 싶었다. 엄마가 없다는 사실을 친구들이 알까 봐 심히 주저했다. 나는 더욱 활발한 척했고 또 일부러 말도 많이 한 것 같다. 만약 내가 말없이 조용히 있으면 혹시 놀림감이 되지 않을까 하는 우려 때문이었다.

어느 날 친구들이 우리집에 놀러 왔는데 내 방에 걸려있는 어머니 사진을 보고 친구가 물었다. 누구시냐고. 나는 차마 돌아가신 우리 엄마라고 말을 못 했다. 이 어찌 불효막심한 놈이 아니냐 말이다. 후회막급하다. 젊은 나이에 시집 와서 우리 5남매를 낳고 셋방살이만 전전긍긍하다가 돌아가신 불쌍한 어머니인데……. 나이가 들면서 더욱 그리워진다. 몸살 나게 보고 싶다. 우리 엄마!

우리집은 인후동 모 여고 근처였다. 재춘이를 뒤에 태우고 자전거로 등교하곤 했다. 그런데 등하교 때마다 꼭 마주치는 여학생이 있었다. 그 여학생 집은 진북동 우리 학교 근처였다. 매일 친구와의 화젯거리는 당연히 그 여학생이었다. 행여 우리가 지각하게 되면 그날따라 그 여학생도 등교가 늦었다. 3년을 그렇게 스쳤어도 말 한번 해보질 못했으니, 참으로 순진한 시절이었다. 아니 용기 부족한 바보였나? 암튼 지금 생각하면 풋풋하게 젊은 느티나무 시절의 추억거리다.

고3 여름 어느 날, 아버지의 제자 하나가 집에 찾아왔다. 멋진 제복을 입고 휴가를 나와 은사님을 찾아뵌 것이었다. 나는 그날 그 멋진 제복에 매료돼버렸다. 서울에 있는 대학으로 같이 진학하자던 친구들과의 약속을 배신하고 나의 꿈은 그 순간부터 바뀌었다. 그리하여 국어, 영어, 수학 시험을 보고 신체검사, 체력검사, 면접까지 마치고 해군사관학교에 최종 합격!

해성고교 정문에 축하 플래카드가 걸렸다.

사실 당시 나는 사관학교에 가면 평생 직업군인이 되는

건 줄 몰랐다. 그런데 나만 그런 게 아니었다. 사관학교 입교 동기 대부분이 그랬다. 작은아버지가 찾아와 우리 아버지에게 "형님, 장남을 군에 보내면 안 됩니다"라고 만류했지만, 아버지는 나의 뜻을 존중해 주었다.

나는 고교 졸업식에 참석하지도 못하고 그해 1월 사관학교 가입교 특별훈련에 입소했다. 그리고 정식 생도가 된 후 1학년 겨울 휴가 때 지금의 아내를 만나게 되었다. 생도들과 미팅을 통한 만남이었는데 만나고 보니 아버지의 중학교 제자였고, 장모님은 국민학교 선생님이었기에 우리 친구들에겐 은사님이었다. 나와 아내는 동갑이다 보니 같은 국민학교 동창 친구들이 많다. 준호, 해철, 승오, 태현, 노성이가 그들이다. 지금도 준호는 이따금 아내와 통화를 한다. 나를 바꿔주지도 않고 자기들끼리 통화하다 끊기도 한다.

아무튼, 아내를 미팅에서 만난 후, 나는 천생연분이란 생각이 들었다. 이 여대생을 놓치고 싶지 않았다. 당시 아내는 서울에서 대학을 다니고 있었는데, 방학 때 전주에 내려와 한 첫 미팅이 이뤄진 거였다. 첫 미팅이었을 뿐만 아니라 연애도 처음이었다. 그렇지만 나는 진해에서 생도 생활을 해야 했기에 만남의 어려움도 많았다.

몇 시간 안 되는 외출시간을 이용해 나는 진해에서 대구로, 아내는 서울에서 대구로 내려와 커피숍에서 만났다. 또 주말에 서울로 올라갔다가 헤어짐이 아쉬워 일요일 마산행 고속버스를 같이 타고 내려와 그녀만 다시 서울로 되돌아가는 것이 우리들의 데이트 방식이 되었다. 참으로 순수하고 진지한 사랑이었다.

7년 후인 1987년 11월, 중위 때 결혼을 했다. 다른 친구들에 비하면 좀 어린 나이였다. 당시 남자가 결혼을 하려면 병역, 취업, 주택 구입 등이 우선적으로 해결되어야 했다. 하지만 그때 나는 이 세 가지가 모두 해결되었고, 무엇보다도 그녀를 사랑했기 때문이다. 훗날 알게 되었는데, 당시 처가 쪽에서 엄청난 반대가 있었단다. 하기야 나도 딸을 시집 보낸 부모 입장에서 지금 생각해보면 충분히 이해가 된다.

내 딸 역시 해병대 소령으로 근무 중이다. 진로를 고민할 때 내가 권유했는데, 지금 아이 둘을 키우면서 너무 고생하는 것 같아 미안한 맘도 가득하다. 그렇지만 "너무너무 잘한다. 아빠보다 훨씬 낫다!"라는 주위의 평을 들을 때면 가슴이 뭉클해진다. 딸은 아빠를 따라 군 장교로 근무하고 있고, 아들은 엄마를 따라 간호사의 길을 걷고 있으니, 이건 뭔가 반대로 된 것 같지 않은가?

나의 첫 근무지는 포항이었다. 국방일보를 통해 국방대학원 모집 요강을 보고 준비를 했다. 신혼여행 가방에 군사학 및 토익 등 책을 갖고 갔다. 물론 한 페이지도 펼쳐보지 못했지만 말이다. 다행히 석사과정에 합격해서 우리들의 첫 신혼생활은 서울에서 시작되었다. 국방부 최연소 합격이었다. 사실 주로 영관장교들이 응시대상이었는데 내가 무조건 들이댄 것이다.

군인이었지만 사복에 머리도 기르면서 생활했다. 아내는 동대문에 있던 졸업한 대학병원에서 간호사로 근무했다. 석사과정을 마치고 포항으로 발령이 나면서 본격적인 나의 야전 생활이 시작되었다. 중대장을 마치고 미국 유학길에 올랐다. 이 역시 해군해병대에서는 처음 개설되는 과정이었다. 두 딸을 데리고 미국에서 나름대로 소중한 시간을 보냈다. 이후 해군본부, 해병대사령부 및 전방 부대 등에서 21년의 군 생활을 마치고 2007년 전역을 했다.

군 생활을 회고하면서 자신 있게 자랑하고 싶은 이야기가 있다. 어린 나이에 엄마를 잃은 나의 아픔은 컸고, 나의 심장 한구석에 항상 자리 잡고 있었다. 5남매를 낳고 40세란 이른 나이에 황망히 돌아가신 어머니가 너무 불쌍하고 그리웠다. 나이를 먹을수록 더욱 그랬다. 우리 형제들 모두가 한결같이 8월이 되면 우울하다. 모친 기일이 있는 달이기 때문이다.

나는 지휘관 생활하면서 부대를 옮길 때마다 제일 먼저 하는 게 있었다. 바로 내 부하들의 부모님 제사 날짜를 파악하여 나의 업무수첩 첫 페이지에 기록했다. 부하의 부모님 기일 이틀 전이면 나는 해당 부하를 호출하여 정종한 병과 함께 특별휴가를 주었다. 어떤 병사는 눈물을 글썽거렸고, 부대가 훈련 중인데 괜찮다고 하는 간부도 있었다. 그러면 나는 이건 명령이라며 휴가를 단호히 허락했다. 물론 그들은 다녀와서 더욱 충성스러운 모습을 보였다. 지금 생각해봐도 참 잘한 일 같다. 내가 겪은 슬픈 아픔에서 나온 공감의 리더십이 아니었을까?

2007년, 나에게 또 한차례 행운이 찾아왔다. 취업이 어려운 사회적 환경에서 직업군인이 인기 있는 직업이 되자 교육부에서는 대학에 군 관련 학과를 개설하기 시작했다. 대학에서 교수초빙 요청이 왔고 내가 선발되었다. 교육에 대한 열정과 해외 유학 경험 등이 요소라지만, 부족한 나를 하늘이 도운 것이다.

당시 나는 경기도 발안에 있는 사령부에 근무 중이었다. 지원을 하고 1차 면접에서 합격했다. 대학 측에서 멀리서 왔다고 저녁 식사를 제안했다. 나는 "감사합니다만 오늘이 모친 기일이라서 죄송합니다"라고 사양했다. 10일 뒤 2차 이사장님의 면접을 보고 최종 선발 임용되었다. 이날 역시 대학 측에서 축하와 함께 식사를 제안했지만 나는 또 거절할 수밖에 없었다. 바로 그날이 부친 기일이었기 때문이다. 부친은 부안의 00중학교 교장으로 근무하시다가 60세에 환갑도 못 쇠고 역시 암으로 돌아가셨다. 모친 사후 15년 뒤 모친과 같은 달에 돌아가셨던 것이다.

나는 또 "고맙습니다만 오늘이 부친 기일이라서요" 라고 정중히 사과를 해야 했다. KTX를 타고 수원에 돌아오는 길에 문득 이런 생각이 들었다. "나의 부모님이 일찍 돌아가셨지만, 하늘에서 나를 지켜보고 계시는구나" 하고 말이다.

아버지께 나는 참으로 불효자이다. 결혼 후 첫 번째 아버지 생신일에 우리는 지갑을 선물로 준비했다. 아버지는 돈도 없으면서 쓸데없이 이런 걸 사왔다고 호통을 치셨다. 그 후로 우리는 일체 선물을 하지 않았다. 아버지가 돌아가신 전북대병원 장례식장을 찾은 조문객은 대부분이 선생님들이었다. 어떤 선생님이 나에게 이런 얘기를 해주었다. 교직원과 회식하고 아버지가 돈을 낼 때마다 이 지갑은 우리 며느리가 선물해준 거라며 그렇게 자랑을 늘어놓곤 했었다고 말이다.

나는 그 지갑을 지금도 가지고 있다. 몇 년을 사용하셨는지 지갑 모서리 실밥이 너덜너덜하다. 그러나 낡디 낡은 이 지갑이 아버지가 나에게 남긴 소중하고 유일한 유품이다. 나는 이따금 이 지갑을 가슴에 품고 엉엉 운다. 군인이라는 핑계로 자주 찾아뵙지도 못했고 맛있는 음식 한번 대접하지 못했다. 이내 후회만 막급하다. 아니 아버지를 원망도 해본다. 왜 자식들에게 '선물 고맙다. 낡았으니 새 것 사줘라.' 하지 못했을까?

그런데 나도 아버지를 닮아가는 것 같다. 나도 자식들에게 똑같이 말하는 걸 보니.

부산에 내려온 지 만 15년이다. 교수 생활을 하면서 제자와 후배를 양성하는데 최선을 다했다. 직업군인으로 사회생활을 시작한 나에게 가장 그리운 것은 친구들이다. 군 생활을 핑계로 동창회 한번 제대로 참석하지 못했으니 말이다.

우리 동창 중 4명이 육사(장중일), 해사(김기환,임계환), 공사(송만섭)에 입학했었다. 그 친구들 역시 나와 똑같은 심정일 것이다. 그렇다고 이제 와서 마냥 친근하게 다가설 수 없는 것도 현실이다.

친구들아 같이 오래오래 보자. 이 또한 나이가 들면서 절실해지는 것 같다.

◇ ◇ ◇

해군사관학교(학사), 국방대학원(석사), 부경대학교(박사), U.S. Logistitcs Management College 졸업. 현재 경남정보대학교 교수(군사학과 학과장), 부산 지방병무청 정책 자문위원, 국방부 안보교육 전문강사. 논문과 저서: 〈코칭 및 지시적 리더십이 조직의 효과성에 미치는 영향〉《한국 전쟁사》《군대윤리》외 다수

판소리는 운명처럼 나에게 왔고
노동조합은 필연처럼 내가 갔다

고양곤

나는 예비고사와 본고사로 치러졌던 대학 입학시험이 학력고사로 바뀐 원년(1982년)에 대학을 진학한 첫 번째 세대다. 입시제도가 갑자기 바뀌다 보니 학교마다 학생들의 진학지도에 대단한 공을 들였다. 그 당시 고3 담임 선생님들의 고뇌가 느껴지는 대목이다.

나야 애초부터 공부에는 별 관심이 없었으니 학력고사 점수는 안 봐도 비디오였다. 내 점수로 갈 대학교 군은 이미 정해져 있었다. 지역의 대학을 권유하는 담임선생님과의 진학 상담에서 나는 곧 죽어도 가수가 되겠다며 빡빡 우긴 끝에 당시 경쟁률이 전국에서 가장 높았던 중앙대 연극영화과 원서를 손에 쥘 수 있었다.

철없던 시절, 들뜬 마음에 때마침 집에 찾아온 서울 사는 형 친구를 따라 야간열차를 타고 원서접수를 하러 문을 막 나서는 찰나, 내 고집에 밀려 중앙대 원서를 허락했던 어머니가 버선발로 뛰어나오며 내 팔목을 끌어 잡았다. 우리 집안 형편으로 전북대 다니는 형 학비도 버거운데 도저히 내 사립대 등록금을 감당할 수 없으니(물론 합격한다는 보장도 없지만) 제발 서울행을 포기해 달라고 애원하셨다. 일이 꼬이고 열차 시간이 임박해지자, 형 친구는 나에게 어서 결단하라고 최후통첩했고, 잠시 침묵이 흐르는 사이 급기야 눈물 바람까지 하는 모친의 애원에 결국 나는 서울행을 포기하고 말았다.

인생은 선택의 연속이라 했던가! 만약 그때 어머니의 만류에도 불구하고 눈 딱 감고 형 친구를 무작정 따라나섰다면, 합격과 낙방을 떠나 오늘날 나는 전혀 다른 삶을 살고 있었을 것이다.

모친과 담임선생님의 연합전선(!)에 결국 백기 투항을 한 나는 전북대 축산학과에 들어갔다. 하지만 첫 단추가 꼬인 마당에 대학 생활이 순탄할 리 만무했다. 말 그대로 방황의 연속이었다.

서슬 퍼런 전두환 정권하에서 하루가 멀다 않고 화염병이 난무할 때도 나는 오직 그룹사운드를 통한 대학가요제 본선 진출이라는 환상에 사로잡혀 마이 웨이를 가고 있었다. 그렇게 결성된 대학 시절의 밴드 멤버는 오르간을 제외하면 전부 고등학교 동창들로 구성되어 있었다. 드럼에 송창민, 베이스 기타에 김창원, 세컨드 기타에 이명군, 싱어는 이광재 그리고 리드기타는 내가 담당했다. 말도 많고 탈도 많았던 팀이름은 '앙상블'로 정했다.

우여곡절 끝에 도전한 대학가요제는 지역 예선조차 통과하지 못했다. 예선 탈락이라는 아픔을 남긴 채, 우리는 1984년 반공회관(현 전주덕진예술회관)에서 처음이자 마지막 발표회를 끝으로 각자 군에 입대하면서 뿔뿔이 흩어졌다. 나는 중학교를 졸업하던 해 겨울방학부터 이미 통기타에 하모니카를 목에 걸고 동시에 연주하며 노래를 불렀다. 고등학교 입학과 동시에 빠듯한 살림을 꾸려가는 모친을 집요하게 졸라 음악학원에 등록하여 전자기타까지 배웠다. 하지만 나의 열정은 그렇게 무참히 부서지고 말았다.

군 제대 후 1988년 4학년에 복학했다. 어느 날 대학 동기로부터 덕진동에 소재한 도립국악원에서 판소리를 배운다는 소식을 접했다. 밴드 활동을 할 때도 나는 민요 같은 우리 음악에 관심이 많았다. 곧바로 국악원에 판소리 연수생으로 등록했다. 지금의 전북도립국악원 예술단과의 인연은 그렇게 시작되었다. 국악 전공자도 아닌 내가 우연히 접하게 된 판소리가 평생 직업이 되기까지의 구구절절한 사연을 어찌 이 작은 지면에 다 실을 수 있겠냐만, 한 가지 분명한 건 나의 소싯적 밴드 활동이 훗날 국악을 하는데 헛되지 않았다는 사실이다.

여하튼 국악하고는 전혀 어울릴 것 같지 않은 전북대 축산학과 졸업생이 전북도립국악원 창극단에 입단한 게 1992년 2월이니 어언 30년이 지났다. 내년이면 환갑이자 정년이다 보니 따지고 보면 인생의 절반을 국악원과 함께한 셈이다.

또래보다 비교적 일찍 기타를 잡고 노래도 제법 부른다는 소리를 들었음에도 막상 창극단 입단을 하고 보니 동료들의 예술적 기량은 말 그대로 나에게는 넘사벽이었다. 그도 그럴 것이 단원들 대부분이 조기교육을 통한 국악 전공자들이어서 나 같은 연수생 출신의 비주류가 주눅이 드는 건 어쩌면 당연한 일이었다. 하지만 그렇게 어색했던 동료들과의 불편한 동거도 결국은 시간이 해결해 주었다.

국악원 생활에 뜻하지 않은 시련이 닥쳤다. 2000년도 후반부터 서서히 모습을 드러낸 국악원 민간위탁 파동이 그것이다. 당시만 해도 단원들은 민간위탁의 개념조차 몰랐다. 행정의 고압적인 태도에 항상 불만이 많았던지라 '지원은 하되 간섭은 하지 않는다'는 그럴듯한 말에 매료되어 민간위탁을 국악원 발전의 대안으로 착각할 정도였다. 하지만 그 말에 문제가 있다는 걸 알기까지는 그리 오랜 시간이 걸리지 않았다. 민간위탁의 부당함을 알아차린 예술단이 종합경기장에서 열린 전주 풍남제 행사 때 상여 시위 등을 통해 먼저 들고 일어났다. 그럼에도 해가 바뀌어 2001년부터는 전라북도와 도의회의 주도로 국악원 민간위탁이 일사천리로 추진되었다.

당시 재선 도지사였던 유종근은 DJ의 두터운 신임을 받고 있었다. 대통령 경제고문과 IMF 특사라는 막강한 힘을 바탕으로 공청회나 여론 수렴과정 한번 거치지 않고

〈한국소리문화의 전당〉과 함께 도립국악원 민간위탁을 일방적으로 밀어붙였다. 그해 2월 도의회가 국악원 민간위탁 승인안을 통과시키자 예술단은 즉시 투쟁에 돌입했다. 뒤늦게 교수부까지 가세하면서 모든 상임 단원은 도청과 도의회를 상대로 난생처음 버거운 싸움을 할 수밖에 없었다.

사안이 사안인지라 당시 무형문화재 선생님들을 포함한 원로 국악인들은 물론이고 수많은 예술단체와 시민사회단체가 단원들의 투쟁에 힘을 실어주면서 도의 무리한 정책을 비판하고 나섰다. 그러나 도청이 강경한 태도로 일관함으로써 장기전을 피할 수 없게 되었다. 5월에는 상임 단원 전원이 일괄사표를 제출하며 전면전을 선언했다. 이에 질세라 도청도 시위주동자 8명의 해고 카드로 맞섰다.

이런 상황을 겪으면서 단원들은 자신들이 얼마나 나약한 존재인지를 자각했다. 민주노총 전북본부의 지원을 발판삼아 마침내 8월 31일, 단원들이 한국소리문화의 전당 완공 시까지 임시거처로 생활하던 구 잠업검사소(현 도립여성중고등학교)에서 '전북지역국악원 노동조합 출범식'을 가지게 되었다.

이미 8명의 단원을 해고한 마당에, 도청은 12월 31일
자로 상임 단원 118명 전원을 계약만료를 이유로 해고
하는 최대의 악수를 두었다. 단원들의 신분이 조례상으
로 위촉직이라는 약점을 악용한 셈이다. 출산한 단원은
물론이고 심지어 인간문화재(현 무형문화재)와 같이 귀하신
몸도 예외가 없었다. 사실상 직장 폐쇄를 단행한 것이다.

큰딸이 태어난 지 겨우 두 달도 안 지난 시점에서 벌어
진 일이었다. 온 국민이 2002 월드컵에 부풀어 있던 새
해 벽두부터 하루 아침에 전문예술인들이 직장을 잃고 길
바닥에 나앉게 된 것이다. 임금 조건이 대단히 열악한 시
절이었다. 월급 외에는 수당조차 없는 빠듯한 상황에서도
주택부금이나 각종 할부금과 보험 그리고 적금과 같이 나
름 지켜오던 계획된 일상이 하루 아침에 뒤틀렸다. 누구
는 보험을 해약했다 하고 누구는 적금을 중도해지하는가
하면, 자식을 위해 평생 뒷바라지한 부모님께 다시 손을
내미는 사례가 속출했다.

나 역시 딸 아이의 육아와 생활자금을 '카드 돌려막기'
로 근근이 버텨가며 힘든 시간을 보내야만 했다. 그러면

서도 투쟁의 최전선에 있었기에 항상 아침 일찍 나가서 밤늦게 귀가하는 게 일상이 돼버렸다.

아내에게 항상 미안할 따름이었다. 출산 직후라 남편의 육아 분담이 절실한 상황이었지만, 마음과 달리 나의 몸은 항상 투쟁 현장으로 향했다. 설상가상으로 믿었던 직장 동료의 대출 빚보증까지 연체 사고가 나면서 드라마나 영화에서나 볼 법한 채권 추심에 시달리는 최악의 상황에 이르고 말았다. 말 그대로 희망이 절벽이었다. 시도 때도 없이 걸려오는 협박 전화가 처음엔 무척이나 두렵고 신경이 쓰였으나 횟수를 거듭하면서 나도 모르게 은근히 내성이 쌓여 가고 있었다. 직장 폐쇄에 급여까지 끊긴 마당에 나로서도 어쩔 도리가 없기 때문이었다. 하지만 그런다고 순순히 물러날 그들이 아니었다.

하루는 평소처럼 투쟁을 마친 후 몸은 비록 지치고 힘들지만 예쁜 딸의 웃는 모습을 떠올리며 밤늦게 주차장에 도착했다. 차 문을 열고 나서는데, 그동안 나를 조폭처럼 협박해오던 전화 목소리의 주인공과 처음으로 맞닥트렸다. 오랜 시간 나를 기다린 스트레스 때문인지 그의 으름장과 주먹질은 매웠다. 호된 신고식을 치르고 난 뒤에야 가까스로 집에 들어갈 수 있었다. 그러기를 몇 차례 반복하던 어느 날 아내에게서 다급한 전화가 걸려왔다. 아내와 어린 딸의 울음소리가 전해졌다. 전화를 끊고 집으로 달려갔다. 상황은 처참했다. 넉넉지 않은 신혼살림이었지만 그나마 할부로 장만한 돈 되는 모든 물건에는 어김없이 법원 집달관이 붙이고 간 빨간 압류딱지가 붙어 있었다. 남편도 없는 상황에서 우는 아이를 품에 안은 채 그 시간을 버텨냈을 아내를 생각하니 피가 거꾸로 솟았다.

하지만 가난한 투쟁가인 내가 당장 할 수 있는 일은 없었다. 내 인생에서 가장 무력하고 초라한 순간이었다. 투쟁은 둘째 치고 압류딱지부터 해결해야만 했다. 불안과 초조, 무기력한 나날을 보내다가 다행히 평생 잊을 수 없는 고마운 친구의 도움으로 빨간 딱지를 뗄 수 있었다. 어언 이십 년이라는 세월이 흐른 지금도 그 당시 아파트 근처를 지나갈 때면 나도 모르게 저절로 몸서리가 쳐진다.

전라북도의 직장 폐쇄라는 폭거 앞에서도 단원들은 조금도 굴하지 않았다. 더욱 치열하게 투쟁했다. 내가 속한 교수부 선생님들도 국악원 야외주차장에서 천막 수업을 강행하며 연수생들과 함께 당차게 싸워나갔다. 그즈음 나는 개인적인 사유로 1998년에 퇴사해서 교수부 비상임직 시간강사 신분이었다. 하지만 비대위 교수부 상임대표의 자격으로 교수부 투쟁을 이끌면서 예술단과 호흡을 함께하고 있었기 때문에 매일 빡빡한 일정을 소화해야만 했다.

많은 지역시민단체의 규탄 성명이 줄을 이었고 3월에는 서울 상경 집회를 추진했다. 종묘에서 명동성당까지 거리행진을 하며 전라북도의 횡포를 서울시민에게 알렸고, 중앙뉴스를 통해 여론전을 확대해 나갔다. 이렇게 강고하고 끈질긴 투쟁 끝에 마침내 2002년 3월, 유종근 지사가 노동조합의 요구를 수용하면서 민간위탁 철회와 전원복직에 합의했다. 5월 1일자로 복직과 함께 1년여의 갈등과 투쟁이 끝을 맺었다. 이후 강현욱 지사가 취임하여 118명 해고에 따른 그동안의 법적 다툼도 광주고법 화해조정안을 노사가 수용하면서 각각 명분과 실리라는 절반의 승리로 국악원 민간위탁은 최종 매듭을 짓게 되었다. 혹독했지만 한편으로는 노동조합의 소중함을 깨닫는 시간이었다.

해를 거듭할수록 노동조합도 기틀을 다지면서 조직의 면모를 갖춰 나갔다. 7차까지 가는 치열한 선거 끝에 2005년 2월 제4대 도립국악원 노조위원장에 취임하여 2년 임기를 무사히 마치고 후임에게 위원장직을 넘겨주었다. 나는 "딱 한 번만 하겠다"는 아내와의 약속을 지켰다.

2008년 6월은 이명박표 광우병 쇠고기 협상 무효 고시 철회가 전국을 뜨겁게 달구던 시기였다. 시민들의 자발적 참여로 전주도 오거리 광장에서 촛불문화제가 매일 열리고 있었다. 도립국악원 노동조합은 수준 높은 공연으로 두 달 동안 오거리 광장을 가득 메운 시민들과 함께하면서 노동조합의 위상을 시민들에게 각인시킴과 동시에 집회의 격을 한층 드높였다.

국민 세금으로 운영되는 국공립 예술단체의 특성상 정부나 지자체의 정책에 반하는 목소리를 낸다는 건 노동조합이 아니고서는 불가능한 일이었다. 이때 부른 창작판소리, 일명 〈쥐박이 타령〉은 단번에 불후의 명곡(?) 반열에 오르면서 그때부터 나에게는 '시국 판소리꾼'이라는 영광스러운 별명이 붙었다.

위기는 영광의 시간에도 예고 없이 닥쳐온다. 그해 7월에 신임 원장이 부임한 뒤부터 또다시 노조 와해 작전이 시작되었다. 노조의 힘이 강해짐에 따라 도청과 도의회가 치밀하게 격파를 시도했다. 국악원 해체 후 재정비 통합에 따른 인원 축소와 민간위탁 필요성을 제기하는 어느 도의원의 5분 발언을 시작으로 지역신문까지 가세하며 연일 위기감을 조성하더니 곧바로 본회의에서 다음 해(2009년) 공연예산 전액과 임금 삭감이 통과되었다. 2009년 1월 2일, 원장은 국악원 활성화라는 명목으로 예술단과 교수실 간의 대폭적인 부당인사를 강행했다. 단체협약이 무력화되면서 노동조합은 창립 이래 최대의 위기를 맞고 말았다.

상황이 이렇다 보니 나는 어쩔 수 없이 아내와의 단임 약속을 깨고 지부장(위원장)을 다시 맡게 되었다. 전라북도와 길고 긴 싸움이 또 시작되었다. 그런 와중에 조합원 한 분이 스스로 삶을 마감하는 안타까운 상황까지 발생하면서 사태는 더욱 걷잡을 수 없이 커져 갔다.

노조는 조합원 죽음에 대한 진상규명과 그에 따른 부당인사 철회, 국악원 정상화를 요구하는 집회와 출근 선전전을 도청과 도지사 관사까지 확대하며 투쟁의 강도를 높여 나갔다.

그러나 이러한 투쟁에도 불구하고 사측의 압력과 집요한 탄압은 결국 내부 갈등으로 이어지며 일부 조합원이 탈퇴하는 사태까지 벌어졌다. 그래도 끝까지 싸워나갔다. 조합원 일부 탈퇴라는 아픔이 있었으나 노동조합의 이름으로 서로를 믿고 의지하며 싸운 끝에 각종 제도나 노동여건이 전보다 훨씬 좋아진 조건으로 잃어버린 단체협약을 되찾을 수 있었다.

악화일로로 치닫던 노사관계가 이처럼 발 빠르게 봉합되기까지는 노동조합의 단결된 힘과 아울러 당시 전라북도 행정부지사로 있던 모교 출신 이경옥 선배(13회)와 국악원장으로 부임하여 노사문제를 슬기롭게 헤쳐 나간 이선형 선배(8회)의 노력이 함께 더해져 이뤄낸 결과라고 할 수 있겠다. 이 자리를 빌려 이제는 모두 공직에서 은퇴하고 자연인이 된 두 선배님께 감사의 인사를 드린다.

노조 창립 이후 최대의 위기는 이렇게 극복했지만 한번 갈라진 비노조와의 갈등은 여전히 현재진행형인 후유증으로 남고 말았다.

어렵게 찾은 안정 끝에 노동조합도 큰 발전과 변화를 맞이하게 되었다. 전북도립국악원 지부와 전주시립예술단 지부 간의 조직통합으로 2014년 11월 새롭게 태어난 '전북문화예술지부'의 출범이 그것이다.

2015년 전주시립예술단 지부장과 1년간의 공동지부장 시대를 마감하고, 2016년부터 2022년 1월까지 지부장 연임을 끝으로 비로소 무거운 짐을 내려놓게 되었다. 그런 와중에도 평소 거절을 잘 못하는 오지랖 탓에 잠시 공석이 된 공공운수노조 전북본부장과 부본부장은 물론이고 심지어 전북본부 정치위원장, 전주 민예총 회장 같은 중요한 직책까지 겸했다. 그러다 보니 내 지갑에는 항상 돈보다도 명함이 더 많은 자리를 차지하고 있었다.

전북문화예술 지부장을 연임하는 동안 2015년에 익산 시립예술단, 2018년에는 군산시립예술단, 2019년 7월 전주문화재단에 이어 11월 한국전통문화전당이 가입했다. 같은 달, 조직변경을 통해 남원시립국악단까지 합류하면서 7개 사업장에 전체 조합원 수만 530명에 이르는 거대조직으로 발돋움함으로써 지역 문화예술의 대표적 주자로 자리매김하게 되었다. 그뿐만 아니라 노동절, 총파업, 민중대회, 촛불집회와 같은 지역의 중요한 투쟁의 현장에서 조합원들의 다양하고 멋진 공연은 지역의 동지들에게 큰 힘과 위안이 되었다.

특히 박근혜 정권의 노동법 개악 추진으로 노동 탄압이 극에 달했던 2016년 1월 11일, 민주노총 전북본부 주관으로 구 코아백화점 앞에서 열린 총파업 결의대회에서 전북본부 조직국장의 제안으로 부르게 된 〈백세인생〉 개사곡 덕분에 나는 〈쥐박이 타령〉에 이어 다시 한 번 노동계의 전국구 스타로 부상하는 호사를 누렸다.

내친 김에 2017년 2월 26일에는 또다시 탄핵 버전의 〈백세인생〉 개사곡으로 민주노총총연맹의 추천을 받아 촛불을 마무리하는 광화문광장 무대까지 오르는 영광을 안았다. 무대에 오른 때가 오후 3시를 넘어선 시각이었는데도 군중이 어림잡아 20만~30만명은 되어 보였다. 덕분에 잠시나마 유튜브 조회 수가 10만 대를 기록하는 이색경험까지 하게 되었다. 물론 집회 상황에 맞게 노랫말을 개사하고 판소리 사설을 만드는 건 언제나 나의 몫이었지만, 그때의 감동은 아마도 평생을 잊지 못할 것 같다.

2022년 2월을 기점으로 나는 모든 단체의 직책을 내려

놓았다. 지갑에서 명함이 사라진 만큼이나 마음도 한결 가벼워졌다. 판소리는 운명처럼 나에게 우연히 다가왔고 노동조합은 필연처럼 내가 스스로 다가갔다.

구성진 판소리와 든든한 나의 동지들!

어찌 아니 좋을 소며 이 아니 기쁠 손가!

◇ ◇ ◇

전라북도 무형문화재 제2호 이일주 선생님께 판소리 사사. 전) 민주노총 공공운수노조 전북본부장. 전) 민주노총 공공운수노조 전북문화예술지부장. 전) 민주노총 공공운수노조 전북도립국악원 지부장. 전) 전주 민예총 회장. 현) 전북도립국악원 창극단원

여보게 친구여, 붓을 하나 줄 수 있겠나
—인생은 아름다운 만남의 연속

최완성

힘겨운 세월을 버티고 보니
오늘 같은 날도 있구나
그 설움, 그 기쁨 어찌 다 말할까
이리 오게 고생 많았네
60년 세월 그까짓 게 무슨 대수요
함께 산 건 오천 년인데
잊어버리자 다 용서하자
우린 함께 살아야 한다
백두산 천지를 먹물 삼아
한 줄 한 줄 적어 나가세
한라산 구름을 화폭 삼아
한 점 한 점 찍어나가세

여보게 친구여
붓을 하나 줄 수 있겠나!
붓을 하나 줄 수 있겠나!

가수 강진의 노래 〈붓〉 가사 일부다.

최근에 알게 된 곡인데 가사가 현재의 내 마음에 와닿아 가끔 흥얼거리곤 한다. 그 짧지 않은 60년 세월을 어떻게 지내왔나 생각해보니 감사하게도 모두가 아름다운 만남의 연속이었다. 해성 세븐틴! 참 멋지다. 나는 해성중 17회, 해성고 17회. 졸업기수가 같다.

졸업 40년이라. 이런 소중한 기회가 왔으니 나에게 준 해성의 붓으로 인생 노트 몇 자를 적어 내려가고자 한다.

인생 직장 첫 만남, 삼성

나의 첫 직장이자 마지막 직장인 삼성과의 만남을 우선 꼽는다. 대학교 4학년 말에 최종 합격통보를 받았던 그 기쁨과 설렘이라니. 지금도 생생하다. 그러나 한편으로는 두려움과 아쉬움도 있었다. 난 이제 더이상 캠퍼스의 자유인이 아니구나, 모든 것으로부터 자유롭던 유예

기간이 끝나버렸구나, 바로 그거였다. 이제 직장인, 사회인이 된다는 것 그리고 독립된 인격체로서 광야와도 같은 세상 한복판에 홀로서기를 해야 한다는 막연한 두려움이 파고들었다.

삼성맨이 되어 26년을 근무했다. 태평로 삼성본관은 나의 첫 근무 아지트로 풋풋한 신입사원 시절을 시작한 곳이다. 2007년에 이전한 강남역 서초사옥은 2015년까지 나의 마지막 근무지가 되었다.

삼성전자 근무 초기 가장 큰 기억은, 한국 기업의 글로벌 경쟁력 제고와 기업문화 발전을 위해 93년부터 삼성전자가 변화와 혁신을 시도하는데 당시 담당 실무 총괄로서 신명나게 일했던 점이다. 결국 삼성은 문화부 주관 제1회 대한민국 기업문화대상을 받았다. 돌이켜보면 그때는 일에 신들렸다는 말이 맞을 것이다. 회사의 정보가 내 손바닥에서 돌고 있으니 뭔들 못하겠는가! 일하는 게 재밌고 팀워크도 시너지 최강 드림팀이었다. 이후 삼성전자가 한국기업문화협의회 회장사가 되면서 나는 사무국을 맡아 2년간 실무를 총괄했다.

말기의 기억으로는 Global ERP(전사적 자원관리) 추진으로 8대 메가 프로세스 모듈별 교육기획을 추진한 일이다. Global ERP는 오늘날 삼성전자가 초일류 경쟁력의 근간이 된 최대 프로젝트로 지금도 지속되고 있다.

회사원 생활의 가장 큰 꽃은 승진이다. 나는 높이는 아니지만 넓게는 날아보았다. 승승장구 승진하지는 못했지만 그래도 행복했다.

회사원의 두 번째 꽃은 해외 출장이다. Global Operation을 하기 위한 전 세계 삼성전자 사이트는 생산, 판매, 연구, 디자인 등 150여 곳이나 된다. 매년 국내외 업무 출장이 많았다. 특히 해외 출장은 나에게 설렘과 새로운 발견 그리고 도전의 연속이었다. 회사의 자긍심과 프라이드를 실감하고 현장과 현업의 VOC고객관리시스템를 체감할 수 있는 유익한 기회였다.

회사생활을 통해 눈을 뜬 것은 다름 아닌 나의 현재 수준이었다. 냉정하게 자신의 현재 수준을 감지하기는 쉬운 일이 아니다. 그러나 이를 인지하고 파악할 때 자신의 나아갈 방향도 판단하게 된다. 특히 상사, 동료, 동기들의 도움과 협력, 소통의 쓴 소리가 약이 된다. 나는 회사생활을 통해 회사와 조직, 나 자신이 함께 성장하고 발전해 왔다고 생각한다.

결혼을 하고 가정을 이루고 자녀를 선물로 받고…. '삼성'과 '완성'의 만남은 이렇게 내 인생 최고의 황금기를 만들어 주었다. 이 모든 과정에서 또렷이 기억하는 두 단어가 있다. '성실과 실력', 바로 우리 해성고의 교훈이다.

성실과 실력은 양 날개와도 같다. 나는 특출나지는 않았지만 성실함을 요체로 실력을 다듬으며 중단 없는 노력을 해왔다. 천재는 노력하는 자, 즐기는 자를 이길 수 없다. 나는 일도 일이지만 틈날 때마다 받는 스트레스를 예술이란 출구전략으로 풀어갔다. 클래식과 미술, 음악, 여행 등 일상의 소소한 문화 활동은 나의 '최애'친구였다.

문화적 예술요소가 내 삶의 자양분으로 없었다면 버티기가 쉽지 않았을 터. 내 나름대로 일하면서 즐기고 즐기면서 일한 셈이다. 그것도 일 빡세고 통제 심하고 피아 식별 어렵다는 반투명조직 삼성에서 말이다.

내 인생의 터닝 포인트, 한국화와의 만남

2003년 암스테르담에 위치한 네덜란드판매법인으로 업무출장 때였다. 귀국 비행기가 토요일 오후 늦은 시간이라 오전에 호텔에서 근처 어디를 갈까 찾아보다가 고흐 미술관을 발견했다.

빈센트 반 고흐의 작품을 직접 마주해보니 작품 하나하나를 볼 때마다 발걸음이 쉽게 떼어지질 않았다. 신발 바닥에 본드를 붙인 것도 아닌데 왜 이러지? 그의 작품에는 그의 일상과 생각, 시대를 반영한 미감이 강렬한 붓 터치를 통해 오롯이 녹아 있었다.

나는 그날 일생일대의 예술혼을 영접했다. 한 예술가의 작품을 통해 그토록 처절한 예술혼을 느껴본 건 처음이었다. 나는 귀국해서 고흐의 《영혼의 편지》를 비롯해서 미술, 심리, 철학, 색채, 임상 등 각 분야에서 조명되는 고흐의 책들을 탐독했다. 요즘말로 '고흐 덕질'에 입문한 것이다. 그때 결심했다. 고흐처럼 혼신을 다해 그려 보자. 그림을 액세서리가 아닌 내 영혼을 담은 숭고한 그릇으로 만들어보자!

그 후로 나는 점심시간마다 인터넷 서핑을 중단하고 회사 미술동호회 화실로 달려갔다. 화판을 마주하고 붓을 들고 한 점 한 점, 한 줄 한 줄 그려나갔다.

평소 나는 관찰하기를 좋아한다. 내 눈길을 끌고 내 호기심을 자극하는 모든 것을 나는 소중히 대하는 편이다. 그런 것들을 카메라에 담고 작은 노트에 스케치도 해왔다. 그러다가 그림을 그리고 싶은 자연스러운 마음이 들 때 붓을 잡으면 조각조각 입력되었던 관찰과 기억의 편린들이 퍼즐처럼 짜 맞춰져 그림의 줄기를 형성하고 작품으로 완성된다. 나는 항상 고흐를 만난 처음 그 순간, 그 감동을 잊지 않고 작은 소품부터 꽤 많은 작품을 그렇게 완성해갔다.

가끔 아내에게 작품을 보여주면 아내는 이런 말을 했다.

"자기 그림은 한국화지만 서양화처럼 구도도 다양하고 평안하면서 맑은 기운이 느껴져. 언젠가 전시를 해서 사람들과 함께 소통하면 좋을 거 같아."

그러다 세월이 흘러 그 때가 찾아왔다. 회사생활 중 개인전을 하는 것은 삼성조직에서 오해받기 딱 좋았다. 그래서 몇 번의 기회를 미뤄왔는데 필연처럼 절묘한 때가 찾아온 것이다.

2007년 7월말 한여름 휴가철, 서울 인사동 경인미술관 제3관에서 나의 이름을 건 첫 개인전을 열었다.

최완성 한국화 GALA 개인전!

내 나이 45세 때였다. 삼성그룹 최초의 임직원 개인전 전시였고, 삼성그룹 SBC 사내방송에서는 나의 전시에 주목하며 일과 자기 개발을 병행한 케이스로 기획방송까지 하게 되었다. 그때 사내 기획방송을 본 지인 동료들의 피드백 중에 "그동안 잊고 있던 자신의 팔레트를 찾아보겠다"는 글이 가장 공감되었다. 그 당시 회사원이 업무 이외에 취미 여가생활을 제대로 하기가 녹록치 않았던 것이다.

전시 후에 많은 작품이 새로운 주인을 찾아갔다. 나 역시 한국화의 새로운 가능성을 발견하고 소통하는 중요한 기회였다. 사실 나는 전주에서 화랑을 운영하는 큰형님의 추천으로 고2 때부터 중견 작가의 사사를 받아 틈틈이 붓을 잡고 습작을 이어왔다. 군 시절과 직장생활 가운데서도 붓을 놓지 않았다. 그리하여 붓과 함께 어느덧 40년의 세월을 넘어서고 있다.

늘 자투리 시간만 나면 그림을 생각했다. 소재를 입력했고 미술책을 친구삼아 그림을 그려왔다. 지금껏 개인전을 일곱 번이나 열면서 세상과 소통을 이어가고 있다. 퇴임 후에는 한국미협회원으로서 아틀리에를 운영하며 레슨과 평생교육원 등 외부강의를 이어오고 있다.

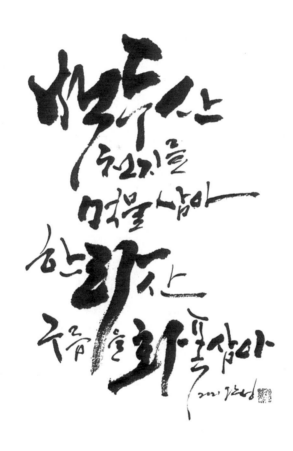

그림은 나의 존재를 일깨우는 새로운 가능성New Possibilities이며, 세상과 열방列邦을 가로지른 담장을 넘게 하시는 주님의 축복이다. 또한 그림은 내 인생의 발견이고 도전이다. 아름다운 도전은 멈추지 않는다.

피카소는 말했다.

"내 인생에 모든 것을 다해 보고 다 이루었지만, 아직도 한 가지는 만족하지 못하고 있다. 그것은 바로 그림이다."

내 그림 역시 아직은 미완성이지만, 누가 보든 안 보든 꾸준히 달릴 것이다. 그림은 나의 빛과 그림자와 같은 친구이니까.

◇ ◇ ◇

삼성전자 경영지원총괄. 한국기업문화협의회 사무국장. 최완성 한국화 GALA 개인전 7회(2007~2019, 경인미술관, 백운갤러리, 블룸비스타). 삼성그룹 대학생 멘토링 수석 멘토(2013~2014). 안양미술협회 한국화분과장/관악현대미술대전 운영, 심사위원 역임(2019~2021). 현) 한국미술협회원, 안양미술협회원, 한국캘리그라피협회원, 선갤러리 대표

나는야 참으로 행복한 산골목사

송희주

그날은 간간이 눈발이 흩날렸다. 큰 딸랑구 재은이가 올해 28세니 어언 26년 전의 일이다. 처남이 넘겨준 낡은 승용차 다마스에 이불과 옷가지, 주방기구들을 싣고 아내와 어린 딸과 함께 진안고원 첩첩산중 신암리를 향해 가고 있었다.

'진안고원 백운면 신암리라는 곳에 교회 하나가 있는데 성도들이 이곳저곳으로 다 떠나가고 비어 있다'는 정보를 아내가 존경하는 목사님한테 들었고, 우리는 그 말씀을 따라서 사역을 위해 겨울 눈밭 속을 헤치며 가는 중이었다.

길이 끝나는 언덕 위에 작은 교회가 보였다. 난감했다.

사택은 이미 팔렸고, 벽은 시멘트 벽돌이요, 함석지붕을 인 고작 6~7평 정도의 작은 교회였기 때문이다. 그것도 맹지에 들어서 있어 사유지를 통해서 들어가야만 했다. 교회 부지도 임대한 것이어서 1년에 콩 네 말을 내야 하는 형편이었다. 하지만 그게 뭔 문제가 되겠는가. 우리에겐 굳건한 믿음이 있었고, 젊음이 있었고 또한 주님의 교회가 사라질 수 있다는 안타까움에 우리는 기꺼이 신암교회를 사역지로 정하고 말았다.

앞에서는 그저 쉽게 찾아 들어온 것처럼 말했지만, 그날, 흩날리는 눈발 속에 이곳에 첫 발을 들여놓기까지 그야말로 고난의 여정이었다. 소의 천엽 같은 골짜기 속으로 아무리 파고들어 가고 또 가도 신암리라는 동네가 나오지 않았다. 지도상으로 보면 분명히 이 길이 맞는 것 같은데 왜 이리 멀까? 잘못 들어선 것은 아닐까? 눈이 더 많이 오면 다마스가 미끄러져 더 올라가지 못할 텐데….

조바심이 들고 입술이 탔다. 우리는 그렇게 어렵사리 이곳에 찾아들었고, 교회 목사관이 아닌 이미 폐교된 신암분교의 관사에 짐을 풀 수 있었다.

신암리는 마을 자체가 해발 약 500고지에 위치했다. 예

배당은 언덕배기 위에 자리 잡고 있어서 540고지나 된다. 그야말로 무진장 고원 중에서도 하늘 아래 첫 동네인 셈이다.

사방이 드높은 산으로 둘러싸여 깊은 계곡이 있고 공기가 맛있는 동네이다. 다만 이런 산촌은 먹을 것이 부족한 게 문제다. 경제적으로 뭔가를 해보기에도 참 애매한 환경을 가지고 있다. 젊은이들은 이미 도회지로 떠나 버렸고 어린아이의 울음소리 하나 없는 그런 쇠락한 동네였다. 인구소멸지역의 최전선 마을인 것이다.

그래도 옛날에는 산비탈에 화전을 일구고 산판을 열어서 꽤 많은 사람이 살았다고 한다. 교회 성도가 자그마치 50명이나 되었다니 말이다. 하지만 이젠 성도가 고작 10명밖에 안 되는 거의 버려지다시피 한 산촌이었다. 경제적 관점에서만 본다면 진작 떠났어야 했다. 그러나 우리 가족은 이 신암리를 좀처럼 떠나지 못했다. 여기서 두 딸과 아들을 낳아 길러냈고 학교에 보냈다. 애면글면 버텨가면서 그렇게 벌써 26년을 붙박여 살고 있다. 그것도 행복하게 말이다. 생각하면 기적과도 같은 일이다. '일은 사람이 하는 게 아니고 하늘이 하는 것이다. 사람은 그저 하늘이 시키는 대로 거들 뿐이다'는 말이 실감 난다. 은혜가 아닐 수 없다. 감사하다.

우리가 이곳을 떠나지 못한 까닭은 성도들이 있었기 때문이다. 고작 10명이었지만 그들이 있는 한 우리는 떠나지 못한다. 주일마다 교회에 와서 "목사님"이라고 애절하게 부르는 할머니들이 계셨기에 우리는 그들에게 상처 주기가 싫었다. 사역 왔던 목회자들이 계속해서 떠나가자 버림받았다는 생각에 마음 깊이 상처받은 가엾은 영혼들, 그런 사정을 알기에 끝내 그들을 외면할 수가 없었다. 그들은 우리가 부임해 왔을 때, 우리에게 좀처럼 마음을 열지 않았다. 정 줬다가 또 훌쩍 떠나가 버리면 다시 받게될 상처가 두려웠던 것이리라. 어렵사리 연 그들 마음에 차마 아픔을 덧씌워 줄 수는 없었다.

그래서 생각한 것이 교회 자립이었다. 역대 목회자들이 떠난 가장 큰 이유는 경제문제, 곧 돈 때문이었다. 워낙 가난한 성도들이 대부분이었으니까. 목회자 가족의 생계는 물론 자녀 학비를 감당할 방법이 없었다. 목회자는 부름을 받았으니 고난 당하는 모든 일을 마땅히 감수해야할 것이지만, 사모와 아이들은 그렇지 않았다. 무능한 남편이자 맛있는 과자 사줄 수 없는 무능한 아버지로 보일 뿐이었다. 아내와 아이들에게 오랫동안 견디라고 요구하는 것은 참으로 힘든 일이었다. 그래서 생각한 것이 자립하는 교회였다. 자립만 가능하다면 신암리, 이 쾌적한 고원마을에서 오랫동안 목회할 수 있지 않을까? 우리는 그렇게 생각했다.

식용 개를 사육했고, 엘크, 꽃사슴도 키웠다. 토종꿀도 해보았고 하우스 농사도 지었다. 그러나 이 모든 일이 혼자서 하기에는 너무 벅찼다. 육체적으로 힘들었다. 삽질 한 번 해보지 않고 전주 시내에서 곱게 자란 나에게 종일 이어지는 거친 노동은 고역 그 자체였다. 삽과 괭이, 낫과 호미질하는 것이 너무나 두려운 일이었다. 그러나 해야만 하는 일이었기에 묵묵히 할 수밖에 없었고, 그런 시간이 쌓여 갈수록 건강은 점점 더 나빠졌다.

교회 자립이라는 목표를 온전히 이루지 못한 채 내 젊은 시절은 그렇게 지나가고 있었다. 나는 지칠 때마다 기도하고 또 기도했고, 내 작은 몸이 감당해내기 힘겨운 노동 현장으로 달려갔다. 니체의 말대로, 나를 죽이지 못하는 것은 결국 나를 강하게 할 뿐이라는 신념으로.

마을에 젊은이들이 사라지자 이장을 맡아 달라는 요청이 왔다. 이장을 하는 시골 목사라! 이장이라는 직함을 잘 활용하면 주민들을 교인들로 만들 수 있겠다 싶어서 덜컥 이장직을 맡았다. 4년 동안 이장을 했다. 그 기간에 마을에 유기농 밸리사업이 들어왔다. 총 6억 정도의 예산이 투입되었으며, 당시 진안군수가 집중관심을 가졌던 사업이었다.

사업은 들어 왔는데 정작 주민들은 사업을 감당할 능력이 없었다. 저녁마다 회의하면서 싸우고 고함치고, 그런 시간이 계속되었다. 어떤 때는 나마저 그 싸움판에 끼어들었으니까. 지금 같았으면 이장으로서 이해를 조절할 수 있었을 텐데, 당시에는 너무나 젊고 지혜가 부족하여 조정하고 합의할 수 있는 길을 제시할 수가 없었다. 덕분에 주민을 교인으로 만들 좋은 기회마저 놓쳐버렸다. 기회는 소리 없이 찾아왔다가 준비되지 않았음을 아는 순간 곧바로 떠나버리는 것 같다.

그럼에도 삶은 기적이다. 결과적으로 기적을 낳곤 한다. 재능도 지혜도 없는 가난한 자의 기도에 하나님이 응답해 주셨다. 그리하여 지금은 청년 시절 기도 드린 대로의 삶을 살아가고 있다.

"시골에서 목회하겠습니다."

"한 20명 정도의 성도들을 섬기겠습니다."

"처음 사역지에서 오랫동안 사역할래요."

"은퇴하면 산에다 집 짓고, 닭 키우고, 토끼 키우고 감나무, 대추나무 심으렵니다."

기도대로 이루어 졌고 이제 은퇴 후에 집 지을 조그만 토지도 구입해 놓았다.

"마음 다스리는 법을 배우고, 주인 잘못 만나 아픈 간肝을 돌보면서 마음씨 고운 아내와 행복하게 살아가겠습니다. 옳고 그름을 따지는 것이 아니라, 진자리 꽃자리 눈치 보며 찾아가는 약삭빠른 삶이 아니라, 그저 만나는 인연대로 사랑하며 살겠습니다."

내가 새벽마다 드리는 기도이다. 어진 아내는 한 번도 불평하지 않았다. 단 한 번도 원망하지 않았다. 나에게 보내진 천사가 아닐 수 없다. 그런 아내에게 매 순간 감사하며 살아야 했건만, 나는 가끔 내 스트레스를 아내에게 쏟아버리곤 했다. 육체적으로 너무 힘들 때면 그리했다. 나는 아직도 그 정도밖에 되지 않는 인간이다.

돌이켜보면 아내는 대부분 세월을 쪼들리면서 생활했다. 그걸 달게 받아들이고 목회자인 나를 도우며 아이들을 잘 키워냈다. 나이 든 지금에야 그런 아내에게 존경심을 갖는다. '아내야말로 진정한 내 편이구나' 라는 생각이 든다. 언젠가는 하나님이 아내에게 큰 상을 주시리라 생각한다. 그럴 자격이 충분하다. 그런 아내가 있어서 나는 행복하다.

사랑하는 우리 자식들 재은, 지혜, 민주, 민제를 너무나 사랑한다. 바르고 의젓하면서 당당하고 강하다. 가난하고 거친 땅에서 성장해서인지 모두가 강하다. 산 높고 물 맑은 터에서 자라서인지 구김이 없고 생각이 바르다. 고마울 뿐이다.

큰딸 재은이는 코너스톤 국제학교 교사이다. 미네소타 대학교에서 초등교육자 과정을 이수했다. 똑소리 나는 딸랑구다. 둘째 딸 지혜는 뉴욕에서 간호사로 근무하는데, 내년 7월에 결혼한다. 셋째 딸 민주는 캐나다 위니펙대학교에서 환경공학을 전공하고 있다. 올해 휴학하고서 용인 에버랜드에서 파트타임으로 일하고 있다. 유엔에서 일하려고 준비 중이다. 아들 민제는 한국농수산대학교 임업과에 재학 중이다. 내년에 복학한다. 1년 휴학하면서 대림원예종묘라는 회사에서 파트타임으로 일하고 있다. 나는 민제를 송 사장이라고 부른다. 사업가가 되었으면 하고 바라기 때문이다. 스스로 알바해서 학비 마련하고 학교 졸업하고 취직하고, 그런 과정을 겪으면서 아이들이 강해지고 있다.

하나님은 왜소하고 부족한, 그래서 속이 좁고 못나 터져서 큰 기도 드리지 못하고 작은 기도만 드린 내 기도를 온전히 들어주셨다. 감사할 뿐이다. 나 홀로 있을 때 이따금 웃음이 나온다. 부모님이 계시고, 아내와 네 명의 자녀가 있고, 형제자매와 친구들, 성도들이 있다. 그러면 모두 가진 것이다. 그것이 내 행복의 원천이다. 새벽에 나가 기도 드릴 수 있고, 평안이 마음속에 있으니 너무나 좋다. 나는 오늘의 나에게 만족한다.

나는 참으로 행복한 산골목사 송희주랍니다.

◇ ◇ ◇

전북대학교 법학과 졸. 총신대신대원(합동). 진안군 백운면 신암교회 담임목사.

내 직업에 대한 자부심

조경래

여름이 채 물러나지도 않았는데, 시골길을 지나다 보면 나무 꼭대기에 붉은빛 단풍이 보인다. 가을이 다가오고 있음을 느낀다.

내 인생도 도무지 서두를 이유가 없는데 벌써 인생의 가을이 오고 있음인가? 퇴직하고 어느새 일선에서 물러선 친구가 있는가 하면, 간혹 무엇이 그리 급한지 소풍 끝내고 하늘로 돌아간 친구들도 있어서 쓸쓸함이 느껴지는 요즘이다.

고등학교를 졸업한 지도 어느덧 40년, 가만히 눈을 감고 옛 추억을 더듬어본다. 누구나 그렇듯 어릴 적에는 모든 것이 즐겁고 신났다. 내 고향은 지금도 산수 좋은 장수

읍 대성리 팔공산 자락이다. 학교 가려면 해발 530m나 되는 비행기재를 내려가 12km 떨어진 산서중학교까지 가야 했다. 재가 어찌나 높은지 구름이 항상 산 중턱에 걸려 있어 고갯마루에 서 있노라면 구름 위 비행기를 탄 것 같다고 하여 비행기재라 불렸다. 현재 도로명도 '비행로'로 공식 명명되었으니, 50년 전 그 고개를 넘나들던 어린 아이들에게는 얼마나 고단한 등하굣길이었을까. 학교 가는 길이 아니라 숫제 산행이었다.

산이 높으니 눈도 많이 내려 겨울에는 학교 가는 것이 마치 사선을 넘나드는 전투 같았다. 눈이 조금만 내려도 간간이 오는 버스는 산을 오를 수 없어서 그마저 끊겨버리기 예사였다. 동네 아이들은 오롯이 두 발로 그 깊은 눈길을 헤치며 산 아래로 내려가야 했다. 지금 같으면 위험하고 힘들어 엄두도 못 냈으련만, 학업에 높은 뜻이 있었던 것도 아닌데 그 길이 힘든 줄도 모르고 놀이인 양 빠짐없이 그렇게 학교에 다녔다.

눈이 퍼부을 때는 큰 고행이었다. 새벽밥을 먹고 출발해 눈 덮인 비행기재를 미끄러지듯 내려와 걷고 또 걸어 학교에 도착하면 점심때가 되었다. 선생님과 산 아래 아이들은 산동네 친구들이 이렇게 살아서 왔다고, 의지가 대단하다고 박수를 쳤다.

공부를 하는 둥 마는 둥 하교 시간이 되면, 또다시 몇 시간을 걸어 산을 넘어가거나 눈이 녹지 않아 그마저 어려우면 학교 근처 친구네 집이든 친척 집이든 하룻밤 신세를 지곤 했다. 그것도 즐거웠던 것이, 그 집에서 눈치 주지 않고 재워주고 먹여주었으니, 그 시절은 참 정도 많고 온기 넘치는 시절이었던 것 같다.

밤새 눈이 내려 높은 산을 하얗게 뒤덮고 마을이 온통 생크림을 뒤집어쓴 것 같은 날에는, 굴뚝의 연기만이 하얀 크림 범벅 속에 살아 숨 쉬는 생명체가 있음을 세상에 알리는 신호 같았다.

눈으로 덮여 마치 방음벽을 세운 듯 고요하기 이를 데 없는 산골 동네에 생기 넘치는 사내아이들의 와자지껄한 소리가 한바탕 가득 차기 시작한다. 남자아이들은 공터에 모여 젖을세라 신발을 고이 벗어두고 양말만 신은 채 축구를 했다. 그 시절에는 쉽게 맛보지 못하는 귀한 라면을 내걸고 하는 경기이기에 죽기 살기로 했다. 발이 시린 것도 까맣게 잊고 온 운동장을 강아지 뛰듯 뛰어다녔으니,

지금 나의 강인한 체력은 그 시절 설원 축구 덕분이 아닌가 싶다. 승리한 팀이 쟁취한 라면은 이긴 팀이나 진 팀이나 함께 모여 끓여 먹었다. 세상에 이보다 더 황홀하고 맛있는 라면은 없을 것이다.

환갑을 눈 앞에 두고 뒤돌아보니 그 많던 꿈은 온데간데 사라지고 없고, 이젠 하루하루를 버티기 위해 고군분투하며 건강과 노후를 걱정하는 평범한 가장으로 살고 있다. 이렇게 가끔 어릴 적 추억을 상기하면서 생기를 되찾곤 한다. 그나마 다행인 것은 노후에 경제적 궁핍을 걱정하지 않아도 되는 직업이 있다는 점이다.

대학에서 전기를 전공한 나는 한평생 전기와 인연을 맺으며 살아왔다. 10여 년 전부터는 전 세계가 주목하는 신재생에너지 회사를 운영하고 있다. 그 덕에 태양광발전소를 몇 개 가지고 있어 다행히도 은퇴 후 좋은 벗들과 가끔부담 없이 식사라도 나눌 만큼의 준비는 된다.

태양의 빛이라는 게 참으로 오묘하고 신비로워 지구에서 1억 5천만km나 떨어졌는데도 세상을 온통 덮은 눈을 녹인다. 지난 추석처럼 달과 일직선으로 만나 깜깜한 밤하늘에 유난히 둥글고 환한 슈퍼 문super moon을 보여주기도 한다. 태양은 생명을 잉태시키고 성장시킨다. 반도체에 빛을 쬐면 광전효과가 발생하여 전기도 만든다. 태양의 위력, 자연의 위대함은 감히 몇 마디 말로 표현하기에는 불가능한 일이다.

태양광발전사업은 그 유명세만큼 꾸준히 이슈가 되어 왔다. 평범한 서민들에게 개인이 전기를 생산하는 발전소를 가질 수 있다는 꿈을 주고, 매월 안정적인 수입을 얻는 노후를 보장해주는 사업이라는 소개하고 싶다. 나처럼 평범한 사람들이 가장 안정적으로 원금을 손실하지 않고 장기간 매월 월급처럼 공공기관에서 수입을 얻을 수 있는 매우 확실하고 수익률 높은 사업이다. 한평생 직장에서 청춘을 바쳐 일하고 받은 퇴직금을 치킨집이나 각종 프랜차이즈 사업에 투자했다가 얼마 지나지 않아 사업을 접고 망연자실하여 삶의 의지를 잃어버리는 사람들을 주위에서 흔하게 만난다. 안전을 생각하여 은행에 저축해 두었다가 자식들에게 고스란히 빼앗기는 일도 다반사로 일어난다. 그만큼 노후가 두려운 평범한 퇴직자들에게는 안전한 투자처라 말해 주고 싶다.

급변하는 세상에서 불확실한 미래를 사는 젊은이들과

중년들에게도 비교적 적은 투자로 월급 외 제2의 소득으로 안정된 삶을 영위할 수 있는 희망을 주는 사업이다. 이 사업의 핵심은 원금을 손실하지 않는다는 강점과 사업을 유지하며 소득을 얻기 위해 아무런 노동이나 노력을 들이지 않아도 된다는 게 매력이다.

더구나 환경을 크게 위협하지 않고 재생에너지를 사용하여 현대사회에 없어서는 안 될 절대적인 전기에너지를 얻는다는 가치도 있으니, 나는 나의 직업에 자부심과 긍지를 느끼며 살고 있다.

다만 좁은 국토에 우량의 농지를 잠식하고, 임야에 설치하여 홍수 때 토사가 흘러내리는 위험을 초래하며, 자연경관을 훼손하는 등의 안타까움도 존재한다. 그래서 이를 극복하기 위해 설치 유형을 다각도로 연구하고 있다. 수명을 다한 태양광 패널 등의 안전한 처리방법 등을 고민하며 더 연구를 진행하다 보면, 우리 삶의 터전인 지구 수명을 늘리는 데에도 일조할 것이라 믿는다.

◇ ◇ ◇

유)스마트일레트로닉 대표이사. 전북대학교 전기공학과 졸업.

임실 촌뜨기 성남시민이 되다

박대수

　친구여, 그대들의 얼굴 하나하나를 떠올리며 이 편지를 쓴다네. 우선 내 소개부터 해야겠네.

　나는 하늘만 빼꼼히 보이는 두메산골에다 태를 묻었다네. 섬진강 상류 임실군 덕치면 구담마을이지. 지금이야 옥정호 덕분에 꽤 유명한 관광지가 됐네만, 나 어렸을 적에는 이런 세상이 올 거라고는 꿈도 꾸지 못했다네. 속된 말로 나는 정말이지 여러모로 출세했구면.

　검정 고무신 신고 등에 책보 둘러메고 산을 두 개나 넘어서 국민학교를 다녔지. 제트기가 하얀 꼬리를 그리며 날아가는 광경을 보면서 과연 내가 저 비행기라는 것을 타 볼 수는 있을까? 그런 막연한 희망 아닌 희망을 지니고는 했지. 당시 산골 소년과 창공의 비행기 사이는 너무도 멀었어. 새 신을 신고 아무리 폴짝폴짝 뛰어봐도 도무지 다다를 수 없는 까마득한 높이였다네.

비행기는커녕 뿌연 흙먼지를 날리며 달려가는 자동차조차 타 볼 기회가 없었지 뭔가. 등굣길에 이따금 만나는 차들은 동경의 대상이었다네. 차 타고 가는 사람들이 부럽기 짝이 없었고. 어쩌다 태워달라고 외쳐대다가 정말 차가 멈추어 태워주기라도 하면 얼마나 즐겁고 신이 났던지. 그땐 그랬지. 학교에 가니 낯선 친구들이 생기고, 게다가 수줍음 많은 촌놈이 여자와 나란히 앉아 같이 공부하게 되었으니 참 출세 아닌 출세를 해 버렸지.

처음으로 세상이 넓다는 걸 알게 되었고, 중학교에 진학하니 좀 더 넓은 세상으로 진출하게 되어 더 큰 꿈을 가지게 되었다네. 그때까지는 정말 많은 꿈을 가지고 부푼 희망을 가슴에 안고 살았어. 그러다 전주라는 큰 도시의 고등학교에 진학하니 처음에는 모든 것이 새롭고 신기하고 그랬지. 그런데 꿈은 꿈이고 당장 오늘이 막막하고 내일도 보이지 않는 답답한 나날의 연속이더군. 하루하루 지나가고 쌓여가는 시간이 미울 지경이었어. 아마 전주

시내에서 나고 자란, 그래서 일찍 집을 떠나본 적이 없는 친구들은 그런 막막함을 잘 못 느껴봤을 것이네. 아무리 막막해도 모든 건 지나가게 마련. 이 또한 지나가리라는 말처럼 그렇게 흘러갔지.

어쨌든 200명 남짓 사는 작은 산골 마을에서 태어난 내가, 무려 480여 명이나 되는 고등학교 친구들을 얻었으니 그것 하나만으로도 나는 정말 부자가 아닌가? 친구 부자 말일세. 그런데도 친구 소중한지 모르고 나 혼자 이 세상 살아가는 외톨이라며 편협한 생각으로 살아왔다네. 그래서 나는 풍요 속의 빈곤한 처지가 되었지. 서로 안부 묻는 전화하고 가끔 만나는 고등학교 친구들이 40~50명이나 될까 말까. 나머지 친구들은 어떻게 사는지 그 생사조차 알지 못하네. 친구 부자가 친구 가난뱅이가 된 셈이지.

왜 이렇게 되었을까?

먹고 사는 것에 급급해서? 현실이 팍팍해서?

핑계 없는 무덤 없다고 이유야 다양하겠지. 대개 바쁘게 살아왔을 테니까.

1987년에 첫 사회생활을 시작한 곳이 성남이라네. 어쩌다 시청 말단 공무원으로 들어가 지금껏 성남에서 살고 있지. 전주라는 참 좋은 곳에서 혈기 왕성한 시절을 보냈던 내가 전혀 알지도 못한 낯선 도시 성남에 올라와 정말 아무것도 모르고 사회생활을 시작한 걸세. 겁 없이 덤벼들었건만, 역시 이 사회는 호락호락하지 않았어. 자꾸 나를 밀어내려고 하는 것 같았거든. 내가 이겨내려고 하면 또 밀어내고 또 밀어내고…. 마치 끝나지 않는 씨름판이라도 벌이려고 작정한 것처럼 나를 지독하게 잡아채곤 했다네.

그래도 이 또한 지나가리라, 여기고서 묵묵히 견뎌냈어. 서서히 빛이 보이기 시작했고 나는 결혼이라는 것도 하고 가정을 꾸려서 애들도 둘씩이나 낳았어. 녀석들은 벌써 장성해서 성인이 되었지. 누구나 그렇듯 초보 아비다 보니 양육과 교육에 서툴고 힘들었지. 그렇지만 아비라는 역할에 충실했더니 점점 더 강해지더군. 나를 늘 응원해주는 든든한 아내가 있어서 가능했던 일이지.

친구여, 임실 촌놈이 낯선 경기도 대도시에 입성해, 두려움을 안고 시작한 이곳에서의 삶이 어언 35년이나 켜켜이 쌓였네. 바람처럼 물처럼 지나갔지만, 또 쌓인 것이 되기도 하는 세월의 오묘한 부피와 무게감이여.

이제 30년간 이어온 공직이라는 굴레에서 벗어날 때가 다가온다네. 박봉에 허덕이며 살아왔지만, 그래도 잘 버텨내며 나를 응원해주는 가족이 있어 여기까지 완주할 수 있었던 거야. 공직에 대한 미련은 없지만 내 인생의 절반을 여기에 바치며 살았기에 지금의 내가 있음은 변명할 여지가 없지. 또한 공직 생활이 우리 가족을 지켜왔고 나를 세워줬으니 고마운 직장이었지. 내가 이곳 낯선 성남이라는 도시에서 버텨낼 수 있도록 든든히 잡아주지 않았는가.

성남은 제2의 고향이라고 해도 과언이 아니야. 뿌리가 전라도 출신인 이들이 60%가량 살고 있어. 여기저기 가보면 그리 낯설지만은 않은 게 불행 중 다행이라네.

앞으로 다가올 미래가 설령 내 생각과 의지대로 될지 몰라도 성남이라는 곳에서의 여정은 이쯤에서 끝내고 새로운 곳에서 삶을 꾸려 보고 싶다네. 이제 고향으로 내려가고픈 생각이 간절하다는 말일세. 수구초심이라고나 할까?

그동안 헐레벌떡 달려오느라 주변을 거의 돌보지 못했어. 이제 천천히 주위를 둘러보며 살아야겠다고 다짐한다네. 돌이켜보면 내가 여기까지 온 건 친구들 덕분이었네. 일일이 거명할 수는 없지만 내가 어려울 때 음으로 양으로 많은 도움을 준 친구들이 있었기에 편안한 마음으로 이런 편지를 쓰는 것이지. 뭐 크게 성공한 인생도 아니고 지극히 평범한 삶을 살아왔네만 모나지 않은 보통 사람의 삶이면 됐지, 뭔 욕심이 더 있겠는가. 나는 그런 위인이라네.

40주년 행사를 준비한다고 분주하게 뛰는 친구들이 많더군. 늘 고맙고 대견하네. 뭔 이익이 있다고 저리 열심히 뛰겠는가. 우정이고 추억이고 의미 만들기인 것이지. 이기적인 우리는 타인을 위해 뛰는 이들을 격려해주고 응원해야 할 필요가 있다네.

여보게, 친구들! 지금 생각나는 친구가 하나 있구려. 20주년 행사 때 발 벗고 나섰던 고 김인섭 원장이네. 젊고 유능한 한의사였던 그 친구는 우리를 위해 무던히도 열심히 뛰어다녔고 멋지게 행사를 치렀지. 지금은 볼 수가 없어 안타까운 마음 그지없다네. 친구야, 너무 그립구나!

30주년 행사도 잘했고 벌써 40주년이라니! 그새 또 여러 친구가 유명을 달리했지. 이 자리에서 일일이 이름을 밝힐 수는 없지만, 그 친구들의 영면을 기원해 보네.

우리 친구들 가운데는 어디 가서 이름만 말해도 다 아는 유명한 친구들이 많지. 그야말로 전국구 인물이 유난히 많은 우리 17회 동기들! 나는 그 친구들을 진심으로 축복하고 자랑스러워하며 살아왔네. 내가 워낙 소박해서일까. 나는 질투나 시샘 같은 게 없었어. 그들이 내 분신이라도 되는 것처럼 자랑스럽게 얘기하고 다녔어. 생각나면 아무 때고 전화하고 찾아가기도 했지. 참 좋은 친구들인 것이 아무리 바빠도 반갑게 맞아주곤 했었지.

물론 세상 이치가 그렇듯 모두가 유명하고 다 잘날 수야 없는 일 아니겠는가. 안 유명하면 어떤가. 나처럼 잘난 거 없고 가난하면 어떤가. 우린 아무 때나 전화하고 찾아가 편하게 만날 수 있는 친구가 아닌가. 그것이 얼마나 크고 소중한 자산인지. 우리는 밴댕이가 되어서는 안 된다고 보네. 가슴은 좁아지고 야위어갈지라도 우정을 향한 마음만은 바다처럼 넓고 바다의 별처럼 높고 빛났으면 한다네.

우리 학창시절엔 서로의 주소를 건네며 편지로 안부를 묻고 나중에 반갑게 만나곤 했지. 헤어질 땐 "편지할게"

그랬었는데⋯. 지금은 친구가 그리울 땐 언제라도 버튼만 누르면 서로의 목소리도 듣고 얼굴도 보면서 이야기도 할 수 있건만, 막상 더 멀게 살고 있는 것 같아 슬프다네. 무엇이 그리 바쁜지 말이야.

가끔씩 보는 친구들은 그나마 양손을 몇 번 구부렸다 펴는 만큼 볼 수 있겠지만, 다른 친구들은 과연 몇 번이나 볼 수 있을지 의문이네. 우리 가끔 만나서 서로의 안부도 묻고 지나간 이야기도 하고 설령 많은 이야기가 아니더라도 잠깐 짬을 내서 얼굴이라도 보면 어떨까? 누가 밥을 사고 술을 사고 커피를 사고 따질 거 없이 말일세.

내 얘기만 잔뜩 늘어놔서 프로필은 따로 쓸 필요가 없게 생겼군. 못난 친구, 임실 덕치 구담마을 촌놈 박대수의 넋두리 같은 편지 읽어줘서 고맙네. 친구들, 언제라도 전화 주시게나.

그대는 매력자본가인가?

장임구

보통 45~65세를 중년이라 칭하고 65세부터 노년이라 한다. 하지만 이제 우리의 기대 수명이 120세라니 70세를 신중년이라 하고, 80대를 초로장년이라 불러야 맞을 것 같다.

실제로 세계보건기구(WHO) 자료에 따르면 65세까지를 젊은이young people로 규정한다. 66세부터 79세까지는 중년middle aged이고 80세부터 99세까지가 노인senior이다. 그 이후는 장수노인long lived elderly이다. 그렇다면 이제 60 줄에 들어선 우리는 여전히 팔팔한 젊은이다.

그렇지만 말로만 청년이라고 우기고 건강과 행동은 중년, 장년이면 뭐 하겠는가. 그에 걸맞은 매력이 있어야 한다. 한마디로 멋지게 나이 들어야 한다는 뜻이다.

영국 런던정치경제대학교 사회학과 교수인 캐서린 하킴의 〈매력자본Erotic Capital〉 논문을 보면, 매력이란 잘생긴 외모만을 뜻하는 것이 아니라 유머 감각과 활력, 세련미, 상대를 편하게 하는 기술 등 상대방의 호감을 사는 멋진 태도나 테크닉을 가리킨다. 이러한 매력은 나이가 들수록 쇠퇴하지 않고 더 좋아질 수도 있다. 바로 경륜 덕분이다. '매력자본가'란 이 매력을 무기로 성공을 이룬 사람들을 일컫는다.

하킴 교수는 다음 다섯 가지를 충실히 실천하면 매력자본을 갖춘 멋쟁이 중년 신사가 될 수 있다고 말한다.

첫째, 얼굴에서 웃는 모습이 떠나지 않아야 한다. 웃는 것은 곧 예술이다.

둘째, 항상 마음의 여유를 가져라. 이러쿵저러쿵 따지고 가르치려 들지 말라. 나이가 들면 웬만한 일은 양보하고 웃어넘겨 버려야 한다. 그리고 돈을 베풀어야 멋지고 매력적인 중년 신사의 자격이 있다는 것이다.

셋째, 품격을 지켜라. 꼭 필요하지 않으면 가급적 말을 삼가고 음식도 적당히 깔끔하게 먹고 몸가짐을 흐트리지 말라는 것이다. 나이가 들수록 외모에도 신경을 쓰고 옷차림도 유행에 뒤처지지 말고 더 가꿔야 자연스럽게 품격이 드러나는 것이다.

넷째, 자신의 마음 마당을 항상 사랑으로 가득 채워라. 사랑으로 충만한 삶을 향유하려면 세상을 선한 눈으로, 사랑의 눈으로 바라봐야 한다. 우리 삶을 관조하다 보면 너와 내가 존귀한 존재임을 알게 되고, 표정이 따뜻해지고, 언어가 부드러워지며 모두가 소중한 존재임을 깨닫게 된다.

다섯째, 오늘 하루를 만끽하며 살아라. 특히 '왕년에 내가' 또는 '나때는 말야' 이런 말은 삼가고, 미래도 지나치게 걱정하지 말아라. 오늘이라는 현재에 충실하면서 인생을 만끽하자. 숙제하듯 살지 말고 축제하듯 살아가자. 그래야 멋져 보인다고 한다.

이런 구절이 생각난다.

"아름다운 젊음은 우연한 자연현상이겠지만, 아름다운 중년은 누구도 쉽게 빚을 수 없는 예술작품이다."

오늘이라는 현재에 충실하면서 인생을 만끽하는 중년들은 운동을 열심히 한다. 이들은 부정적인 생각을 빨리

지우고, 자신의 변해가는 모습을 편안하게 순리대로 받아들이며, 스트레스 관리도 잘한다는 특징이 있다.

고독함을 이기려면 취미생활과 봉사활동을 하고, 일하고 공치사하지 말며, 칭찬하는 말도 조심히 해야 한다. 청하지 않으면 충고하지 말고, 할 수 없는 일은 시작도 하지 말아야 하며, 후덕함과 포근함 그리고 인자함으로 베푸는 삶을 살아갈 때 훨씬 매력적이고 중후한 멋을 풍긴다고 생각한다.

만남과 관계가 잘 조화된 사람의 인생은 아름답다. 만남의 책임은 하늘에 있고, 관계에 대한 책임은 우리 사람에게 있는 것이다. 따뜻하고 아름다운 관계는 이를 위해 수고하고 애쓰는 사람에게만 생겨난다. 좋은 관계는 대가를 치를 때 만들어지는 결과다. 하늘이 우리에게 보내준 부모, 자녀, 형제, 친구, 동료, 이들과 함께 아름다운 관계를 유지하기 위해서는 신앙, 사랑, 우정, 진심, 배려와 같은 아름다운 것들이 투자되어야 한다.

웃는 것은 예술, 사는 것은 기술!

아직 이 세상에 있음을 감사하자. 매일 내 곁에서 나를 보살펴 주는 아내에게 감사하고 사랑하자. 자동차에 탑승

할 때도 먼저 아내에게 문을 열어주고, 음식점에서도 아내에게 식탁 의자를 빼 먼저 앉혀주자. 산책길에 아내와 두 손을 꼭 잡고 걷는 모습이 아직은 습관이 되지 않아 어색할지라도 지금 내가 그려내는 신사가 장차 완성될 나의 멋진 중년 모습이 될 테니까.

긴 말이 필요치 않은 나이다. 아니 이젠 시간이 부족한 나이다. 말보다 행동이고 실천이다. 지금 당장 시작해 보자고 권한다. 오늘도 "고맙습니다, 사랑합니다, 덕분입니다, 미안합니다"를 생활화하며 항상 기뻐하자. 늘 기뻐하고 감사하자. 그러다 보면 어느날 전혀 달라진 자신을 발견하게 될 게다. '매력자본가'로 변모한 멋진 중년 신사가 그대다.

◇ ◇ ◇

전북대학교 공과대학 졸업. 고려대학교 경제학 석사. 사단법인 고려대학교국토경제학회 초대회장. 전주해성고17회 30주년 준비위원장. 대한예수교장로회(합신)교단 장로 부총회장. 대한예수교장로회(합신) 전국장로회연합회회장. 금융기관 PF 대출관련 컨설팅(2000~2010). 광교신도시내 부동산개발 시행업(2011~2017). 성남시청 앞 여수지구 부동산개발 시행업(2018~2021). 현)경기도 이천시 마장면 물류창고 개발 진행 중.

그 날들

고준식

육십이다. 어제는 앓던 이 하나를 빼냈다.

아무리 영구치라지만 어언 60년 가까이 썼다니. 빠진 이도 대단하지만, 여태껏 잘 사용한 주인도 참 대견하다. 이제 다시 생겨나지 않을 이다. 50대에도 두세 개의 이를 잃은 바 있다. 하지만 60세에 내 몸을 떠나가는 치아와는 의미가 사뭇 다르다.

벌써 해성고등학교 졸업 40주년이라니! 어영부영하다가 기어코 이 날이 이렇게 오고야 말았다. 이 날을 보지 못하고 먼저 간 친구들, 앞으로도 40년 뒤까지 살아남아 지구에서 벌어질 험난한 꼴을 다 보고 갈 친구들…. 기후 위기와 식량난 같은 끔찍한 재앙이 닥칠 거라는 미래학자들의 경고를 접할 때면 차라리 앞서간 친구들이 가끔 부러워질 때가 있다.

우리 나이쯤 되면 신상 공개는 일상! 고등학교를 졸업하면서 친구가 생겼다. 술과 담배다. 담배는 20년 전쯤 아이들이 초등학교에 입학하면서 이를 계기로 헤어졌고, 술은 아직도 고약한 친구로 남아있다. 흥겹게는 해주지만 뒤끝이 어지간히 골치 아프다는 면에서 고약하다는 것이다. 그래도 아직 술 만한 친구가 없다.

고1때 처음 만난 친구 녀석은 아직도 늘 내 곁에서 그림자처럼 연기처럼 얼씬거리며 살아간다. 그 친구의 아내와 아이들도 내 아내, 아이들과 친구가 되어있다. 잘난 꼴 못난 꼴 다 보면서 입때껏 우정을 유지해 오고 있다. 아무리 절친이라지만 부끄럽고 미안한 일들뿐이다.

그의 아내는 우리 또래다. 번다한 대도시 혹은 외국 생활에 익숙한 그녀는 우리같이 한적한 산골 1급수에 사는 사람들을 부러워한다. 내 아내 정읍댁은 쏘가리 버들치 노니는 용담호 1급수 가장자리에 살고 있으니, 그런 것으로나마 혼자 위안이 되려나. 지금 이 순간에도, 그 친구의 "아이고, 인간아!" 지청구하는 목소리가 귓가에 맴돈다.

친구란 멀리 떨어져 살아도 늘 붙어 지내는 무의식적 쌍둥이, 바로 그런 존재다.

나는 아들만 셋이다. 든든하다. 마누라는 손자들은 안 키워도 돼 다행이라며 미리 위안 삼고 산다. 처가에서 잘 키워주겠거니 한다. 또 혹시 모르지. 우리 몫이 될지도. 여하튼 세 아들 놈 앞세우고 여행 다니면 듬직하다. 조그만 수술하는 날, 혼자 간다고 했더니 한 녀석씩 교대하는 데 세상 부러울 게 없었다. 이 맛이다.

목련 피던 봄날, 지랄탄 냄새에도 낭만이 있었던가. 그래도 '4월은 가장 잔인한 달'로 시작되는 T.S 엘리엇의 〈황무지〉를 읊어대던 영문학도가, 정치인 따라다니며 반평생을 보냈다. 이제 더이상 '내가 누군데'가 통하지 않는 세상에서 '내가 누군데'를 말하고 다니는 꼰대가 되어버렸다. 몸도 마음도 사춘기와는 또 다른, 이른바 '사추기'에 접어들어 보니, 사람도 제대로 보이고 세상도 제대로 보이는 것인가. 욕망으로 순간 이동하기 일쑤인 내 마음을 누군가 유심히 쳐다보고 있으리라.

돌아보면 60년 세월이 엊그제 일만 같다. 진안중학교를 졸업하던 날, 아버지 앞에 무릎 꿇고 큰절하고 고향 떠나던 날이 생각난다. 비포장도로 덜컹거리며 모래재 내려가던 때, 중노송동 이모 집에 첫발 들이던 날…. 그 소년이 지금 이렇게 초로의 산골 사내가 됐다.

해성고 2학년 올라가던 해 설날 다음날, 예수병원에서 아버지가 돌아가셨다. 그때 나는 미처 몰랐다. 아버지 없이 살아갈 날들의 의미를. 그래도 여기까지 살아내었으니 누구의 덕일까. 가고 오는 세월, 만나고 헤어지는 인연들에 그 공을 돌려야 하리라. 오래 되고 묵은 것이 그윽한 향이 난다고 위로하고 싶지만, 그 또한 거저 얻어지는 것이 아님을 이제는 안다. 그게 인연법 아니던가.

친구여! 불에서 잃은 것은 재에서 찾는다지.

초승달에서 보름달 차오르듯 그날까지 둥글둥글 살다가자.

◇ ◇ ◇

1963년 진안읍에서 출생하여 진안초·중학교를 다니며 수줍음 많은 소년으로 성장했다. 내성적인 진안 촌놈이 3년간 전주에서 지내다가 대학 입학원서 접수하던 날, 임동조 선생님이 서울대 넣으면 떨어진다고 원서를 안 써줘, 약 오른 나머지 고려대학교에서 커트라인이 최고 높았던 영문학과를 갔다. 졸업 후 취업하기 싫어 어찌어찌하다가, 정세균 전 총리 밑에서 정치를 시작해 정책실장으로 한세월 보내고, 지방정치인들 하는 꼴 보고 또 약 올라서 진안군수 선거에 3번이나 출마했으나 꿈을 이루지 못했다. 지금은 마이산을 국가정원으로 만드는 데 발 벗고 나서고 있다.

전주시장 후보 캠프에서 얻은
성공의 기억

이관영

내가 누구냐고요?

친구가 시장에 가니까 나도 덩달아 장에 간 사람입니다. 우범기 전주시장 후보 캠프에 몸 담았던 이야기입니다. 남들은 내가 무슨 비전이나 계획을 세우고 선거캠프에서 일한 줄 알고 있습니다. 솔직하게 고백하건대, 그렇지 않습니다. 그렇다고 그 친구와 아주 친밀한 것도 아닙니다. 졸업하고 서너 번 만난 정도이니까요.

직장이 재택근무가 가능해서 선거사무실에 나갈 수 있었고, 처음에 시작한 많은 사람이 썰물처럼 빠져나가 조그마한 의리로 끝까지 지켰습니다. 난방도 안 되는 추운 사무실에서 손바닥만한 난로에 의지하는 힘든 시기도 있었습니다. 나중에는 다시 많은 사람이 몰려 와서 나처럼 무능한 사람도 할 일이 많아져 꼭 있어야 할 필요성이 생겼습니다.

지역 현안을 챙겨야만 한다는 소신도 생겼습니다. 이 시점에 우리 지역은 반드시 변화와 혁신이 필요하다는 것도 절감하게 되었습니다. 어느덧 그런 당위는 나의 비전이 되고 계획이 되었습니다.

저는 대기업에서 7시 출근, 11시 퇴근하며 회사에 오래 머무는 것으로 저의 부족한 능력을 보완하였습니다. 직장에 집중하다 보니 사회변화에 대해 전혀 신경 쓰지 못했지요. 아니 무관심했다는 표현이 맞습니다.

그렇지만 정치인에 대해서는 아주 적은 정보만 가지고 쉽게 욕을 했고, 낙후된 지역에 대해 주인의식도 없이 한탄만 했습니다. 이번과 같이 적극적인 사회참여는 처음이었지만, 《혁명》과 《마이크로 트렌드》, 이 두 권의 책을 접하면서 확신을 가지고 참여하는 생각의 근간이 잡혔답니다.

그 생각을 세 가지로 정리해 보았습니다.

첫째, 잭 골드스톤은 《혁명》에서 '청년 현상'을 이야기합니다. 혁명의 한 주기를 완성하는 데 다음 요소가 있다고 합니다. 청년들의 상향 이동성이라고 합니다. 청년은 기대와 비전을 지닙니다. 변화 운동에서 개혁과 혁명은 청년이 중심이 됩니다. 청년의 아이콘은 패기와 용기와 도전입니다. 도산 안창호는 일제 강점기에 청년들에게 애국 계몽운동을 펼쳤고, 이에 청년들이 감동하여 독립운동에 투신하는 계기를 마련해 주었습니다. 우리 시대 민주화 운동은 모두 내 친구이자 가까운 선후배 청년들의 몫이었습니다. 여기서 말하는 청년은 40대까지의 나이를 말하는 것이 아니라는 것을 잘 알 것입니다.

우리가 잘 알고 있는 사무엘 울만의 〈청춘Youth〉이란 시입니다.

청춘이란 인생의 한 시기가 아니라
마음의 상태를 말합니다.
(…)
강인한 의지, 풍부한 상상력,
불타는 열정을 말합니다.
청춘이란
신선한 정신, 두려움을 이기는 용기,

아니함을 뿌리치는 모험심을 말합니다.

(…)

세월은 우리의 주름살을 늘게 하지만

마음속의 열정을 시들게 하지는 못합니다.

(…)

예순이든 열여섯이든

모든 사람 가슴에는 경이로움에 끌리는 마음

어린아이와 같은 미지에 대한 호기심

인생에 대한 환희와 희열이 있는 법입니다.

둘째,《마이크로 트렌드》는 우리의 미래를 만드는 것이 사회 전반에 흐르는 거대한 기류가 아니라, 작은 집단들 속에서 조용히 일어나는 변화라고 얘기합니다. 우리 눈앞의 세상 그 이면에서 일어나는 작은 변화들이 결국 큰 차이를 만들어냈다고 합니다.

오늘날 유튜브가 일반적인 미디어를 제치고 대세를 누리고 있다는 사실만으로도 알 수 있는 내용입니다. 누군가 아주 엉뚱하고 색다른 선택을 한다 해도 취향이 같은 사람을 쉽게 찾을 수 있는 세상입니다.

또 하나의 큰 변화는 어떤 현상이나 트렌드가 한 방향

이 아닌 반대 방향, 아니 동시다발적으로 일어난다는 사실입니다. 그래서 '요즘 세상이 어떻게 돌아가는지 모르겠다'는 말들을 합니다. 개인적인 트렌드들이 거대한 주제보다 사회변화를 더욱 효과적 이끌 수 있다는 말입니다. 작지만 거대한 힘을 발휘하는 '특별한 1%'의 법칙에 나는 강한 신념이 생겼습니다. 인구의 1%에도 미치지 못하는 작은 집단이 시장을 만들고, 선거의 결과를 결정하고, 산업계에 지각 변동을 일으키고, 사회를 송두리째 바꿔놓는다고 확신하게 되었습니다. 그 집단이 열정적이고 주인의식을 가진다면 더 큰 변화를 가져올 수 있습니다.

셋째, 내 마음을 지키는 기도입니다.

제 성격은 소심한 A형도 모자라 A+형입니다. 마음이 조변석개도 모자랍니다. 절대자에 대한 소통, 기도로 흔들리는 마음, 동요하는 마음을 극복했습니다. 하나님을 통해 마음을 굳게 하고 담대할 수 있었습니다.

창조론자는 무슨 일이든 다 하나님이 하셨다고 합니다. 진화론자는 무슨 일이든 다 인간 스스로 자연에 적응하며 해냈다고 합니다. 하지만 절대절명에 순간에는 하나님을 부릅니다. 아주 큰 기적이나 이변 앞에서는 누구나 입을 벌리고 아무 말도 하지 못합니다. 누군가 보이지 않는 큰 손이 있을 것으로 생각합니다. 그렇습니다. 절대자와의 소통은 마음과 육체를 건강하게 지킬 수 있습니다. 보이지 않는 큰손을 느낄 수 있습니다.

우범기 친구의 선거캠프는 기적을 일궈냈습니다. 모두가 어렵다, 안 된다는 걸 당선으로 실현하고 증명했습니다. 그리 길지 않은 시간이었지만 우리도, 소심한 나도 할 수 있다는 자신감을 얻었습니다. 이제 출발입니다. 우리는 또 해낼 수 있습니다. 어느 분야에서든 말입니다.

◇ ◇ ◇

삼성화재 퇴직 후 전주에서 자영업을 하고 있다. 부안에서 나서 1989년 전북대 상경대학 무역학과를 졸업했다.

나에게 '밝음'을 준 호롱불 하나

우범기

> 네가 켜는 촛불은 희미하나
> 촛불을 켜는 네 마음은 하늘이구나.
> 아무리 늦은 밤 돌아와도
> 불 밝히고 기다리는 창문이여.
> 네가 이 세상의 풍경이 되거라.

빛을 퍼뜨리는 방법에는 두 가지가 있다. 촛불이 되거나 또는 그것을 비추는 거울이 되는 것이다. 얼마 전에 작고한 내 고향 부안이 낳은 김형영 시인의 〈네가 켜는 촛불은〉이라는 시를 좋아하는 이유이다.

산, 들, 바다, 강, 섬. 천혜의 태곳적 자연경관과 사람이 어우러진 전라북도 부안. 예로부터 '생거부안生居扶安'이라는 말이 있을 정도로 살기 좋다는 땅. 내가 4남 1녀 중 장남으로 태어난 곳이다.

나는 그곳 부안 백산에서 중학교를 졸업할 때까지 16년을 살았다. 전기도 들어오지 않는 딱 세 가구만 사는 외딴 마을이어서 내내 호롱불로 어둠을 밝혀야 했다. 학교에서 돌아와 비좁은 방에 책을 펴고 앉아 호롱불 하나 켰을 때, 그 '밝음'이 지금도 잊히지 않는다.

TV는커녕 하다못해 라디오도 없던 곳. 산업문명의 이로움을 전혀 모르고 자랐으나, 사람과 자연이 공존하는 미래 생태문명시대를 어떻게 선도해야 하는지를 배웠다는 점에서 감사한 어린 시절이었다고 해야 할까.

나는 호롱불에서 많은 영감을 받았다. 가만히 들여다보고 있으면 내가 호롱불이 되는 것도 같고, 내 몸에서 그만한 빛이 뿜어져 나올 것만 같았다. 내 몸에서 나오는 빛이 점점 커져 책상에 옮겨붙고, 다시 책장으로, 급기야는 천장과 바닥까지 환해진다고 생각했다. 그러다 빛은 더욱 넓어져 창문 너머 어둠까지 밝히려 들었다. 나는 내 안의 빛이 그만큼 강해지는 거라고 생각했다.

그랬다. 나는 호롱불이 되고 싶었고, 빛이 되고 싶었다.

적어도 나로 인해 내 주변이 늘 따뜻하기를 바랐다. 겨울 날 창가에 내려앉는 눈송이처럼 추위에 떨며 웅숭그리지 않기를 바랐다.

나는 그 빛을 안고 전주해성고등학교에 입학했다. '온전한 고을'이라 불리는 전주. 발길 닿는 곳마다 문화유적이 산재해 있고, 판소리·한지·서예 등 요즘 말로 K-Culture가 살아 있는 고장. 새롭게 시작한 도회지 전주 생활은 신명이 났다. 모든 것이 새롭고 신기했다. 하지만 그것은 내 신체의 반응이었을 뿐, 내면세계는 여전히 고향집 호롱불 주변에 머물러 있는 것 같았다.

한 사람의 인생은 고등학교 시절의 꿈이 결정한다고도 말한다. 전주라는 도시로 옮겨온 내 안에 켜진 호롱불은 내 꿈의 중심에서 또렷이 빛나고 있었다. 하지만, 좀처럼 빛은 넓어지지 않았다. 온몸에 힘을 줄수록, 사방이 밝을수록 빛은 내 안으로 파고 들어와 뱀처럼 똬리를 틀며 움츠렸다. 그러다 어느 순간 호롱불은 기억 저편으로 아스라이 멀어져 갔다.

세월이 흘러 나는 서울대학교 경영학과를 졸업했고, 1991년 제35회 행정고시에 합격했다. 이후 30년 가깝

게 공직생활에 몸담았다. 기재부의 다양한 요직을 거쳐, 광주광역시 경제부시장까지 지냈다. 3년 연속 기재부 직원들이 뽑은 '닮고 싶은 상사' 1위에 올라 명예의 전당에 헌액된 적도 있고, '레전드 우'라는 특별한 별명을 얻기도 했다. 재미있고 신도 났지만, 집에 두고 온 찬밥 한 덩이가 목에 얹힌 것처럼 늘 가슴 언저리가 결렸다.

그렇게 먼 길을 돌아서 결국은 전라북도 정무부지사라는 자리를 통해 내 고향에까지 당도했다. 그때였을까. 아슴아슴 기억의 언저리에서 꺼져가던 호롱불이 다시 불을 밝혔다. 작고 희미하고 보잘것없지만 나를 오롯한 빛으로 만들어주던 바로 그 호롱불! 나를 환하고 따뜻한 '존재'로 만들어주던 그 호롱불이 흔들림 없이 나를 기다리고 있었다.

평소 직설적이면서 솔직담백한 성격으로 언행에 꾸밈이 없고, 격의 없는 소통을 중시했던 나. 작든 크든 일 하나를 맡으면 소신에 따라 일이 마무리될 때까지 밀어붙이는 스타일이라 주변 사람들로부터 '고집이 세다'는 말을 종종 듣기도 했다. 오히려 그런 점들이 많은 사람이 나를 좋아하는 이유라고 생각했다.

그런데 실은 내 안에 어린 날의 호롱불이 꺼지지 않고 밝혀져 있었던 것이다. 돌아보면, 내가 지금 제40대 전주시장이 될 수 있었던 것도 그 호롱불 덕분이지 않을까. 끊임없이 미래를 생각하고 힘을 얻는 동기였던 것.

어쩌면 나는 그로 인해 개미지고(전라도 방언으로 겉맛이 아니라 속맛이 좋음, 먹을수록 자꾸 당기고 그리워지는 맛) 찬찬한 인생을 살았을 것이다. 이제 그 동력으로 내 고향이 부끄럽지 않고 당당한 지역으로 발전할 수 있도록 다시 호롱불을 켜둘 차례다. 나를 키워주고, 내 꿈을 만들어주고, 지금의 나를 있게 한 그 빛이 내 고향 전북지역을 정말 살기 좋은 땅으로 변화시켜줄 것이라고 믿는다.

해성고등학교를 졸업한 이후, 어언 40년간 다른 길을 걸어온 우리. 우리가 이렇게 한자리에 모여 터놓은 이야기꽃은 저마다 소담스럽고 향기롭다. 우리가 그랬듯 먼 훗날 우리들의 자녀 역시 이 지구촌 어디에 살든 개미지고 찬찬한 인생을 살았노라고 말할 수 있기를…….

◇ ◇ ◇

전주시장. 서울대 경영학과 졸업. 기획재정부 장기전략국장, 전라북도 정무부지사 역임.

전문분야 이야기

양자물리학과 양자의학

한동균

이 책의 에디터 역할을 맡게 된 김종록 작가는 내 입장
에서는 너무도 따분한 주제를 나에게 던져 줬다. '루키즘
의 사회학' 에세이를 써보면 어떻겠냐는 주문이었다. 나
는 이 분야의 외모지상주의와 사회학에 대해 내 의견을
얼마든지 개진할 수 있지만, 내심 달갑지 않아 망설였다.
차라리 '현대 물리학적 루키즘'이라고 주제를 정해 줬더
라면 더 좋았을 텐데. 그래서 개인적 흥미로 요즘 심취해
있는 '양자물리학과 양자의학'에 대한 주제를 자의적으로
정해서 몇 자 적어본다.

200명 가까운 동기들이 들어와 있는 카카오 단톡방에,

방금 원고 마감했다는 뉴스들이 속속 올라왔다. 게으른 편인 나는 그제야 컴퓨터를 열고 파일들을 두루 뒤져 보았다. 환자들도 뜸해진 시간이라 차근차근 파일들을 뒤적이다 보니, 지난 몇 년간 채 정리도 되지 않은 암과 치료, 휴먼영양학, 기능의학, 양자의학, 자연치료, 에너지의학 등의 메모들이 나왔다. 꼼꼼히 읽었다. 짧은 시간에 너무 많은 지식을 머리와 가슴에 구겨 넣으면 지식 체증을 느끼게 된다. 그래도 '무지보다는 지식과 계몽이 언제나 나은 법이다'라는 격언을 되뇌며 체증을 달랬다. 살펴본 내용 중에서도 가장 가슴에 와 닿는 얘기들은 양자역학에 관한 내용이었다. 양자역학은 지난 120년을 통해 아주 조금씩 발전했지만 수많은 노벨상을 만들어낸 분야가 아니던가.

요즘에는 과학 지식이 유튜브에 널리 퍼져 굳이 책을 읽지 않아도, 또 책 없어도 상식 정도는 충분히 습득할 수 있고 그를 토대로 아는 체도 좀 할 수 있다, 하지만 과연 그 내용을 올곧게 이해했는지는 아무도 모른다. 내가 서점에서 책을 사는 경우는 딱 하나다. 혹여 책이 절판되면 읽고 싶어도 책을 구할 수 없다는 염려가 되는 책을 발견했을 때다. 수많은 지식이 책으로 출판되어 쏟아지다 시간이 흐르면 구시대 유물로 전락하는 게 다반사다. 뛰어난 베스트셀러나 명저들조차 매대에서 순식간에 사라지고 급기야 절판되는 경우가 많다. 그래서 꼭 필요한 책은 골라 사둔다.

양자의학을 알려면 기본적으로 현대물리학을 공부하지 않을 수 없다. 철학 자체보다 더 재미있는 게 그 철학을 제시한 철학가의 삶이듯, 1900년대 초 현대물리학의 시초가 되는 양자역학을 발견한 천재 물리학자들의 삶은 참 재미있다. 그들의 논쟁과 사상, 과학적 검증과 학회에서의 불꽃 튀는 설전 또한 흥미진진하다. 그러다 보니 본의 아니게 의학적 관점에서 양자역학을 바라보게 되었고, 이 책 저 책 사서 읽으면서 점차 지식의 바닷속에서 유영하는 즐거움을 느끼게 됐다.

내가 빠진 그 지식의 바다는 아래와 같은 큰 틀로 요약할 수 있다.

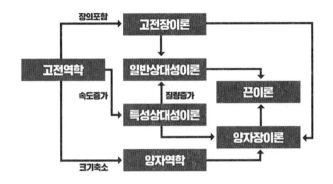

이론물리학의 대표적 이론들 사이의 관계

위 도표는 어느 책에서 인용한 것이다. 매우 쉽고 일목요연하게 잘 정리가 되어 있기에 그대로 갖다 쓴다. 첫눈에 선뜻 이해하기 힘든 내용이지만, 조금씩 음미하다 보면 이 도식이 얼마나 멋지게 물리학 전반을 잘 정리했는지를 알 수 있다.

위 이론 중에 하나라도 접해 보지 않은 사람은 없을 것이다. 다만 현실 속에서 과연 저런 이론들이 무슨 도움이 되고 실생활에 어떻게 적용되는지에 대해서는 많은 이들이 명쾌한 해답을 내놓지 못한다. 그런데 꼭 알아둬야 할 것은, 위의 현대물리학 이론 중 특히 양자역학이 우리 실생활에 깊숙이 침투되어 있다는 사실이다. 가장 큰 혜택을 누리고 있는 분야가 컴퓨터와 핸드폰의 CPU를 비롯한 전자기기이다.

　이쯤에서 '양자quantum' 개념의 탄생을 살펴보자. 1900년, 막스 플랑크가 빛이 특정한 값의 에너지를 갖고 에너지가 불연속적이라는 가정하에 불연속적으로 변화하는 양의 기본값에 양자라는 이름을 붙였다. 이후 스위스의 특허심사관이라는 중책을 맡고 있던 26세의 아인슈타인이 1905년에 4편의 논문을 발표했는데, 그중 한 논문에 당시 물리학 지식으로는 도저히 풀 수 없는 수수께끼를 내놓았다, 이른바 광전효과다. 광전효과는 금속에 빛을 비추었을 때 전자가 튀어나오는 현상인데, 정량적인 실험(비율이나 물리량 등 정확한 수치를 얻는 실험)으로는 설명되지 않는 현상이었다. 아인슈타인은 그때까지 파동이라고 생각되던 빛이 사실은 에너지와 운동량을 지닌 입자 덩어리라고 제안한 것이다.

　빛은 질량이 없다. 그런데도 아인슈타인은 빛이 에너지와 운동량을 가진 입자라고 제안했으니, 그가 얼마나 파격적인 주장을 했는지 짐작할 수 있을 것이다. 양자화된 빛 덩어리를 광자 혹은 광양자라고 부른다. 초기에는 모든 물리학자가 엉터리 이론이라고 비난했다. 빛의 양자화를 처음 주장한 플랑크의 가설과 거의 유사했음에도 불구하고, 그 플랑크조차 아인슈타인의 주장이 틀렸다고 생각했다. 그러나 이 논문은 파동도 입자성을 가진다는 사실을 밝혀 양자물리의 형성에 중요한 기여를 했다

"입자는 위치와 속도를 분명히 갖고 있어야 해. 단지 그걸 우리가 모르는 것 뿐."

"입자는 인간의 관측 여부와 상관 없이 존재해!"

두 진영

"불확정성 원리에 의해, 위치와 속도를 동시에 아는 건 불가능해!"

"입자는 관측하지 않으면 존재를 알 수 없고, 관측하면 입자로 존재해!"

아인슈타인　슈뢰딩거

하이젠베르크　보어

이러한 현대물리학 태동기에 보어, 하이젠베르크 그리고 반대파인 아인슈타인과 슈뢰딩거 등의 논쟁은 30년 이상 지속되었다. 답답했던 아인슈타인이 "신은 주사위

를 던지지 않는다"며 반대파에 일침을 가하지만 결국 양자역학의 불확정성의 원리를 주장한 보어와 하이젠베르크를 위시한 코펜하겐학파의 승리로 일단락되는 듯했다. 아인슈타인도 고집을 끝까지 꺾지 않다가 자기 딸이 결혼할 때는 신도 주사위를 던질 수 있다고 생각을 바꾸었다. 학문은 아이러니하지 않으나 인생은 아이러니한 경우가 비일비재하지 않던가.

양자역학은 눈에 보이지 않는 아주 아주, 정말 엄청 작은 미시세계의 방정식이자 확률론이다. 인간의 상식으로는 세상의 움직임을 관측할 수 없는 그런 곳에서 세상은 인간이 이해할 수 없는 방식으로, 어쩌면 신의 섭리로 운행된다.

많은 사람이 종교는 논리적으로 맞지 않는다고 생각한다. 나도 한때는 그 부류에 속했다. 그런데 양자역학을 보고 있노라면 과학에서도 인간의 상식으로는 설명할 수 없으나 분명히 존재하는 법칙이나 현상이 존재하는 걸 알게 된다. 오히려 언젠가는 과학의 힘을 빌려 신의 섭리를 증명해낼 수 있지 않을까 하는 기대에 다다르게 된다. 믿거나 그 이름을 부르기 전엔 존재하지 않으나, 믿고 그 이름을 부르면 존재한다는 성경 말씀이 있다. 양자는 관측하기 전에는 존재하지 않고 관측하는 순간 존재한다는 우리 상식으로는 이해할 수 없는 이 세계를 인정한다면, 종국적으로는 신의 섭리 또한 존재 가능함을 부정할 수 없게 된다.

육체도 양자역학의 관점에서 보면 세포이고 원자이고 양자다. 루키즘을 양자적으로 해석하면 외모도 양자적 논리로 봐야 옳다고 본다. 관측하는 사람이 없으면 존재하지 않으며 그 본질이 파동인지, 입자인지 알 수 없다는 양자이론을 단순하게 양비론으로 오해하면 안 된다. 외모에 대한 호불호는 사람마다 다르다. 관측하는 사람에 따라 다른 것이다. 양자 세계처럼 관측하기 전까지는 예쁜지 안 예쁜지도 알 수 없는 외모 역시 하루가 다르게 변화하고 있다. 외모지상주의도 바뀌고 있는 것이다. 일괄적으로 미인을 뽑으라는 대회도 서서히 사라지고 있지 않은가.

우주의 존재를 생각하면 삶과 죽음도 덧없음을 깨우치게 되지만, 우리는 지금 이 순간에도 건강과 생로병사를 생각하지 않을 수 없다. 영겁의 세월 속에 점 하나 찍음만도 못한 찰나의 인생을 살면서, 고등학교를 졸업한 지 어언 40년이 지났다니…. 우주의 한 귀퉁이에 그새 먼지 하나라도 묻혔으려나, 생각해 본다.

◇ ◇ ◇

연세대 의대에서 성형외과를 전공했다. 압구정동에서 오랫동안 개업해왔으며 현재는 암센터에 관심을 갖고 있다. 학창 시절부터 문학에 관심이 많던 끼 많은 의사로, 지금도 늘 실험적인 일상을 살아간다.

알면 도움 되는 법률상식

안규채

최근 각종 세금이 인상되자 이를 피하기 위한 수단으로 가족간 증여를 많이 하는 추세입니다. 그중에서 세대 분리와 함께 경제적으로 자립한 자녀에게 부담부증여를 하고자 하는 경우에 대하여 알아봅니다.

또한 사업을 하면서 물품 대금을 다 받지 못한 경우 채무자 소유의 부동산에 대해 강제집행을 하거나 채무자의 통장압류를 주로 하게 되는데, 이 중에서 좀 더 간편한 수단인 통장압류에 대하여 문답식으로 알아보겠습니다.

Q1. 종합부동산세가 많이 나와서 조정대상지역의 주택을 부모-자녀 간 부담부증여로 자녀에게 이전하고 싶은

데, 어떻게 해야 하나요? 취득 당시 주택의 매매가격은 6억 원, 시가표준액은 3억 원이었고, 현재는 시가표준액 4억 원, 전세보증금 5억 원의 부담이 있습니다. 이 주택을 28세 자녀에게 부담부증여를 원인으로 이전하고 싶은데, 어떻게 해야 부모와 자녀 간의 부담부증여로 인정받을 수 있는지요? 또 이 경우 부담부분을 제외한 단순 증여 부분의 과세표준액은 어찌 산정되는지도 궁금합니다.

Ans. 부모·자녀 간 부담부증여로 인정받으려면, 자녀의 전세보증금 상환자력에 대해 소명해야 합니다.

부담부증여에 있어서, 부담부분의 취득세는 유상거래로, 취득한(증여받는) 사람이 보유한 주택 수에 따라 세율이 결정됩니다. 또한 취득일 현재 미혼인 30세 미만의 자녀는 세대를 분리하더라도 1세대에 속한 것으로 간주하지만, 그 자녀의 소득이 「국민기초생활보장법」이 정하는 중위 소득의 40% 정도 이상의 소득이 있는 경우에는 별도 세대로 간주됩니다(「지방세법 시행령」 제28조의3, 제2항1호).

따라서 현재 자녀가 취업하여 소득이 있을 경우에 소득금액증명원이나 급여지급명세서 등 객관적인 소득증빙

자료를 제출하면 별도 세대로 간주될 수 있습니다.

또 부모와 자녀 간의 부담부증여로 인정받기 위해서는 자녀가 부담부분, 즉 전세보증금 5억 원을 상환할 자력이 있음을 소득금액증명원 등으로 소명해야 합니다. 만일 그렇지 못하면 단순 증여로 간주되어 「지방세법」 제13조의2 제2항에 의하여 12%의 취득세를 부담하게 됩니다.

자녀가 부담부분의 상환자력을 입증할 수 있다면 부모와 자녀 간에도 부담부증여로 인정받아 부담부분에 대해서는 자녀가 보유한 주택 수에 따라 유상거래의 취득세율을 적용받게 되고, 세대 분리한 자녀 소유의 주택이 없다면 「지방세법」 제11조 제8호 각호에 따라 부담액이 5억 원으로 6억 이하이므로 1%의 취득세를 적용받게 됩니다.

그리고 부담부분을 제외한 나머지에 대해서는 「지방세법」 제13조의2 제2항에 따라 12%의 취득세를 적용받게 되지만, 단순 증여부분의 과세표준은 증여대상 주택의 과세표준에서 부담부분을 제외한 부분이 되는데 위 사례의 경우에는 현재 시가표준액보다 부담부분이 더 크므로 단순증여부분에 대한 취득세 부담은 없습니다.

그러나 지난 2021.12.28. 개정되어 2023.1.1.시행되는 「지방세법」 제10조의2(무상취득의 경우 과세표준)에 따르면, "부동산 등을 무상취득하는 경우 제10조에 따른 취득 당시의 가액은 취득 시기 현재 불특정 다수인 사이에 자유롭게 거래가 이루어지는 경우 통상적으로 성립된다고 인정되는 가액(매매사례가액, 감정가액, 공매가액 등 대통령령으로 정하는 바에 따라 시가로 인정되는 가액을 말하며, 이하 "시가인정액"이라 한다)으로 한다."고 규정하고 있는 바, 이에 의하면 위 경우의 과세표준은 시가표준액 4억 원이 아니라 직전의 매매사례가액인 6억 원 또는 둘 이상의 감정기관에 의뢰하여 산출한 감정가액이 과세표준이 되겠고, 위 경우 단순 증여 부분의 과세표준은 1억 원 또는 그 이상이 되겠습니다.

Q2. 자재대금의 일부만 지급한 채무자 회사로부터 나머지 대금을 돌려받으려면 어떻게 해야 하나요? 자재 철근을 판매하는 회사입니다. 우리 회사는 총 4회에 걸쳐 甲회사에 1억 원 상당의 건축공사 자재 철근을 판매하였는데, 甲회사는 시로부터 보조금 2억 원을 받기로 하였으므로 수령하면 자재대금을 지급하겠다고 약속

하였습니다.

그러나 甲회사는 시로부터 보조금 2억 원을 받은 후 위 자재대금 1억 원 중 5,000만 원만 변제하고 나머지 5,000만 원을 변제하지 않고 있습니다. 우리 회사는 甲회사가 시 보조금을 다른 곳에 모두 사용하고 자재대금 채무를 변제하지 않을 것 같아 걱정하고 있습니다. 채무자 甲회사가 보조금을 다 사용하기 전에 미지급분을 받으려면 어떻게 해야 할까요? 참고로 甲회사는 시보조금을 A은행 통장으로 수령한 것으로 알고 있습니다.

Ans. 본안 소송 전 채무자 회사의 거래은행 예금에 대한 채권가압류신청을 하여 채권을 확보할 수 있습니다. 채권을 변제받기 위해서 본안소송을 하려고 하는데, 그 전에 채무자가 재산을 처분하거나 은닉할 소지가 있는 등 시급한 처분이 필요할 때, 채무자의 부동산이나 주거래은행 통장에 대해 가압류 등의 보전처분을 하는 방법이 있습니다.

'보전처분'이란 민사소송의 대상이 되는 사법상의 권리 또는 법률관계에 대한 분쟁에 대비하여 그 확정판결의 집행을 용이하게 할 수 있도록 그 집행을 보전하거나 그 확정판결 시까지 잠정적인 권리나 법률관계를 형성·유지함으로써 그동안의 손해를 방지할 목적으로 법원이 행하는 잠정적인 처분제도를 말합니다.

보전처분 중 가압류는 금전채권이나 금전으로 환산이 가능한 채권의 집행을 보전하기 위하여 집행대상인 채권자의 일반재산을 현상대로 유지시키는 것을 내용으로 하고 있습니다. 채권자가 채무자를 상대로 본안소송을 제기하여 집행권원을 얻기까지는 상당한 시일이 소요되기 때문입니다.

따라서 위 회사의 사례에서 상대방인 채무자의 주거래 은행을 채권자(위 회사)가 알고 있다면, 본안소송을 제기하기 전에 그 은행에 예금된 채무자의 금전에 대하여 채권가압류 신청을 함으로써 채권확보가 가능할 것입니다.

즉 채권자나 채무자 주소지 관할법원(법인인 경우, 법인 주소지 관할)에 채권가압류 신청을 한 후 본안소송을 제기하는 것입니다.

현실적으로 보통의 정상적인 회사라면 회사거래통장 채권가압류만으로도 본안소송 진행 없이 채무를 변제 받을 수 있습니다. 채무자 입장에서는 주거래 통장이 가압류되면 가압류된 은행에 대한 금융거래가 힘들어져 사실상 사업을 할 수 없는 처지에 놓이기 때문입니다.

◇ ◇ ◇

법무사. 성균관대 법대졸업. 현재 경기도 수원시 영통구 반달로 7번길 40, 206호에 개인사무실을 두고 있다. 90세까지 똑떨어지고 민첩하게 일할 생각으로 출근한다.

'부동의 암 사망률 1위' 폐암,
그래도 희망은 있다.

조덕곤

한 시대를 풍미했던 코미디언 배삼룡, 이주일, 배우 신성일 씨 등이 세상을 등진 원인인 폐암은 국내에서 지난 10년 동안 '부동의 암 사망률 1위'일 정도로 암 중에서도 '치명적인 암'이다. 2021년에 발표된 중앙암등록본부 자료에 의하면, 2019년 우리나라에서 약 25만 건의 암이 새롭게 발생했는데, 그중 폐암은 남녀를 합해 약 3만 건 (전체 암 발생의 11.8%)으로 갑상선암 다음으로 많이 발생했다. 갑상선암을 제외하고 1999년 이후 위암이 줄곧 1위였으나, 폐암이 꾸준히 증가하여 20년 만에 최다 발생 암이 되었다. 남성에게서 약 2만 건 발생하여 남성암 중 1위 (다음 순위로 위암, 대장암, 전립선암, 간암), 여성은 약 만 건으로 여성암 중 5위(이전 순위로 유방암, 갑상선암, 대장암, 위암)로 남성이 두 배 더 많았다. 또한 통계청 발표에 따르면, 2020년 암 사망자 가운데 18,673명(22.7%)이 폐암으로 사망하여, 암 사망률 1위로 이는 대략 30분마다 1명씩 사망하는 셈이고 인구 10만 명 당 36.4명에 이를 정도로 지난 10여 년 동안 꾸준히 증가해왔다[그림 1]. 발생 연령대별로 보면 70대가 35%로 가장 많았고, 60대가 28%, 80대 이상이 20%의 순으로 주로 고령층에서 발생한다.

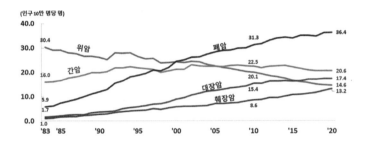

[그림 1] 1983~2020년도 암 사망률 추이(통계청)

❖ 폐암 발생의 주범은 흡연, 금연으로 예방

폐암은 대기오염, 방사선 노출, 유전적 소인 등 다양한 원인에 의해 발병할 수 있는데 주원인은 흡연(약 70%)으로, 담배를 피우면 폐암 발생 위험이 13배나 올라가고 간접흡연도 영향을 끼쳐 비흡연자보다 발병률이 1.5~2배 높다. 흡연자들도 15년 이상 금연을 하게 되면 폐암에 걸릴 위험도는 비흡연자의 약 2배까지 떨어진다. 하지만 이후에도 폐암에 걸릴 위험도가 비흡연자와 같은 수준으로 떨어지지는 않는다. 그러므로 폐암을 예방하는 가장 중요한 방법은 금연으로, 빠르면 빠를수록 예방에 효과적이다. 다른 한편으로 전자 담배에 관한 연구는 많지 않으나, 대부분 의료진은 전자 담배에 포함된 유해 성분으로 보아 기존의 담배처럼 해롭다고 평가하고 있다.

❖ **비흡연 여성 폐암의 꾸준한 증가:**
더 많은 관심과 경각심 가져야

최근 대한폐암학회에서 분석한 자료에 따르면, 우리나라를 포함한 동양권에서는 전체 폐암 환자의 약 30~35%가 비흡연 여성에서 발생하고 있다. 우리나라에서 여성 환자의 약 88%는 비흡연자로, 남성 환자의 약 86%가 흡연자라는 사실과 대비되는 결과이다. 국가암정보센터 자료에 의하면, 남성 폐암은 2005년 이후부터 연간 1.4%

줄었으나, 여성 폐암의 발생은 2012년까지 연평균 1.8%씩 증가하다가 정체 후 2015년부터 2019년까지 연평균 3.2%씩 급격히 증가했다. 결국 전체 폐암 환자가 증가하는 이유가 비흡연 여성 폐암 환자의 급격한 증가에 의한 것으로 분석된다. 더욱 문제가 되는 것은 이 환자들이 완치가 가능한 초기에 진단되는 것이 아니라 이미 전이가 발생한 4기에서 절반 정도가 진단된다는 사실이다. 따라서 비흡연 여성 폐암에 대해서 학계는 물론 우리 사회가 더 많은 관심과 경각심을 가져야 할 필요가 있다. 비흡연 폐암의 원인으로 간접흡연, 석면, 라돈가스, 미세먼지 및 대기오염, 음식물 조리 시에 발생하는 실내 공기오염 등의 환경적인 요인, 발암물질에 직업적인 노출, 기존 폐질환, 유전적인 요인 등이 영향을 미쳤을 것으로 추정하고 있다.

❖ 진단: 증상 나타나면 이미 진행된 경우 많아

폐암은 특별한 증상이 없어 초기에 발견이 쉽지 않다. 환자의 5~15% 정도는 정기검진, 다른 질환 치료 도중에 증상 없이 우연히 발견되나, 특별히 증상이 없어서 약

70~80% 환자가 처음 진단할 때 이미 진행된 상태로 발견되고, 처음부터 4기인 환자의 비율도 40% 이상이다. 주증상은 기침, 객혈, 가슴 통증, 호흡곤란 등이고 주변 장기 침범 시 이와 연관된 증상이 나타난다.

❖ 조기 진단이 완치율 높이는 중요한 열쇠:
국가 암 검진에 포함

폐암의 완치율을 높이기 위해서는 정기검진을 통한 조기 진단이 중요하다. 보건복지부는 2019년 8월부터 국가 암 검진 항목에 폐암을 포함했다[그림 2]. 단, 만 54~74세 남녀 중 고위험군으로 흡연력이 30갑년[하루 평균 담배소비량(갑) x 흡연기간(년)] 이상의 흡연력을 가진 흡연자인 경우에 2년마다 저선량 흉부 CT 검사를 시행한다. 필요한 경우 폐암 검진기관이 실시 중인 금연 치료 지원사업과 연계할 수 있기 때문에 장기 흡연자도 금연에 쉽게 도전할 수 있다. 국가 폐암 검진은 장기간의 흡연력이 있는 고위험군을 대상으로 시행되는 만큼, 검진 대상자가 아니더라도 ▲40세 이상이면서 가족 중에 폐암 발병력이 있는 경우 ▲과도한 흡연으로 인한 만성 폐질환이 있는 등 위험

요소를 가지고 있는 경우라면 정기적으로 저선량 흉부 CT 검사를 받아 보는 것이 좋다.

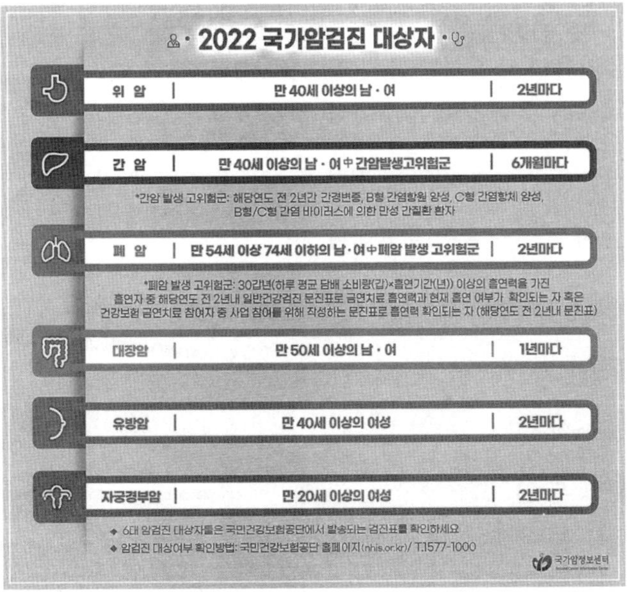

[그림 2] 2022년도 6대 주요암에 대한 국가암검진 프로그램
(국가암정보센터)

❖ 폐암 조직검사가 중요:
조직형에 따라 치료 방향과 예후 달라져

폐암은 암세포의 종류에 따라 치료법과 예후가 달라 조직검사 결과가 치료 방향 결정에 매우 중요한 역할을 한

다. 이를 위해 CT를 이용한 경피적 세침흡인검사, 흉강내 림프절 조직검사가 가능한 초음파기관지내시경 및 종격 동경, 흉강경 검사 등을 시행한다. 최근 많이 발견되는 간 유리음영 폐결절(GGO, 유리 위에 모래를 뿌린 것 같은 모양의 병변)처럼 조직을 얻기 어렵거나, 조직검사가 어려운 위치의 병변은 진단과 치료를 겸하여 전신마취 하에 최소침습적 인 폐절제 수술이 필요하다.

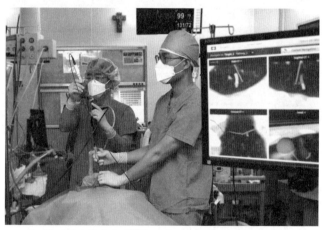

[그림 3] 수술실에서 시행하고 있는 전자기유도 내비게이션 기 관지경을 이용한 폐결절 표식술(가톨릭대학교 성빈센트병원)

최근 이럴 때 사용되는 전자기유도 내비게이션 기관지 경(이하 ENB)은 CT를 통해 확보한 영상정보로 환자의 폐를 3차원 이미지로 구현하고, 내비게이션 프로그램을 통해 미세 카테터로 폐암 의심 부위를 정확하게 찾는 시술 방법이다[그림 3].

❖ 폐암의 조직학적 분류와 병기:
비소세포폐암과 소세포폐암

폐암은 암세포의 크기와 형태에 따라 80~85%가 비소세포폐암, 나머지는 소세포폐암으로 구분된다. 비소세포폐암은 선암, 편평상피세포암, 대세포암 등으로 나뉘는데, 선암이 50%로 가장 많고 편평상피세포암이 21% 정도를 차지한다. 편평상피세포암은 흡연 남성에게 흔하고, 선암은 여성이나 비흡연자에게 흔히 발생하는 경향이 있다. 과거에는 편평상피세포암의 빈도가 높았는데, 최근에는 선암의 빈도가 점점 높아지고 있다. 이는 위에서 언급한 비흡연 여성 폐암 환자의 최근 증가와 연관된다고 할 수 있다. 비소세포폐암은 진행 정도에 따라 초기인 1기에서 말기인 4기까지로 분류되는데, 1기와 2기 폐암은 수술로 완치시킬 수 있으며, 3기 폐암 중 림프절 전이가 심하지 않은 3기 초기(3A) 환자도 항암, 방사선치료와 함께 선택적으로 수술을 시행한다. 그 이상 진행된 환자는 수술이 거의 불가능하며 항암, 방사선치료가 주된 치료법이다. 소세포폐암은 제한, 확장 병기로 구분하며, 대부분 수술 적용이 되지 않으나, 암의 크기가 작고, 림프절 전이가 없는 초기의 경우 수술로 좋은 치료 결과를 얻을 수 있다.

❖ 폐암 수술의 발전: 최소침습적인 수술법

폐암 수술은 눈에 보이는 암 덩어리만 제거하는 것이 아니라 주변에 퍼져 있을지도 모를 주변 폐조직을 포함하여 흉곽 내 림프절을 충분히 제거하는 것이 중요하다. 현재 국내에서 시행되는 폐암 수술의 70% 이상은 비디오 흉강경을 이용한 최소침습적인 방법으로 시행되고 있으며, 로봇을 이용한 수술이 점차 늘고 있으나 비용적인 측면에서 널리 시행되지 못하고 있다. 최소침습적인 수술법은 통증이 적고 합병증이나 사망률을 낮출 수 있으며, 입원 기간이 짧아 일상생활로 빨리 복귀할 수 있다는 장점이 있다. 이는 모든 병기의 환자에 적용할 수 있는 표준적인 방법은 아니지만, 점차 적용 범위가 넓어지고 기술적으로 쉽고 안전한 방법으로 여겨지고 있다.

❖ 정기적인 예후 관찰 중요: 재발, 전이 많아

근치적 수술을 받은 환자라도 약 20~50%에서 암이 재발할 수 있다. 흔히 전이되는 곳은 뇌, 뼈, 간과 다른 쪽 폐이다. 완치라고 평가되는 폐암 전체 환자의 5년 생존율은 약 35%로, 1기는 70~90%, 2기는 40~60%, 3기 초기는 25~35%이며, 특히 뇌에 전이되었을 때 생존율은 10% 이하로 대폭 떨어진다. 수술 후 2년 이내에 상당한 재발이 있으므로, 주기적으로 담당 의사를 만나 진찰과 기본적인 검사를 받아야 한다.

❖ 폐암의 맞춤형 치료: 다학제 협진이 중요

폐암은 환자의 상태에 따라 치료 방법이 무척 다양하여 한 명의 의사가 이러한 다양한 치료법을 결정하기는 어렵다. 그러므로 폐암은 어느 한 특정과만의 진료보다는 호흡기내과, 흉부외과, 종양내과, 방사선종양학과, 병리과, 영상의학과, 핵의학과 등 관련 진료과들 간의 고도의 팀워크와 긴밀한 협진을 통해 환자 맞춤형 치료를 제공하는 것이 폐암 치료의 성패를 가르는 관건이 된다.

폐암 치료법은 수개월이 지나면 따라가기 힘들 정도로 빠른 속도로 업데이트되고 있으며, 정밀의학 기술의 발전과 더불어 암세포의 특정 유전자를 표적으로 하는 표적 항암제와 면역 치료제가 계속 개발되고 있다. 특히 난치의 말기 폐암 환자에 대해서 매우 희망스럽다. 이러한 신약들을 수술 환자에게 수술 전후 투여하면서 재발률을 낮출 수 있고, 4기 환자에 투여함으로써 월등히 생존율이 증가하는 획기적인 결과가 보고되고 있다. 앞으로 이러한 최신 약제와 관련된 연구들이 활발하게 진행 중이기 때문에 앞으로 폐암 치료 환경은 더 좋아질 것이라고 예상되며, 폐암 환자들이 어떤 상황에서도 희망을 잃지 않고 의료진을 믿고 적극적인 치료를 받는다면 틀림없이 좋은 결과를 기대할 수 있을 것이다.

◇ ◇ ◇

가톨릭의과대학 흉부외과학교실 주임교수를 지냈고 현재 성빈센트병원 흉부외과장, 폐암센터장 및 중증외상센터장으로 재직하고 있다. 대한기관식도과학회의 회장 피선(2023년도부터). 1982년 2월 3학년 7반 고희철 선생님 반을 졸업하고 당시 학교 졸업생 중 최초로 가톨릭의과대학에 입학하여 올림픽이 열리던 1988년 졸업(29회). 모교에서 인턴, 흉부외과 전문의 수련을 마치고, 1992년부터 1996년 4월까지 육군 22사단 및 국군수도통합병원에서 군의관(대위)로 복무했다. 이후 가톨릭의대 부속 성빈센트병원의 흉부외과 개설과 초대 과장으로 근무를 시작한 후 26년째 근무 중이다. 학술적으로 폐암 분야가 주전공으로 2013년 "EBS 명의" 및 기타 많은 매스컴의 폐암 관련 프로그램에 출연했으며, 폐암 관련 수술과 연구에 매진하고 있다.

심화되는 기후위기,
어떻게 대응해야 할까?

이성호

이상기후가 일상화되었다.

북극에서 사흘 동안 비가 내리고, 남극 온도가 20도를 넘기도 한다. 시베리아와 알래스카가 불타고 있다. 미국, 중국, 유럽에 가뭄과 홍수가 동시에 발생하고 있다. 한편으로는 바다 해수면 상승으로 저지대의 침수가 일상화되어 급기야 태평양의 작은 섬나라 투발루는 바다에 잠기고 있다. 또한 빠른 기후변화에 적응하지 못하는 수많은 동식물이 사라지고 있다. 인류의 무분별한 화석연료 사용은 인류 자신을 포함한 지구 생명체의 대멸종을 불러오고 있다고 과학자들은 보고한다.

2020년 호주 산불은 남한보다 넓은 면적을 태웠고, 코

알라 등 수많은 동식물을 사라지게 했다. 미국 알래스카에 산불이 빈발하고, 미 서부지역의 지속된 가뭄은 아몬드 등의 경작을 어렵게 할 뿐 아니라 허드슨강의 수위를 낮추어 발전량이 절반으로 줄었다.

최근 우리나라도 길어진 폭염 일수, 50일 이상 계속된 장마, 115년 만의 폭우, 거세진 산불 등 기후위기 현상이 나타나고 있다. 매스컴의 관심이 예전보다 높아진 것도 사실이다. 그러나 기후위기에 대한 인식과 이를 극복하려는 의지는 여전히 유럽, 미국에 비해 낮다.

코로나에 대응한 경기부양책이 필요할 때, 유럽은 그린딜을 추진했고 미국은 그린뉴딜을 추진했다. 2021년 유럽은 2030년 온실가스 감축 목표를 기존 40%에서 55%로 높였다. 높인 목표를 달성하기 위해 추가로 'Fit for 55'라는 종합적인 정책을 발표했다. 2022년 유럽은 러시아의 화석연료 의존을 줄이기 위해 REpowerEU라는 이름으로 또다시 추가적인 에너지 절약 목표 상향 및 재생에너지 확대 강화 정책을 발표했다.

미국 바이든 대통령은 취임 첫날 파리협약 재가입에 서명했다. 온실가스를 배출하는 화석연료 사용을 줄이기 위해 전력, 교통, 건물, 산업에 걸친 종합적인 정책인 그린 뉴딜을 추진하고 있다. 미국은 2050년 이전에 탄소중립 목표를 달성하려고 2030년까지 2005년 기준 온실가스 배출량을 50~52% 감축하는 관련 정책을 도입하고, 법을 개정하여 예산을 투입하고 있다. 최근에 발표된 인플레이션 감축법안은 미국 내 일자리 창출을 위한 것이지만, 주 내용은 기후위기 대응이며 온실가스 감축을 위한 것이다. 청정에너지 분야에 3,690억 달러를 투자하여 2030년까지 온실가스 40%를 감축할 수 있을 것으로 평가되고 있다. 이제는 추가적인 감축을 위한 정책을 준비하고 있다고 한다. 미국은 2035년까지 청정전력 100%를 달성하고 이를 기초로 교통, 건물, 산업의 탈탄소를 추진한다는 전략이다.

산업화에 뒤진 중국은 2060년까지 탄소중립을 달성하고 이를 위해 2030년 이전에 탄소배출 정점을 찍고, 30년에 걸쳐 탈탄소를 이루겠다고 국제사회에 약속했다. 중국은 태양광발전, 풍력발전, 수력발전의 보급 및 제조 분야에서 세계 1등 국가다. 중국의 2020년 재생에너지전력은 이미 29%다. 또한 중국은 전기차 제조 및 보급에서도 세계 1등이다. 유럽의 전문가들은 중국의 기후위기 대응은 시진핑의 주도 아래 순항하고 있는 것으로 평가하고 있다.

개발도상국가인 인도는 탄소중립 목표를 2070년 달성하겠다고 약속했다. 인도는 국제사회에 기술과 자금 지원을 요청하고 있지만 2018년부터 석탄발전, 원자력발전보다 경제적인 태양광발전, 풍력발전의 급속한 확대가 이루어지고 있다. 아직은 석탄발전도 확대하고 있으나 재생에너지 전력 보급률은 이미 20%를 넘겼다.

일본은 2050년 탄소중립을 선언하고, 2030년 온실가스 46% 감축을 약속했다. 일본의 2030년 재생에너지 전력 목표는 36~38%이다. 2021년 일본의 재생에너지 전력 비중은 21%이다.

우리나라도 2050년 탄소중립을 법제화하고, 2030년 온실가스 감축목표 40%를 국제사회에 공약했다. 2022년 말까지 2030년 온실가스 40% 감축을 위한 개별 정책을 수립해야 한다. 우리나라의 재생에너지 전력은 2021년 7.5%이다. 윤석열 정부는 2030년 온실가스 40% 감축목표를 달성하기 위해 원전을 확대하고, 재생에너지 목표는 기존 30.2%에서 21.8%로 낮추었다.

세계적으로 2050 탄소중립 달성을 위한 주요국의 경쟁이 시작되었을 뿐만 아니라, 주요 기업들의 경쟁도 활발하다. 애플, 구글, 마이크로소프트 등 세계 주요 기업 중 380여 개 기업이 RE100(자신이 사용하는 에너지는 100% 재생에너지를 사용)을 선언하였고, 이미 애플, 구글 등의 60여 개 기업은 이미 RE100을 달성하였다. 자신이 사용하는 부품 역시 재생에너지를 사용하여 생산, 납품 받기를 관련 기업에 요구하고 있다.

한편 유럽과 미국은 탄소국경세를 도입하여 수입하는 상품의 탄소배출량에 따라 관세를 차등 부과하겠다고 선언하고 이를 위한 관련 입법을 준비하고 있다. 2025년부터 탄소 배출이 많은 철강, 알루미늄, 비료, 전력, 플라스틱부터 적용되어 다른 상품으로 확대될 예정이다. 이제는 상품의 가격 경쟁력이 생산과정에서 이산화탄소 배출량에 따라 정해지는 시대로 바뀌고 있다. 이런 변화 때문에 우리나라도 삼성전자, SK, 현대, LG 등 20여 개의 주요 수출기업들 중심으로 RE100을 선언했다.

세계 각국의 탄소중립 전략은 에너지 및 물질 사용을 최소화하고, 필요한 에너지 및 물질은 재생에너지로 생산, 공급하는 것이다. 인류의 물질문명은 화석연료에 기반하고 있다. 인류는 화석연료 연소를 통해 에너지를 얻으며, 동시에 화석연료를 사용하여 철강 등의 금속과 비료, 플라스틱 등의 물질을 생산하고 있다.

태양광발전, 풍력발전, 수력발전, 바이오발전 등이 재생에너지이다. 이들 재생에너지는 인류가 1년에 소비하는 에너지의 1천 배 이상을 매년 생산할 수 있다. 인류는 대기, 수질, 토지의 오염을 유발하고, 지구온난화를 초래하는 이산화탄소를 배출하는 화석연료 사용을 2050년까지 사실상 제로화하는 파리협정을 2015년 체결하였다. 파리협정은 세계 각국에게 5년마다 자발적인 감축계획을 발표하고 그 이행 결과를 국제사회에 공개할 것을 요구하고 있다.

대한민국은 세계 10위권의 경제대국이다. OECD 가입국이며 국제적으로 선진국으로 분류된다. 우리나라 인구는 세계의 0.7%이며, 누적 온실가스 배출량은 1%를 넘겼다. 수출 중심 경제를 유지하는 우리나라는 글로벌 스탠더드를 준수하지 않으면 안 된다. 우리나라도 에너지 절

약, 화석연료 사용을 줄이려면 화석연료의 수입, 공급, 판매에 제공되는 각종의 세금 혜택 및 보조금을 없애야 한다. 에너지를 대량 수입하는 우리의 전력가격이 에너지를 수출하는 미국의 전력가격보다 저렴해 미국의 데이터센터가 우리나라로 들어오는 비상식을 극복해야 한다.

2050년까지 탄소중립을 이루려면 우리나라의 재생에너지를 급속하게 확대해야 한다. 세계적으로 재생에너지는 이미 화석연료, 우라늄연료 에너지보다 경제적이다. 우리나라도 경제와 산업발전을 위해 지속해온 저렴한 에너지 공급정책, 다시 말해 화석연료, 우라늄연료 중심의 에너지정책을 시정할 때가 되었다. 태양광발전, 풍력발전에 덧씌워진 각종의 가짜뉴스에 속아 만들어진 입지 규제, 이격거리 규제를 해소하고 인허가 절차를 간소화해야 한다.

2050년까지 에너지 소비를 획기적으로 줄일 것을 전제해도 태양광발전 350GW, 풍력발전 150GW의 설비가 필요하다. 태양광발전과 풍력발전 설치를 위해 각각 국토의 3% 정도가 필요하다. 우리 국토의 63%는 산지, 18%는 농지, 16%는 도시용지, 나머지가 도로 등 기타이다. 우리는 국토의 18%를 농지로 사용하고 있지만 식량자급률 50%에 미치지 못하고 있다. 국민의 지혜를 모아 우리 국토의 6%를 재생에너지 확대를 위한 부지로 활용하면 우리나라도 에너지자립과 탄소중립을 달성할 수 있다. 사실은 그 길이 일자리 확대 및 복지 확대를 위한 길이고, 나라가 사는 길이다.

◇◇◇

서울대 총학생회장(82학번). 공학박사. 서울시의원 4, 5대. 신재생 에너지 전문가. 2004년 에너지공단 신재생에너지센터 소장으로 활동하면서 기후위기와 재생에너지에 본격적인 관심을 갖게 되었다. 이후 한국태양광산업협회를 창립, 상근부회장으로 근무했고, 전북대에서 산학협력단 교수로 일했다. 2018년 기후정책, 에너지정책으로 정책학 박사학위를 받았다. 그 뒤 한국농어촌공사, 한국에너지기술평가원에서 일했다. 현재는 사단법인 에너지전환포럼 이사로 활동하며, 우리나라의 기후위기 대응과 재생에너지 확대를 위해 노력하고 있다. 앞으로도 기후위기 대응 및 재생에너지 확대를 위해 일할 수 있을 때까지 일할 생각이다.

자본의 속성과 경제성장

전성기

자본의 두 얼굴

인류가 탄생하여 집단생활을 하면서, 각기 맡은 바 역할에 따라 생산한 생산품의 교환 필요성으로 교역이 발생하고, 나아가 이를 보다 원활히 하기 위하여 조개껍질, 도, 포, 비단, 금 등 교환을 위한 가치척도 기준물품이 발전하여 오늘날의 화폐에 이르렀다. 화폐가 가치척도의 기준이 되고, 교환수단, 지불수단, 가치저장의 기능을 갖고 있음은 학창시절에 배운 바이다.

오늘날의 화폐와 화폐에 준하는 금융자산(금전적 가치가 있는 것)은 어떤 기능을 가지고 있는가? 산업혁명 이후 경제 규모가 기하급수적으로 커져 2021년 현재 전세계의

GDP 규모는 94조 달러 대에 이르고, 금융자산 규모는 더 빠른 속도로 증가하여 주식, 채권만을 고려할 때 2020년 기준 350조 달러에 달한다. 금융자산을 증권화한 것과 파생상품, 금, 암호화폐 등을 고려하면 2,000조 달러를 상회할 것이라고 한다.

화폐는 본디 실물경제가 원활히 흘러갈 수 있도록 하는 혈액의 역할을 하지만, 인간은 심심함을 참지 못하고 게임을 즐기고 싶은 욕망, 더 많은 부에 대한 갈망으로 실물부분의 가치를 표창하고, 성과를 기대하는 증권을 만들고, 미래를 기다리는 것이 지겨워 미래의 현금흐름을 거래하고, 금융자산에 게임의 흥미를 가하여, 조건에 조건을 걸어 새로운 파생금융상품을 만들어 즐기고 있다. 하지만, 금융자산은 그 형태를 불문하고 원천으로 좁혀가면 결국 실물경제에 다다르고 실물경제에서 창출하는 가치 그 이상의 가치를 창출할 수 없음을 발견하게 된다. 다만, 실물과 직간접으로 연계되지 않는 조건부 금융계약은 금융업자간 또는 금융업자의 주선 하에 투자자간 주고받는 거래로서 제로섬 결과를 낳는 금융자산(상품)인 것이다.

결국, 자본(화폐자본, 금융자산을 포괄하여)은 실물과 직간접으로 연계된 것들과 자본시장 내에서 게임을 위하여 존재하는 것들로 구분되고, 실물연계자본(자산)은 물이 높은 곳에서 낮은 곳을 찾아 흐르듯 수익성을 좇아 흐르게 된다. 이는 세계화의 물결과 더불어 지구촌 곳곳을 찾아 세계화의 속도에 맞추어 빠르게 부유하게 되었다. 자본시장 내에서 게임을 위해 존재하는, 인간이 게임의 수단으로 개발한 금융자산(상품)은 인간 놀이 대상인 객체로서의 금융자산이고, 수익성을 찾아 실물에서 흐르는 자본은 인간과 일체화된 너무도 계산속도가 빠른 자본이라 할 수 있을 것이다.

자본시장 내에서의 제로섬 게임 필요성

자본시장 내에서의 게임은 투기적인 것이라 그 자체만을 놓고 볼 땐 전혀 생산적이지 못해 의미가 없겠으나, 시장은 투기적 거래만 있는 것이 아니고 실물거래와 연계된 거래가 혼재하기 때문에 시장조성의 촉매제적 의의가 있다. 또 투기적 거래일지라도 이익 보는 자에 대한 징세효과가 있어서 소득재분배의 역할에 일조하는 순기능이 있다. 적정수준의 통제에 기반해서 존재함이 바람직할 것이다.

실물연계자본의 이동

돈은 수익성을 좇아 흘러간다. 그것도 인간성 없이 온전히 계산적으로. 그러면 수익성은 무엇으로부터 차별화되는 것일까?

지구로부터 멀리 떨어져 지구를 바라보면, 수많은 것이 지구 내에서 개발되고 만들어져 지구에서 사용되고 버려지기를 반복할 뿐 아무런 변화가 없음을 알 수 있다. 세상에 존재하는 유형재화의 모든 것은 지구에서 온 것이기 때문에, 지구 밖에서 본 재화의 원가구성에는 재료비는 없고 노무비만 존재한다고 할 수 있다. 즉, 수익성은 노동력과 직결되는 것이다. 물론 개발된 우수한 기술이 생산성에 영향을 미치니 수익성과 직결되는 것 아니냐는 반문이 있겠지만, 이 또한 살펴 내려가면 온전히 노동의 대가임을 부인할 수 없다.

생산의 4대 요소인 자연, 노동, 자본, 기술 중 노동만이 지구촌에서 이동성이 매우 제한적이어서 노동력 대가가 수익성과 가장 밀접하게 연결되어 있다. 그렇다면 노동력에 대한 대가는 무엇으로부터 올까? 우리는 노동력의 대가, 가격을 국가 단위로 구분 지어 생각할 수 있겠고, 국가 간의 노동력 대가 차이는 해당 국가 국민의 욕구충족 수준에서 온다 할 수 있을 것이다.

일찍이 매슬로우는 인간의 욕구를 5단계로 구분하여 하위욕구에서 상위욕구로 단계별 전이되어 간다고 진단했다. 단계별 전이의 진실성 여부와 관계없이 분명 하위 욕구충족에 소요되는 비용과 상위욕구충족에 소요되는 비용에는 차이가 존재하고 상위욕구로 갈수록 개념적 욕구 단위당 충족비용이 증가한다. 배가 부르면 가격을 세게 부르는 이치인 것이다.

즉, 노동력 제공자들의 욕구 수준이 어디에 있느냐에 따라 노동력 가격이 정해지고, 자본은 노동력의 가치, 아니 전세계 노동자들의 욕구 수준을 파악하여 거대한 파도처럼 전세계를 휩쓸고 돌아다니면서 지구촌 사람들의 욕구 수준을 높이는 역할을 하고 있는 것이다. 소위 개발도상국의 성장률과 자본투자 수익률이 높은 이유가 여기에 있다. 다만, 기후 환경적 영향과 국가 제도상의 차이, 교육수준에 따라 자본이 자기의 흐름을 조정 계산하는 두뇌운동이 뒤따르는 것이다.

수학적 돈과 경제적 돈

돈이면 모두 똑같은가? 100명이 1억씩 가지고 있는 100억과 한 사람이 가지고 있는 100억은 같은가, 다른가? 체감도를 높이기 위해 단위를 높여보자, 만 명이 1억씩 가지고 있는 1조원과 한 명이 가지고 있는 1조는 어떤가? 돈이 최선의 실물투자를 찾아서 움직인다고 할 때, 연대된 돈과 단일소유의 돈은 분명 속도에서 차이가 있을 것이고, 투자과정 및 투자 이후 수많은 의사결정에서도 많은 차이를 발생시킬 것이다. 집중도가 높은 돈이 집중도가 엉성한 돈을 이길 수밖에 없는 시장에서 부의 편중이 심화되고 소득격차가 심화됨은 지극히 당연한 것이다.

즉, 일체화된 자본의 규모가 클수록 단위당 가치가 높다고 볼 수 있으며, 이것이 수학적 돈과 경제적 돈의 차이인 것이다. 우리가 쉬지 않고 이야기하는 경제문제 중 소득불평등 심화, 대기업 경제력 집중도 높아짐, 중산층 얇아짐 등의 근원에는 이 차이가 적지 않은 영향을 미치고 있다. 미국의 예를 들어보자, 금융위기 이후 미국 연방준비은행의 통화팽창 정책으로 미국 주요 금융기관들에 많은 돈이 풀리게 되고 그 돈들이 전 세계의 자본시장으로 흘러들어 경제적 돈의 기능을 하게 되면서, 시장 우위를 점하고 미국 대형 금융기관들의 수익성 개선에 많은 기여를 하게 되었다. 달러 패권의 시대가 존속하는 한 미국이 돈을 풀어 돈을 버는, 그리고 다른 국가가 희생자로 내몰릴 수도 있는 불쾌감을 맛보아야 함은 안타까울 뿐이다. 중국이 위안화를 국제결제통화의 주 반열에 올려놓기 위한 노력은 이러한 경제적 돈이 갖는 매력을 알고 있기 때문일 것이다.

경제규모 증가와 소득불균형

앞서, 수학적 돈과 경제적 돈의 차이가 소득불균형을 낳는 한 원인임을 이야기했다. 혹자는 이렇게 이야기한다. 소득격차가 벌어지지만 경제가 발전함에 따라 하위소득자들의 생활은 개선되고 윤택해지는 것 아닌가? 소득불평등은 피할 수 없고 절대적 부가 증가했다면 소득불평등이 설사 심화해도 발전적 방향으로 나아간 것 아닌가? 평면적인 관점에서 보면 일견 타당해 보인다. 그러나 경제순환의 동력은 소비로부터 오는 것이고, 소비는 인구절대량 변화, 인구구조 변화, 가처분소득, 즉 "소비가 가능한 인구의 양과 그 소비력"에 영향을 받는 것이며, 부의 편중으로 인해 전체 소비력이 저하되는 경우 종국적으로 국가 경제는 동력상실로 악순환의 고리에 빠져들 수 있음에 유의해야 할 것이다.

소득불균형과 소비량

앞서 언급한 바 있지만, 사람은 살기 위해 가장 기초적인 생리 욕구를 충족시켜야 하기 때문에 삶을 유지하기 위해선 최소한의 비용(돈)이 필요하고, 그것이 충족되고 난 후 어느 정도의 경제적 여유가 있느냐에 따라 이후 단계의 욕구 충족을 위한 소비수준을 결정하게 된다. 경제적 여유가 많을수록 소비도 많아지겠지만, 소득증가에 비례하여 소비를 늘리지 않기 때문에, 그리고 사람은 대체적으로 기초적 소비를 바탕으로 경제적 수준에 따라 이후 단계의 욕구충족을 위한 소비를 진행하기 때문에 가처분소득기준 국민의 소득평등도가 높을수록 국가의 절대소비량은 많아질 것이고, 소득평등도가 낮을수록 절대소비량은 적어질 것이다. 과거의 소득분위별 가처분소득 대비 소비지출 비율을 살펴보면 소득수준이 높은 5분위(1~5분위)로 갈수록 소비성향(%)이 감소함을 알 수 있다. 즉, 동일 인구구조, 동일 총소득 가정 경우, 소득평등도가 높을(낮을)수록 전체소비량은 증가(감소)한다 할 것이다.

소득불균형과 가계부채

소득수준이 낮은, 특히 절대 필요소비수준을 밑도는 소득자들은 생계유지를 위하여 외부차입을 할 수밖에 없는 상황이고 이러한 상황은 외부적 조치가 있거나 자발적 개선이 있지 않는 한 빈곤과 차입의 악순환이 반복될 수밖에 없다. 소득분위별 평균소비성향을 보면 소득이 낮은 1분위의 경우 생계형 소비 때문에 소득을 초과하는 지출이 발생하고 있어 소득불균형이 심할수록 가계부채의 증가속도도 빨라질 것으로 보인다. 우리나라의 경우 과거 50년간 GDP대비 가계부채비율은 지속적으로 상승하여 2021년 현재 104.3(%)으로 전세계에서 가장 높다. 물론 전반적인 경제환경 및 부동산 시장 Cycle에 따라 가계부채가 증가할 수도 있겠지만, 이는 구조적인 측면에서의 가계부채 증가라기보다는 경제순환적, 심리적 측면에서의 일시적 증가라 할 수 있겠다.

경제성장의 한계, 지향점

예수가 태어난 해에 1센트를 연 2%의 금리로 저축 했다면, 지금 현재는 2,404조 달러로 현재 파생자산을 포함한 전세계 금융자산 규모를 초과하는 자산을 갖게 된다. 만약 금리를 3%로 증가시키면 그 잔액 규모가 3억6천만 배나 많아지게 되는데 얼마나 많은지 상상하기조차 어려운 규모이다. 통계가 없기 때문에 인류의 경제성장이 어떤 수준, 어떤 속도로 이루어져 왔는지 알 수 없지만, 수많은 전쟁과 기근, 유행병의 창궐로 인하여 분명 (-)성장을 한 해도 많이 경험하며 오늘에 이르렀을 것이다. 지속적 성장은 시간이 흐름에 따라 그 결과를 기하급수적으로 증가시키기 때문에 지속성장의 결과를 갖고 역으로 추론해 볼 때 지속성장이 얼마나 나타나기 어려운 상황인지를 가늠할 수 있다.

산업혁명 이후 전기, 전자의 발견과 에너지 혁명 등을 통하여 인류의 물질문명은 급속히 발전했고, 이에 자본주의 시스템이 결합하면서 그리고 다양한 신용공급 체계를 확대하며 그 성장속도를 배가시켜 왔다. 처분소득의 범위 내에서 소비하는 것에 더하여 미래소득을 신용공급이라는 수단을 통하여 앞당겨서 소비를 추가하는 길이 열리면서 성장은 가속화되었다. 우리의 경우 1999년부터 2002년까지 4년간 연평균 5.7%의 실질GDP성장률을 기록한 것도 김대중 정부의 신용카드사용 유도 정책과 전혀 무관하지 않은 것으로 본다. 경제성장은 소비와 밀접하고 소비는 소득과 연관되어 있지만, 추가적 소비는 인간의 욕구충족 수준과 연관되어 있어 충족수준이 높을수록 상위 욕구를 충족하기 위한 추가소비를 견인하는 데는 더 많은 비용이 수반되어 성장률은 어느 수준에서 결국 수렴 정체할 수밖에 없을 것이다. 어느 수준에서 수렴할 것인지는 그 나라 국민의 교육수준과 의식수준 같은 질적 요인이 크게 작용할 것으로 보여진다. 심각한 경제 쇼크나 전쟁, 기근 등으로 삶의 수준이 떨어진 경우, 이를 회복시키기 위한 재정정책이나 통화정책을 통한 치유는 효과가 있겠으나 성장이 일정수준 지속적으로 유지되는 단계에서 이를 높은 수준으로 끌어올리는 것은 우리의 욕구를 확대할 대상과 이를 소비할 수 있는 여력이 동시 공급되어야 하기 때문에 매우 어려운 일이라 할 것이다. 결국, 성장을 위해서는 새로운 욕구를 확대할 대상을 찾는 것이 중요한데, 역사적으로 볼 때 1, 2, 3차 산업혁명의 흐름이 이러한 역할을 한 것이며, 다가올 4차 산업혁명 또한 같은 맥락에 있겠으나, 추가소비를 위한 여력이 뒷받침되지 않으면 새로운 추가소비가 아닌 대체소비에 그치게 됨으로써 경제성장에 미치는 효과는 신통치 않을 수 있다. 우리는 여기서 성장이 우리의 모든 것인가를 생각해볼 필요가 있다. 보건대, 뛰어난 의료기술의 발달은 새로운 의료소비를 창출하지만, 기존의 의료소비를 버림으로써 소비량의 변화, 즉 성장에는 변화가 없어도 삶을 더 윤택하고 풍요롭게 만든다. 지속적 성장에는 한계가 있음을 인지하고 이제 경제성장이란 굴레에 더는 얽매이지 말아야 하며, 저성장시대가 새로운 Normal임을 인식하고 높은 경제성장보다 지속 가능한 경제 그리고 공동사회로의 변영을 지향하는 것이 필요한 시기이다. 이에 따라 GDP성장률과 같은 낡은 것들을 정책 목표에서 과감히 퇴출시키고, 국민 삶의 질 향상을 목표로 하는 대전환이 필요하다. 분배중심 성장론에 기반한 공공일자리 창출, 최저임금 인상, 근로시간 단축, 저소득층 복지 확대를 통한 소비진작 모두 분명 소비에 영향을 미치기에 일시적 효과는 있을 것이나, 경제순환사이클이 거대자본의 힘을 가지고 있는 기업들에게 종국적으로 경제력 집중이 이루어지는 기존 틀 안에서 계속되는 한 다시 제자리로 돌아가는 것은 시간문제일 게 분명하다.

소득불균형이 경제순환사이클에서 지속적으로 경제순환동력을 약화시키는 것을 막기 위한 프레임의 전환이 필요한 바, 대안으로 소비자의 선택이 소득불균형의 문제를 완화시키는 연결고리의 핵심이 되도록 하는 시장 메커니즘이 필요하다. 예를 들어, 소비자가 소비하는 생산품에 공동사회를 위한 공헌 지수Return to Society를 표현토록 하여, 소비자의 적극적 선택으로 인한 이득이 다시 소비자에게 환원되도록 하는 구조를 생각해 볼 수 있겠다. 이는 현재 경영의 화두인 ESG 경영과 크게 같은 맥락에 있을 것이다.

◇ ◇ ◇

공인회계사. 딜로이트 안진회계법인 29년 근무. 전 한국공인회계사회 국제담당이사. 전 국민행복기금 감사. 전 미소금융중앙재단 감사. 현 유화증권(주) 사외이사 감사위원장. 현 (주)에스피씨삼립 사외이사.

성공적인 사업구조 개편 요건:

물적분할, 인적분할을 중심으로

김 신

성공적인 스타트업은 기업의 성장과 주주 전체의 가치를 증가시킨다. 창업 후 죽음의 계곡Vally of Death 이라 불리는 극단적인 어려운 시기를 거친 이후, 수익창출이 본격화 되기 전에는 엔젤투자자 자금Seed Capital을 유치하고, 이어 수익이 가시화되거나 기술력이 검증되면서 벤처캐피탈 자금을 여러 단계별로(Early Stage, Later Stage) 유치하면서 성장을 거듭해 나가는 것이다.

이러한 과정에서 창업자의 지분율은 하락하지만, 기업의 가치는 커져가면서 창업자를 포함한 모든 주주의 이익은 증가하는 것인데, 문제는 시간이 흐를수록 창업자의 지분율 하락 때문에 경영권 유지에 어려움이 생길 수도 있다는 점이다.

마켓컬리를 예로 들면 김슬아 대표이사의 지분 가치는 시리즈C 단계에서 390억 밸류였는데, 시리즈D,E,F를 거쳐 프리IPO단계에서는 2,144억 밸류까지 상승한 반면, 같은 기간 지분율은 27% 수준에서 5.8%로 하락하였고, 경영권 불안을 이유로 상장절차에 차질이 우려되었다. 문제 해결을 위해 KRX한국거래소와 협의하여 FI재무적투자자 20%와 협력하여 공동경영권을 행사하는 합의를 전제로 상장실무에 돌입하였다.

외국의 경우도 신생기업은 성장과 더불어 개인대주주의 지분율이 급감하면서도 외부자금유치를 통해 기업의 생산활동은 더욱 활발해진다. 그리고 이러한 외부자금의 상당부분을 기관투자가(연기금, 보험, 은행 등)들이 투자하게 된다. 실제로 미국 S&P500 주요 기업의 기관투자가 지분 비중은 80%에 육박하는 반면 주요 주주나 경영자의 지분율은 매우 낮다.

우리가 아는 글로벌 유명 기업 몇 개의 기관투자가 지분 비중과 괄호 안의 개인지분은, 넷플릭스 83%(리드 해스팅 1.16%), 알파벳/구글 81%(순다 피차이 0.02%, 래리 페이

지 6.0, 브린 세르게이 5.7%), **메타/페이스북** 80%(마크 주커버
그 13.65%), **마이크로소프트** 72%(스타야 나델라 0.01%, 빌 앤
머린다재단0.01%), **애플** 59%(팀쿡 0.02%, 스티브잡스 0, 스티브
워즈니악 0) 등이다.

스티브 잡스도 생존 시 1주를 가지고 있었지만, 정관상
기존이사회 멤버 해임 시 1주만 반대하면 해임시킬 수 없
었기에, 경영권 방어에 큰 영향력을 행사할 수 있었다. 이
외에도 복수·차등의결권 부여주식, 거부권부 주식, 의결
권제한 주식 등 다양한 의결권관여 주식이 있어서 급감
하는 창업자들의 지분율 감소에도 불구하고 안정적인 경
영권 행사가 가능한 점은 한국과 비교해서 매우 큰 차별
화 요소이다.

미국의 경우 소유와 경영의 분리로 주주 중심의 경영을
하면서도, 잘하는 경영자의 권리도 보장하며, 다양한 경
영권 안정 장치를 마련하여 대기업의 경우도 스타트업 스
타일의 경영이 가능한 구조를 구축한 것이다.

기업이 어느 정도 성장하면 이제 더 나은 재무적, 비재
무적 성과를 달성하여 기업가치와 주주가치를 증대시킬

목적으로 여러 형태로 사업구조를 개편하게 된다. 대표적으로는 인적 분할, 물적 분할, 인수, 합병, 기업공개 등이 있다.

사업구조의 개편에서 중요한 것은 재무적요인(경영의 효율성, 사업부간 시너지 등)이지만, 기업가치를 결정하는 요인에는 비재무적요인(사업의 소유구조, ESG등급 등)도 포함된다. 투자자가 두 가지 요인을 모두 중요하게 보는 것이 최근의 추세이다.

또한 새로운 세대를 포함하여 급격하게 증가한 개인투자자 층은 공정과 페어플레이 정신 그리고 ESG에 대한 감시자 역할을 하게 되었고, 기관투자가 역시 큰 행동 변화를 보여주고 있다.

국민연금은 2년 내 ESG반영자산을 50%까지 확대할 예정이고, 산업은행은 2021년 정책형 뉴딜펀드 출자 시 ESG 관련 운용사 내규구축 현황을 고려, 교직원공제회는 2021년 블라인드PEF출자 시 ESG 관련 준수·위반을 반영하고 있다.

이미 환경, 사회, 거버넌스를 고민하지 않는 기업은 외면되고 있으며, 실제로 ESG 반영된 기업들에 투자하는 각종 지수들이 코스피 200지수를 아웃퍼폼하고 있다.

이제 사적 편익추구로 기업 및 주주가치 침해가 우려되는 기업(상호출자나 순환출자구조로 낮은 지배주주의 지분율을 보완하는 기업, 승계과정에서 불합리함이 생길 가능성있는 기업)에 대해서는 사회적 불신이 더욱 커졌다.

게다가 정책당국도 대기업 육성을 위한 친기업적 법과 제도로부터 투명한 지배구조 구축과 소액투자자 보호를 위한 법과 제도로 변화하고 있고, 투자자 역시 지배주주와 같은 방향에서 투자의사결정을 해온 과거와는 달리 ESG, 공정성과 페어플레이 정신에 입각한 투자의사결정을 하게 되었다.

이에 따라 법, 제도의 개편도 확고한 투자자 보호 방향에서 이루어지면서 다양한 법이 제안되었다. 2022.3.21. 물적 분할 시 반대 주주에게 주식매수청구권 부여(이용우 박주민 의원 등), 2022.3.23. 물적 분할 후 상장 시 발행되는 신주의 50% 이상을 분할되는 회사의 소액주주에게 우선 배정(이용우, 김두관 의원 등), 2022.4.13. 상장법인의 주요 주주가 3개월 내 발행주식 수의 1% 이상 매도 시 이를 신고하는 법안 등이 대표적이다.

실제로 여러 사업구조 개편 방법을 살펴보자.

시장친화적이면서도 투자자를 보호하기 위해서는 어떻게 방향을 설정해야 하는 것일까?

2010~2016년 인적분할 56개, 물적분할 176개.

2017~2021년 인적분할 26개, 물적분할 201개.

이처럼 최근에 접어들면서 인적분할은 그 숫자가 축소되고 있다.

본래의 목적은 경영효율화를 위해 사용되던 방식이었는데 약간 변질되어 지주회사 전환을 주목적으로 사용된 경우가 많았고, 이제 많은 기업이 이미 지주회사로 전환되어서 이러한 목적이 필요한 기업의 수가 줄어든 영향이다.

인적분할은 기업A(기존기업)를 사업별로 2개로 분할하여 기업A`(존속기업)와 기업B(신설기업)로 분할하고 A사의 주주비율대로 A`사와 B사의 주주비율을 동일하게 구성하여 각 주주의 지분율에 변화를 주지 않는 분할 방식이다. A사의 특정 사업을 남겨두고 존속기업A`가 되며, 나머지 사업은 B사로 옮겨서 새롭게 회사를 설립하는 것이다. 이에 따라 A사의 지분 10%를 갖고 있는 주주 갑은 존속기업 A`사와 신생기업 B사의 지분을 10%씩 갖게 되어 분할된 2개의 회사를 각각 10%씩 갖게 되기 때문에 경제적 효과에 변화가 없는 구조이다. 이처럼 인적분할은 그 자체만으로는 공정성에 아무런 이슈가 없다. 하지만 이렇게 분할된 신생기업이 재상장 되면 이때부터는 대주주와 일반 투자자의 이해관계가 서로 상충될 수 있다.

대주주가 지주회사 구조로 지배구조를 바꾸는 과정에서 지주회사가 될 회사의 주가는 하락하고 종속되는 자회사가 될 회사(사업회사)의 주가는 상승하는 것이 유리하다(사업회사의 주식을 매각하여 지주회사의 주식을 매수하여 지배력을 강화할 수 있음). 심지어 두 회사의 전체 밸류가 하락하더라도 사업회사의 가치가 커진다면 유리한 반면, 일반 투자자는 두 회사 모두의 주가가 상승하거나 최소한 두 회사 합산 밸류가 상승해야 유리한 것이다. 이러한 이해상충의 부작용으로 최근 인적분할된 회사의 합산 시총은 하락 63%, 상승 37%의 결과를 보여줬다.

디스커버리 브랜드 등 매출이 신장하면서 영업이익이 성장한 F&F 같은 회사나 배터리부품을 토대로 성장하는 이녹스첨단소재 같은 회사는 합산 시총이 증가했는데, 공히 뚜렷한 실적 개선을 보인 성공적인 케이스에 해당한다.

한국증시의 사정과 다르게 S&P에서 인적분할된 기업의 통계는 존속기업 70개 지수가 상장 후 6개월 주가 수익률이 S&P수익률을 아웃퍼폼했고, 특이하게도 인적분할된 신설 기업지수도 S&P인덱스를 아웃퍼폼했다.

미국의 경우 인적분할 시 신설기업으로 성과가 좋지 않은 사업부를 떼어내는 경우가 많지만, 혁신과 구조조정을 통해 기업의 체질을 변화시키는 케이스가 대부분인 것으로 파악된다. 지멘스의 사례(지멘스AG와 지멘스에너지AG의 인적분할)도 인적분할 후 신설기업의 경영 독립성과 사업부 시너지 창출을 위한 사업개편에 집중함으로써 본질적 목적을 달성해내는 성공 케이스 중의 하나이다.

물적분할은 기업의 일부 사업영역을 별도회사로 분리시켜 책임경영을 강화하고 자금조달을 원활히 할 목적을 갖는다. 특히 대규모 자금이 소요되는 특정사업(최근의 경우 바이오 배터리사업 등 거액자금 소요사업)을 집중 육성하고자 할 때 사용하는 사업개편 방식이다.

기존주주가 소유하는 기업A는 모회사가 되고, 모회사의 특정 사업을 모회사A의 100% 자회사B로 분할 설립하는 방식이다. 따라서 주주들은 모회사A 지분만 보유할 뿐 신설B사의 지분은 A사가 전량 보유한다. 이때까지는 공정성 이슈가 전혀 없다. 이후 자회사B를 상장할 경우에는 대주주와 일반투자자 사이에 이해상충이 발생할 수 있다.

대주주는 투자재원을 확보하는 데 관심이 더 큰 반면, 일반투자자는 모회사의 주가에 관심이 더 크며 모회사 주가하락 시 손실을 볼 수 있는 것이다.

카카오의 경우 카카오게임즈, 카카오페이, 카카오뱅크 등이 자회사로 상장되었다. 카카오의 2019년 말 시총은 20조 원 이하였는데, 분할 후 합산시총은 21년 말 120조 원에 육박하였다. 게임즈, 뱅크, 페이가 분할상장될 때마다 카카오 모회사는 일시적이지만 주가가 하락하였고, 자회사들은 시장에서 공정가격으로 평가받는 쾌거를 이루는 대조를 보였다.

물적분할 및 상장 시 모회사의 대주주는 모회사 보유지분 희석 없이 자회사 상장을 통해 자회사의 투자재원을 확보하게 되고, 경영자 입장에서도 모·자회사 합산시총이 커지는 기업가치 증가 성과를 거두게 되지만, 일반투자자는 모회사의 주가하락에 따른 손실을 우려할 수밖에 없는 상황이 연출되는 경우가 많다.

왜 모회사의 가치가 하락하는 것일까?

자회사의 상장에 따라 자회사에 직접투자할 수 있게 되어 모회사의 투자매력도가 하락하고, IPO를 통해 제3의 주주들이 유입되면서 자회사의 지분율이 하락하여 이익 기여분이 감소하고, 모자회사 이중상장에 따른 할인율이 적용되면서 보유 자회사의 가치가 희석되기 때문에 모회사의 주가가 하락하는 것이다.

하지만 예외적인 상황도 있다.

최근 정관개정을 통해 POSCO홀딩스는 철강자회사 상장 시 주주총회의 특별결의가 필요하도록, KT도 자회사 분할 및 상장 시 기존주주에게 주식을 배당할 수 있도록 하였는데, 양사 모두 자회사분할 공시가 있은 이후에도 주가가 견조하게 유지되었다. 즉 소유와 경영의 분리로 주주권익 우선의 경영체제가 가능하다는 인식을 시장과 공유한 좋은 사례를 남기게 된 것이다.

해외의 경우 자체적으로 모자회사 동시상장을 자제하

는 분위기이다. 특히 미국의 경우 이사회에서 주주 우선 의무fiduciary duty를 중시하고 있고 집단소송의 우려, 또 주별로 주식매수청구권이 법적으로 인정됨에 따라 2020년 한 해 동안 모자회사 동시상장케이스는 0.52%에 불과하다(한국 8.47%).

대표적으로 알파벳 같은 경우는 구글 유튜브를 포함한 대표적인 자회사들도 모두 100% 지분을 모회사인 알파벳이 보유하고 있다. 법인은 별도로 설립하여 책임경영을 한다 해도 지분율 변화는 없어서 기존주주들이 피해를 보지 않도록 사업구조를 가져가는 것이다.

IPO의 경우 높은 가격에 상장하는 것보다 상장 이후 주가가 상승하여 부작용이 최소화되는 것이 필요하다. 삼성바이오로직스의 경우는 공모가 136,000원이었는데 현재 80만 원 수준에서 유상증자를 발표하고도 주가가 견조한 흐름이다. 이는 빠른 실적 호전이 뒷받침되어 고평가 논란을 잠재운 케이스이다. 반면 쿠팡은 2021.3.11. 시총 600억 달러로 상장했는데, 상장 후 3일 만에 865억 달러까지 기록한 이후 22년 5월에는 165억 달러까지

하락, 현재는 300억 달러 수준에 머무르고 있다. 주가 부진의 이유로는 고평가 상장과 실적부진을 꼽을 수 있다.

인수·합병은 사업적 시너지를 통한 직관적인 실적개선 효과를 보여주는 것이 핵심이다. 현대차 그룹 내 소프트웨어 역량을 일원화한 현대오토에버의 현대오트론 현대소프트 합병은 주가가 상승했으며, 한화도 건설합병 발표 후 주가가 상승했다. 두 경우 모두 실적개선을 기대한 결과이다.

일본에서는 네이버와 소프트뱅크가 50:50 합작한 회사가 라인과 야후재팬에 투자하는 SI전략적 투자자 역할을 함에 따라 외국기업이라는 인상을 지우고 메신저와 포탈이 시너지를 내는 사업모델을 만들어냈고, 미국의 마이크로소프트는 액티비전(블리자드)을 인수하면서 프리미엄 45%를 경영권지분 외 일반주주에게도 지급하여 원활한 인수합병을 이루어내었다.

이처럼 시장에서 인정하고 공감할 수 있는 사업개편만이 일반투자자들로부터 각광 받게 되는 것이 최근의 글로벌한 추세인 것이다.

투자재원을 확보하는 측면에서, 모회사의 현금을 우선 활용하는 것이 가장 좋은 방안(버크셔 해서웨이의 57년간 성과도 풍부한 현금기반으로 자회사에 대한 직접투자가 근간을 이루어 왔음)이고, 재원마련을 위해서 시너지창출이 어려운 포트폴리오는 매각도 필요하다. 하지만 이 노력만으로 자금이 부족할 경우라면 단순한 FI재무적투자자보다는 사업시너지가 기대되는 SI를 유치하는 것이 유치지분매각 가능성이 낮아서 주가하락을 예방할 수 있는 최선이고 모회사 주주가치 훼손 가능성을 최소화할 수 있다.

물적분할과 자회사상장까지 이어져야 하는 경우라면 모회사 주주보호장치를 마련하고 대주주와 개인주주간의 이해관계 상충 해결 노력이 병행되어야 한다.

인적분할의 경우에는 명확한 분할의 목적이 명시되어야 하고, 신설사업회사의 확실한 재무적 성과를 보이는 사전 사후적 노력이 필요하다.

사회 전반의 공정성이슈, 소액주주보호, 기업의 사회적 책임 등과 맞물려 기업들은 사업구조개편 시 전후방의 주주보호장치를 하는 것이 필요하고, 해외의 사례처럼 창업자와 좋은 경영자를 보호해주는 법적 제도적 장치도 필요

하다. 지분율에 의해서만 결정되는 구조에서 어떻게 진일
보할 수 있을까? 사회적 합의가 필요한 지점이다.

◇ ◇ ◇

SK증권 대표이사(2014~). 현대증권 대표이사, 미래에셋증
권 대표이사를 지냈으며 한국상장회사협의회 자문위원, 금융
투자협회 이사로 있다. 한국예탁결제원 비상임이사와 거래소
비상임이사(코스닥시장위원, 파생상품시장위원)를 역임했다.

3-1반강상욱강석봉강창현고성민기노성김경탁김상남김승수김영대김영우
김용남김용해김종록김천수류도현류재호박병욱박승규박재규박종선박창
환배명규서영일송광한송방용송희주신병섭신승일신학철양인택유수열유
시범이갑재이기성이덕성이동은이상영이승헌이재은이정구이정일이효선
임계환임완택임화장영민장영철장원식정내섭정종영주상식최규관최완성
최윤성최은창최형석하재희하헌구한상현홍승하홍장석황상호3-2반강인석
강칠수경생수고준식공태진김맹호김백수김석순김신김재권김종석김진규
남경춘노성수노영택마석박상규박상희박진완반홍석손관수손용기손주완
송방환신성룡안규채안병근안정완오병근왕상민유기봉유동진유인철유정
현유춘응유여봉윤태원이강돈이관영이규갑이상엽이상호이영욱이우형이
인백이재옥이한수이형일임종완임태희장은석전용훈정용조조구삼조윤호
조홍근조흥배주춘필진명석채봉진최경렬최기홍최선영최치환최태석한현
철합도진3-3반고상욱고지영구본배기용서김기태김도영김막동김병균김복
성김상빈김석희김성진김안철김영채김용석김장욱김정두김종택김종필김
철식김학실김형식김훈석나은정박남종박상현박성철박세걸박극용서찬진
설방환서평석성기석소병준안희철오기문오승석우범기유인웅유태희유희
성육근주윤승호이광재이덕구이명섭이승환이용수이재춘임광진이종면임
철일장중일전성귀전성기정은학채규갑최명규타제호허완호3-4반강승오강
시구강용구강의준강정두권혁기김기환김성운김우성김인섭김찬웅김현수
김형수김형호문정배박동희박석환박소악박천서박해경박현우백희선서태
석소부영조순찬손인호송만섭송준석신우택안수현양명호양병태양접섭오
창섭유평창유헌종윤석용윤재슬이상우이상원이순배이천희이춘성이한남
이호준임권택장성우장임구정명철정병준정영수정철호조희종최성우최익
성최환정허영기홍성수3-5반강형연고광희김광수김규성김기용김병학김상
욱김성민김승근김연수김운산김원호김윤명김장곤김종현김종환김창호김
형환문경남문종환박경수박병근박상준박성일박성천박희우백남용손성호
송재숙양계식양연봉양재이우양식유명석이동규이명호이상용이인준이춘
수이찬희이창현이창호이태주이태현이해춘이호승이희광임덕재임상훈전
재용정배종정상봉정우상정준호조경래조영환최근하최용철최재각허진영
3-6반강정원고광현고양곤고호석김경록김경욱김길호김병삼김상수김영호
김인철김일섭김준모김현호김형중나상영나궁현노철훈박한수서정인설재
우성춘모손성무김송윤상안상범양남구오세창원종호원지호원재안이홍식이
맹복이명군이민수이상은이석영이영진이희선전종희전환기정선엽정인영
조권홍조해주최성돈최은규최재화최창섭최권병한동균한찬수홍정희홍종
우홍택호황인욱3-7반강내의강민식권오남김광수김관원김광천김병우김석
김세철김영수김영일김영철김원철김재석김재옥김재훈김종순김종영김종
호김주연김창엽김철김태식김태진김현진나정인박광호박종진박진영배승
국송영식송창민신신근안철수안흥환양진영오성호오종기윤성구이군재이
황근이용수이용옥이층섭이현임정배임철호임청재장준호정귀성정명환조
덕곤조성진주훈최만경최상규홍영표황성택3-8반강석성강준구강해성권봉
원림철주김경호김병영김병직김선구김완기김용인김유택김준영김용석김
창원김평수김형준김회만노시인류경희박대길박대수박영관박용희박충훈
박해철성병현손창호신화철양상현양석만양재천양호석유원석유용섭윤치
호이경수이명구이명기이백승이성만이성호이승우이정근이찬열임채균정
명수정정모주용범조창인진창배차승현최정주하일수홍성육황성호바다별

어떤 동행

초판 1쇄 발행 2022년 11월 26일

지은이   전주해성고 17회 편집부
발행인   윤여운
편집주간   김종록
편집위원   김신 이성호 이승우 장준호 전성기 최완성 최윤성
디자인   문화국가연구소
교열   최영록
펴낸곳   도서출판 다슬기

주소   전라북도 진안군 부귀면 가치길 17-3
        서울·경기: 경기도 안양시 안양로343번길 44
전화   010 8734 0773, 02 737 3370
팩스   050 7079 0773
이메일   daseulkibooks@naver.com

ISBN   979-11-980562-5-2 03810

도서출판 **다슬기** 는 건강한 생태와 슬기로운 삶을 지향합니다.